中外经典·文学名著

海底两万里

[法]凡尔纳／著

余良丽／主编

知识出版社

图书在版编目（CIP）数据

海底两万里 /（法）凡尔纳著；余良丽主编. --
北京：知识出版社，2015.6
　　（语文新课标必读丛书）
　　ISBN 978-7-5015-8640-0

　　Ⅰ.①海… Ⅱ.①凡… ②余… Ⅲ.①科学幻想小说
-法国-近代 Ⅳ.①I565.44

中国版本图书馆CIP数据核字（2015）第137583号

海底两万里

出 版 人	姜钦云
责任编辑	周　玄
装帧设计	游桎渲
出版发行	知识出版社
地　　址	北京市西城区阜成门北大街17号
邮　　编	100037
电　　话	010-88390659
印　　刷	唐山楠萍印务有限公司
开　　本	650mm×920mm　1/16
印　　张	15
字　　数	180千字
版　　次	2015年6月第1版
印　　次	2021年6月第11次印刷
书　　号	ISBN 978-7-5015-8640-0

定　　价　39.80元

读书不仅是一种示范，更是一种引领。

我为什么需要文学？

我想用它来改变我的生活，改变我的环境，改变我的精神世界。

——巴　金

语文新课标必读丛书编选特色介绍

本套语文新课标必读丛书依据"新课标"整理。在编选过程中，我们去掉了原著中晦涩难懂的内容，保留了那些最经典的故事情节；我们用下划波浪线标注出精彩的词句，便于广大学生反复诵读和借鉴；有些难以理解的词语，我们都做了注释，能帮助广大学生更好地理解文意。

希望本套丛书能够带给广大学生美好的阅读体验，让他们在阅读的旅途中看到美景无限，收获多多。

◎最权威的无障碍阅读范本

——设置字词释义、批注点评、导读赏析、知识与考点等板块

教学一线名师结合实际教学重点、难点和高频考点，扫清学生在生难字词、阅读理解、感情思考等方面存在的阅读障碍，让每个学生彻底读透名著！

◎"新课标"推荐经典阅读书目

——素质阅读与教学考试相结合

所选作品部部精品，权威编译，引领学生们感受不朽经典的语言魅力，树立广阔的阅读视野与卓越的欣赏品读能力，在潜移默化中提升整体语文素养。

◎最受广大师生欢迎的名著读本

——全国名校班主任、语文老师和广大学生极力推荐

在全国多所名校进行师生试读体验，根据广大师生的意见和建议进行了多次反复修改而最终成书，被评为"最受师生欢迎的名著读本"！

附：名著阅读专项规划方案

阅读阶段	阅读要点	新课标必读推荐	阅读量与阅读方法
第一阶段	流畅阅读阶段（7~8岁）。在这个阶段里学生的知识、语法和认知能力是很有限的，所以阅读的内容不应复杂。	《唐诗三百首》《成语故事》《稻草人》《中华上下五千年》《木偶奇遇记》……	读4~8本名著（兼顾中外），以简单与兴趣阅读为主，每周不少于6小时，以便从小养成良好的阅读习惯。
第二阶段	获取知识阶段（9~13岁）。在低年级阶段可以阅读不必专业知识辅助就能够理解的书籍；高年级阶段需要增加阅读的复杂性，以提高知识的积累。	《西游记》《水浒传》《三国演义》《海底两万里》《城南旧事》《鲁滨孙漂流记》《汤姆·索亚历险记》《安徒生童话》……	阅读不低于8~15本左右的名著。应遵循由浅入深的原则，逐渐提高整体的鉴赏能力。精读3种名著，每周不少于6小时。
第三阶段	多角度了解人生阶段（14~18岁）。从一个初级阅读者逐渐成为一个成熟的阅读者。积累知识，提高自己的理解与思考能力，形成个人的认识。	《骆驼祥子》《童年》《简·爱》《钢铁是怎样炼成的》《假如给我三天光明》《老人与海》《朝花夕拾·呐喊》……	这一阶段是人生品质形成的重要时期，结合整体素质品质（如意志、乐观、尊严等），进行重点阅读，以形成分析、思考、综合判断能力。每周阅读不少于6小时。

名师导航

认识作者 ∽∾

　　儒勒·凡尔纳（1828—1905），19世纪法国著名的科学幻想和冒险小说作家，被誉为"现代科学幻想小说之父"。1863年起，他开始发表科学幻想和冒险小说，代表作为"科幻三部曲"：《格兰特船长的儿女》《海底两万里》《神秘岛》。凡尔纳一生共创作了五六十部长篇小说和短篇小说集。《气球上的五星期》《地心游记》《八十天环游地球》《从地球到月球》《环月旅行》《倒转乾坤》等长篇科幻冒险小说都是他的主要作品。

内容梗概 ∽∾

　　生物学家阿龙纳斯和他的仆人康塞尔，还有渔叉手尼德·兰，在"把那个怪物从海洋中清除出去"的活动中，成了"怪物"——"鹦鹉螺号"——一艘尚不为世人所知的潜水艇的俘虏!接下来的故事主要发生在这艘叫"鹦鹉螺号"的潜水艇里，阿龙纳斯等人跟着潜水艇周游地球各大洋。旅途中，阿龙纳斯一行人看到了无数美景，同时也经历了许多惊险奇遇。"鹦鹉螺号"曾几次遇险，但是，最后都靠着潜艇的精良构造和船长的超人智慧，化险为夷了，最终阿龙纳斯、康赛尔、尼德·兰成功地逃出了"鹦鹉螺号"。

艺术特色 ∽∾

一、超前的意识

　　小说中所写的故事、叙述的事物，都以科学为依据，具有超强的预见性。作者爱护海豹、鲸等海洋生物，谴责滥杀滥捕的观念，都是现在热门的环保话题。

二、惊险离奇的故事

　　小说情节惊险曲折，尤其是幻想大胆新奇，并以其逼真、生动、美丽如画的描写让人读来趣味盎然。

三、巧妙的构思

作品的故事悬念丛生，情节跌宕起伏，很吸引读者。作者想象力丰富，既浪漫而又符合科学幻想，让读者如痴如醉地跟着作者一起跨过时代，提前进入了未来世界。

作品影响

小说包含有很丰富的科学知识，伴随跌宕起伏的探险故事情节，穿插着各种科学知识。小说以其优美的文笔，生动的描写，幽默的语言，跌宕起伏的故事情节，成功的人物塑造，深深地吸引着读者。小说并不单纯以科学知识取胜，能让作品经久不衰的还有作品中深刻的人文思想，以及与科学知识结合在一起的民主主义精神。

主要人物

尼摩船长：是小说里居于主要地位的一个人物。他知识渊博，遇事冷静，沉着而又有机智。他不是关在温室里搞科研的科学家，而是一个在反抗殖民主义斗争的烈火中成长起来的坚强的民族志士。但小说结尾，他攻击其他国家战舰的行为却让人费解。

阿龙纳斯教授：生物学家，博古通今。在乘潜艇在水下航行的过程中，将海洋生物向读者做了翔实的介绍，分门别类，还为读者描述了很多的海洋奇观，并介绍了它们的成因，令读者大开眼界。

康塞尔：阿龙纳斯教授的仆人，生性沉稳，他从不大惊小怪，对教授绝对忠诚。他为人随和，总是那么气定神闲，从不着急上火。他精通分类理论，遇到什么总是认认真真或者说一本正经地把它们分类，可以说他是个分类狂。

尼德·兰：是一个比较粗俗但十分善良的人，野性十足的渔叉手。他性情火暴，受不了被监禁，总是计划逃脱，但是他也很勇敢，他在鲨鱼口下救过尼摩船长。如果没有他，教授和康塞尔最后就不可能回到陆地上。

目　录

第一章

飞逝的巨型暗礁

导 读

海上突然出现一个莫名其妙的怪物，它是一个"庞然大物"，一个力大无穷的怪物，人们猜想它到底是鲸怪还是飞逝的巨礁？

1866 年曾经发生过一起稀奇古怪的事件。好几艘船在海土遇见了一个"庞然大物"，一个长长的梭状物体，有时泛出磷光，但它的体积比鲸鱼大得多，行动起来也比鲸鱼快得多。

各种航海日志所记载的与它的出现有关的事实，诸如这个物体或生物的形状，它行进时快得出奇的速度，它运行中显示出的令人吃惊的能量，它那种像是天赋的个体活力（点出怪物的怪异之处，留下悬念，领起下文），都还是相当吻合的。如果说这是一种鲸类动物的话，它的体积却大大超过了生物科学曾经加以归类的鲸鱼。

然而，这东西却真的存在，它这般神奇的出现给整个世界都带来了激情和骚动。

1866年7月20日，加尔各答布纳希汽轮航运公司的"希金森总督号"在澳大利亚东海岸5海里（1海里=1.852千米）处，曾经碰到过这个巨型怪物。

船长巴克还以为是一座无人知晓的巨礁，当他正准备测定它的准确方位时，两道水柱从这个奇怪的物体中喷射出来，呼啸着直冲云天，蹿了150英尺（1英尺=0.3048米）高。要么是这座巨礁上面有一处间歇热喷泉，要么这是一种尚不为人所知的海洋哺乳动物，它从鼻孔中喷出的是两道气热混合的泡沫水柱（描写水柱，从侧面反映怪物的"庞大"）。

这类报道接二连三而来：横渡大西洋的"贝莱尔号"观测到它，伊斯曼舰队的"埃特那号"跟这个怪物有一次相撞，法国大型驱逐舰"诺曼底号"的军官们所做的笔录记载了它，分遣舰队司令官弗兹·詹姆士手下的高级船员在"克利德勋爵号"上进行的方位测定也显示过它的出现。

在各大中心城市，这怪物家喻户晓。报纸正好有了机会来制造各色奇闻逸事，出现了关于各种巨型奇异动物的报道。

当时，在学术团体中和科学报刊上，轻信的人与怀疑论者两派之间展开了无休止的争论。"怪物问题"使得人们情绪激动。最后，一位最受读者欢迎的编辑草草写了一篇概述文章，给了这怪物致命的一击，在人们的普遍笑谈中将其结束了。才智终于战胜了科学。

在1867年的头几个月里，这个问题显然被人遗忘了。可这时，人们又了解到一些新情况。这已不再是一个有待解决的科学问题，而是一桩必须加以避免的严重的现实危机。问题显示出了完全不同的一面：这怪物变成了小

岛、岩山、巨礁，而且是飞逝的、变幻莫测的、逮不住的巨礁（三个形容词，准确地描绘了怪物的行动是不可预测的）。

1867 年 3 月 5 日，蒙特利尔海运公司的"摩拉维安号"夜间行驶至北纬 27 度 30 分，西经 72 度 15 分的海面时，船的右舷后半部撞上了一座礁石。它是撞上了一处海面下的岩石呢，还是撞上了一艘遇难船只的残骸呢？

这事实是极其严重的，要不是在 3 个星期后，在类似的境况下发生了同样的事件，它恐怕会同其他事件一样被人忘却。新发生的那次撞船事故，不过是由于受损船只的国籍及其所属公司的声望，才引起了极大的轰动。没有人不知道英国著名船主卡纳德的名字。早在 1840 年，这位英明的企业家就用 3 条轮式木船开辟了利物浦与哈利法克斯之间的邮路。到了 1867 年，这家公司拥有船只 12 条。26 年来，卡纳德公司的船只曾经 2 000 次横渡大西洋，却从来没有取消过一次航行；没有发生过一次延误；没有丢失过一封信件；没有损失过一人一船（四个"没有"连用，形成排比句式，突出这次事情所引起的轰动之大）。如此说来，这家公司最豪华的客轮出事，必然引起巨大的轰动，对此，谁都不会觉得奇怪了。

1867 年 4 月 13 日，"斯戈蒂亚号"正在西经 15 度 12 分，北纬 45 度 37 分的海面上行驶。下午 4 时 17 分，"斯戈蒂亚号"的船侧后半部发生了一次轻微的撞击。

"斯戈蒂亚号"被别的东西撞上了。撞它的与其说是一种致挫伤的器具，倒不如说是一种尖利的钻孔器械（形容怪物强大的破坏性，进一步阐述了怪物的厉害）。这次碰撞感觉非常轻微，如果不是货舱监装员跑到甲板上面叫喊："我们的船要沉了！"恐怕谁也不会对这次碰撞感到不安。

安德森船长发现海水已经浸入了第五间船舱，浸入速度相当快，说明漏水洞很大，不可能堵住。"斯戈蒂亚号"不得不在半淹状态下继续行驶，在延误了 3 天以后才驶进公司的船坞。

工程师们对"斯戈蒂亚号"进行了检查。船体吃水线下两米半的地方展现出一个规则的等边三角形裂口，铁皮上的裂痕整齐划一，就连打洞钳也不能轧制得那般精确无误。轧穿这个洞的穿孔器械肯定不是普通钢材制作的，因为它在以神奇的力量向前冲撞，戳穿了 4 厘米的铁皮之后还能不可思议地倒退，使其得以逃遁。

　　这次事件又使得公众的情绪重新亢奋起来（"亢奋"与开头"激情""骚动"两词相呼应，说明怪物引起的轰动程度之大）。先前那些原因不明的海难事件现在全都归到了这个怪物身上。由于它的存在，各大洲之间的航行变得越来越危险了，大家都要求不惜一切代价把这条令人生畏的鲸怪清除掉。

阅读鉴赏

　　以离奇事件为导线，引出了奇怪的"庞然大物"，然后通过多方例证、摆事实、列数据等方法多层叙述。从各个方面，运用对比、想象、比喻等写作手法，使得文中主角"怪物"的存在更加具有真实感，让人信服。

　　通过多层描写，让人们对怪物的"大"与"怪"有所了解，让读者跟随作者的描述对怪物有了更多的想象。文中最后讲述了一次破坏性的海难，使故事画面渐渐明朗，指出了除怪行动开展的必然性，给读者留下了悬念和丰富的想象空间。

拓展阅读

间歇热喷泉

　　一种来自地下深处的喷泉，它一般会周期性向上喷射，动力十足的水柱，直上云霄，带起的水雾白茫茫一片，很是壮观。但是它平息的时候，就像什么事也没发生过，这样的喷射实在令人赞叹不已！世界上比较著名的间歇热喷泉有冰岛的"戈西尔"喷泉、美国的"老实泉"。

第二章
意见分歧

导　读

　　大海里出现了怪物，那么"我"对这个怪物是怎样分析和猜测的呢？美利坚合众国首先发表了声明，要在纽约组织清除独角鲸的远征队，并决定派出"林肯号"执行任务。"我"收到了一封信，信的内容是什么呢？

　　这些事件发生的时候，我正从美国的内布拉斯加州做完科学考察回来。由于我是巴黎自然科学博物馆的副教授，法国政府派我参加这次考察。3月底，我满载珍贵的标本回到了纽约，我动身回法国的日期定在五月初。

　　当我到纽约时，有些人特地来问我对这件怪事的意见。我以前在法国出版过一部书：《海底的神秘》，特别受到学术界的赏识，使我成为自然科学中这个神秘学科的专家。

　　我发表了我的意见，从政治上和学术上来讨论这个问题。现在我将发表在 4 月 30 日《纽约先锋论坛报》上的文章的结论，节录几段如下：

　　"海洋最下层的深渊里是怎样的？有些什么生物和可能有些什么生物呢？这些生物的身体构造是怎样的？我们实在很难推测。

　　"可是，摆在我面前的问题可以用'两刀论法'的公式来解决。

　　"生活在地球上的各种各样的生物，或者我们认识，或者我们不认识。

"如果我们不认识所有的生物，那么我们就不得不承认在探测器不可及的水层里还有鱼类、鲸类的新品种，它们有一个'不可漂浮的'器官。因为在海底下待久了，在偶然的情况下，它们会突然浮到海面上来。这说法还是比较令人信服的。

"反过来，如果我们的确认识了地球上所有的生物，那么我们就必须从已经分类的海洋生物中找出我们讨论的这个动物，在这种情况下，我就要承认有一种巨大的独角鲸的存在。

"常见的独角鲸即海麒麟，身长一般达到 60 英尺。如果把这长度增加 5 倍，甚至 10 倍，同时让这条鲸鱼类动物有和它身材成比例的力量，再加强它的攻击武器，就是现在海上的那个动物了。

"诚然，这条独角鲸具有一把骨质的剑或戟，这是一根像钢铁一样坚硬的长牙，它钻通船底就好像利锥穿透木桶那样。

"现在假定那武器还要厉害 10 倍，那动物的力量还要大 10 倍，如果它的前进时速是 20 海里，那么拿它的体重去乘它的速度的平方，就能求出撞坏"斯戈蒂亚号"的那股冲击力。

"因此，我认为这是一条独角鲸，身体巨大，身上的武装是真正的冲角，同时又具备战舰的重量和动力。

"这样便说明了这种神秘不可解的现象，或者相反的，不管人们所见到的、所感到的是怎样，实际上什么都不是，那也是可能的。"

最后几句话只能说明我没有主见，这是为了保全我教授的身份，同时不愿意让美国人笑话。其实我是承认这个"怪物"的存在的。

尽管有些人把这事看成是一个待解决的纯粹科学问题，但另一些比较注意实力的人主张把这个可怕的怪物清除掉，使海上交通安全获得保障。

公众的意见一提出来，美利坚合众国首先发表了声明，要在纽约组织清除独角鲸的远征队。一艘装有冲角的高速度的二级战舰"林肯号"定于近期驶出海面。等人们决定要追赶这怪物时，怪物再也不出现了。

因此，这艘二级战舰不知道向哪里开才好。7月2日，旧金山轮船公司的一只汽船"唐比葛号"，3星期前在太平洋北部的海面上又看见了这个东西。

这消息引起了极大骚动，大家要求法拉古司令官立即出发。船中日用品全装上去了，舱底也载满了煤，船上各部门的人员都到齐了。现在只等升火，加热，解缆了。

在"林肯号"离开布鲁克林码头之前的3小时，我收到一封信：

递交纽约第五大道旅馆，巴黎自然科学博物馆教授阿龙纳斯先生。

先生：

如果您同意加入"林肯号"远征队，美利坚合众国政府很愿意看到这次远征由您代表法国参加。法拉古司令官已留下船上一个舱室供您使用。

海军部书记官何伯逊敬启

阅读鉴赏

是以纯粹科学问题看待，还是从实际出发除掉"怪物"？带着这个问题，后半部分描写了战舰"林肯号"的"除怪"行动。文中最后以海军部书记官写给"我"的邀请信结尾，给读者留下悬念。

拓展阅读

海 麒 麟

海麒麟是海螺的近亲，被称为海里的"无壳蜗牛"。尽管没有外壳保护，但它们仍然有自己的御敌方法，它们会在近海用触角捕捉水母，吃了水母后就把它们身上有毒的刺丝胞保存在自己的裸鳃里，把刺丝胞的尖端朝外。这些属于水母的武器就这样被海麒麟利用了。

第三章

悉听先生尊便

导 读

　　"我"是否会加入"林肯号"远征队？是否知道这次远征的意义和危险？作为海底神秘学专家，会带些什么去考察呢？"悉听先生尊便"是怎么回事？"林肯号"的情况如何，他们的出征场面又是怎样的呢？

　　在收到何伯逊来信之前的 3 秒钟，我想要去追逐那条独角鲸的念头没有试图穿越美国西北部的念头那般强。读了这位海军部书记官的来信之后的 3 秒钟，我最终明白了自己的真正意愿：就是要捕获这个令人不安的怪物，把它从世界上除掉。

　　"康塞尔！"我不耐烦地喊道。

　　康塞尔是我的仆人，一位正直的佛兰芒人。我喜欢他，他也对我好。他生性冷淡，但循规蹈矩、待人热情，对生活中的突发事变极少大惊小怪。他两手灵巧，什么事情都会做。虽然他的名字叫作康塞尔（"劝告"的意思），可别人不问他，他绝不会出主意（对康塞尔的性格、外貌等描写，让读者更深入了解这个人物形象）。

　　由于同我们这些植物园里的学者经常接触，康塞尔学会了一些东西。他对于生物学的分类相当在行，能够将门、类、纲、亚纲、目、科、属、亚属、种、变种等分得一清二楚，不过他的学问仅限于此。分类就是他的生活。他对于分类的理论很倾注，但缺乏实践。

10年来，凡是科学吸引我前去的地方，康塞尔都追随我。<u>他身强体健、肌肉结实，不在乎任何病痛。而且，他不会冲动、不会恼火。总之，他心地好，比较随和</u>（精练的几组词语，细致地写出了康塞尔的外表和性格）。

这小伙子30岁了，他的年龄同他的主人的年龄之比是15比20。读者诸君，请原谅我用这种方式来说明我此时的年龄是40岁。

不过，康塞尔有一个缺点，就是过分讲究礼貌。他总是用第三人称跟我说话，让人听了不舒服。

"康塞尔！"我又喊了一声。

平常，我从来不问他是否愿意和我一道去旅行，可这回情况不同了，这是一次期限可能会无限延长的远征①，是一次危险的行动，是去追逐一只撞沉驱逐舰就像敲碎核桃壳那么容易的动物！就连世界上最不敏感的人，对这件事情也得考虑考虑！

"康塞尔！"我第三次喊他。

康塞尔出来了。

"先生，叫我吗？"他问。

"是的，快给我准备，你自己也准备。我们两小时后出发。"

"悉听先生尊便。"康塞尔心平气和地说。

我告诉他，我们现在不一定回巴黎，稍稍走点儿弯路，我们要搭"林肯号"去。

"先生觉得合适就成。"康塞尔平静地说。

"朋友，你知道，这同那个奇异怪物有关……我们要把它从海上除掉……《海底的秘密》的作者，是不能不随法拉古舰长一道出发的。这是一项光荣的任务，但是……也是危险的任务！我们不知道要上哪儿去

---

① 远征：征伐远方国家与地区 、征伐远方；远道出征。

找，可我们还是得去……"

"先生怎么做，我就怎么做。"康塞尔回答。

"好好想想吧，这次旅行说不定就回不来了呢！"

"悉听先生尊便（对话描写，突出康塞尔的鲜明个性）。"

我们抵达"林肯号"停泊的码头时，"林肯号"的两只烟囱正冒出团团黑烟。

我赶紧上了船，问法拉古舰长在什么地方。一名水手领着我上到艉楼，我见到一位气色很不错的军官，他向我伸出手。

"是彼埃尔·阿龙纳斯先生吗？"

"正是，"我回答说，"您就是法拉古舰长吧？"

"是的。欢迎您，教授先生，您的舱室早准备好了。"

我还了礼，让舰长去做启航准备。我让人领我到为我准备的舱室。

"林肯号"是为了它的新目标而特别选定和装备的。这是一艘高速驱逐舰，配有高压蒸汽机，可以使气压达到 7 个大气压力。"林肯号"的平均时速可达 18.3 海里，这个速度很可观，但仍不足以同那只巨大的鲸类动物搏斗（写这次除怪行动所下的功夫之大，为后面怪物的出现做了铺垫）。

战舰内部准备符合这次航海的性质要求。我十分满意我住的那间舱室，康塞尔说"如同寄居蟹住在蛾螺壳里一样舒服"。

开船的命令下达后，轮机员立即让机轮转动起来，蒸汽呼啸着涌入半开半闭的进气阀内。横向排列的长长的活塞发出"嘭嘭"的声响，推动着机轴杠杆。螺旋桨的叶片不断加大力度，搅动海水，于是，"林肯号"舰艇便在上百只满载前来送行的观众的渡轮和小艇之间，庄严地向前行驶。

布洛克林码头和纽约东方河沿岸遍布好奇的人群，50 万人发自内心的三次欢呼声惊天动地，成千上万条手帕在密布的人群头上挥动，向"林肯号"致敬。

下午 3 点，领航员登上一艘小艇，朝停在下风处等待他的一只小帆船开去。煤火添起来了，机轮螺旋桨更加快速地搅动着水波，战舰沿着长岛低矮的黄色海岸行驶。晚上 8 点的时候，长岛的灯光从西北方消失了，舰艇便在大西洋阴沉沉的海波上全速前进。

阅读鉴赏

本章写"我"虽然知道这次远征责任重大，而且很危险，但还是接受了邀请，带上仆人康塞尔，登上了"林肯号"，住进了好像"蛾螺壳"的舱室。然后在 50 万人的欢呼声中踏上了除怪征程。

作者通过性格和语言描写、侧面烘托等手法，详细叙述了他的仆人康塞尔的个性，尤其是那句"悉听先生尊便"突出了他对主人的忠诚。另外，作者还运用大量的词语描写了宏大的送行场面，说明这次行动引起轰动之大，受众人瞩目，为后面除怪行动的艰难埋下伏笔。

拓展阅读

寄 居 蟹

寄居蟹又被称为"白住房""干住屋"。它们经常把其他贝壳等软体动物吃掉，再把人家的壳占为己有。在中国，寄居蟹多产于黄海及南方海域的海岸边，通常它们都钻在沙滩和海边的岩石缝里，有时在竹子节、珊瑚、海绵等地方也能看到它们。随着它们慢慢地长大，它们就会换不同的壳来寄居。

第四章
尼德·兰

导　读

　　"林肯号"出发了，登上"林肯号"的都有哪些人？人们对于"怪物"的态度如何？这次远征的心情是怎样的？尼德·兰是谁？"我"与他的分歧在哪里？"我"将怎样说服他相信"独角鲸"的存在？

　　法拉古舰长很优秀，完全配得上他指挥的这只战舰。他相信这动物的存在就像许多老实妇女相信有海怪一样，完全是出于信仰，而不是出于理智。他发誓要把它从海上清除出去，不是法拉古舰长杀死独角鲸，就是独角鲸弄死法拉古舰长。

　　船员们都赞同他们长官的意见，他们总是在侦察辽阔的海面。不止一个海员抢着要到桅顶横木上去值班，要是换了另一种情况，这种苦差事是没有人不咒骂的。其实，"林肯号"的船头还没沾上太平洋的海水呢，不过，法拉古舰长说过，不论谁先报告独角鲸的消息，都可以得到2 000美元的奖金。因此，"林肯号"上的眼睛会更忙起来。

　　法拉古舰长把捕捞巨大鲸鱼类用的各种装备都带在船上，最妙的是还有渔叉手之王尼德·兰。尼德·兰是加拿大人，在这种危险的叉鱼生涯中，还没有碰见过敌手。他灵敏又冷静，大胆又机智，本领很高强。尼德·

兰大约 40 岁，身材魁梧，有 6 英尺高，体格健壮，神气庄严，不大爱说话，性情很暴躁，容易发脾气。他的风度特别引人注意，尤其是他那双目光炯炯的眼睛，使他面部的表情更显得突出。

单单他一人，就相当于全体船员。我不能有再好的比方了，只能说他是一架高强度的望远镜，而且是一门随时可以发射的大炮。

尽管尼德·兰不多跟人接触，但他对我却有一种特别的好感。尼德·兰渐渐有了谈话的兴趣，我很爱听他谈在北极海中冒险的故事。他的故事具有史诗的形式，我听他讲，好像是在听一位加拿大的荷马在朗诵着北极的《伊利亚特》。

7 月 30 日，船已经过了南回归线，尼德·兰跟我一同坐在艉楼甲板上，我问他：“您怎么能怀疑我们追逐着的鲸鱼类动物的存在呢？”

渔叉手看了我一会儿，照他惯常的姿势，拿手拍拍他宽大的前额，闭着眼睛，好像在沉思。他说：“一般的人相信有横过天空的非常特殊的彗星，有住在地球内部的太古时代的怪物，但天文学家、地质学家绝不承认有这类荒唐古怪的东西存在。捕鲸鱼的人也一样，不论那些鲸鱼力量怎样大、怎样凶，是绝不能弄坏一艘汽船的钢板的。”

“可是，独角鲸的牙齿把船底钻通了的传说并不少。”

“木头船，那是可能的。”加拿大人回答，“在没有真凭实据之前，我不能承认长须鲸、大头鲸、独角鲸可以穿透钢板。也许这是一条巨大的章鱼呢……”

“那更不对了。章鱼是软体动物，它的肌肉一点也不坚硬。它对于‘斯戈蒂亚号’或‘林肯号’这类的船，绝不至于有损害的。”

“那么，”尼德·兰带着点讥诮的口气说，“您是坚持有巨大鲸鱼类动物的存在吗？”

“是的。”我又说，“如果有这样的一种动物，要在离水面几英里深的海底活动，它必然有坚强无比的机体，要能抵抗水的压力。”

“真的吗？”尼德·兰挤一挤眼睛，看看我。“真的，一些数字很容易证明这点。一个大气压力等于32英尺高的水柱压力。实际上，这水柱的高度是最小的，因为我们现在讲的是海水，海水的密度大于淡水的密度。当您潜入水中，在您上面有多少倍32英尺的水，您的身体就要顶住同等倍数大气压的压力，即每平方厘米面积上要顶住同等倍数千克的压力。照这样推算，在32 000英尺的深处是1 000个大气压。您身上大约有17 000平方厘米的面积。实际上，一大气压比每平方厘米的一千克重量超过一些，现在，您身上17 000平方厘米的面积就顶着17 568千克的压力。"

"我怎么一点都不觉得？"

"您一点不觉得，是因为进入您身体中的空气也有相等的压力。内部压力和外部压力达到平衡，抵消了。但在水中便不同。"

"我懂了，"尼德·兰回答我，"因为水在我周围，没有进入我身体。"

"对。所以，照这样推算，在海底下32 000英尺，受到千倍的压力，即17 568 000千克的压力。就是说，您要被压成薄片，压成像人们把您从水压机的铁板下拉出来似的！"

"好家伙！"

"如果一种脊椎动物，身长好几百米，身宽按照身长的比例，住在这样的海底深处，那么，它们有数百万平方厘米面积的身躯，所受到的压力就要以千百亿千克来计算了。"

"那它们的身体要用八英寸厚的钢板造成，跟铁甲战舰那样才行。"

"正像您说的那样，这样一个巨大的物体，以快车的速度撞在一只船壳上，可能产生的破坏力量是巨大的。"

那么，把以上所列举的理由归纳一下，我认为这个动物是属于脊椎动物门，哺乳动物纲，鱼类，鲸鱼目。它所属的科，是长须鲸、大头鲸、海豚的那一科。至于它应列入的"属"，应归入的"种"，那要等将来才能弄清楚。如果我们想解决这个问题，必须解剖这个神秘的怪物。要解剖它，就得捉住它；要捉住它，就得叉住它；要叉住它，就得看见它；

要看见它，就得碰见它。

阅读鉴赏

  "林肯号"上有与其很相配的，优秀的法拉古舰长，他坚信独角鲸的存在，并发誓一定要除掉它。法拉古舰长还向全舰的水手宣称报告独角鲸消息的人，都可以得到 2 000 美元的奖金，所以整个舰上的船员都情绪高涨，工作努力。

  法拉古舰长把各种捕巨大鲸鱼类的装备都带上了船，还带了渔叉手之王尼德·兰。尼德·兰身材魁梧，性格冷静、灵敏，本领也很大，但他不相信独角鲸的存在。他话语很少，但与"我"沟通很好，"我"通过科学的解释让尼德·兰相信独角鲸的存在和庞大。

  作者通过人物刻画，描写了尼德·兰的外貌、神情与性格特点。通过两人的对话和思维的变换，使得人物形象更丰满、真实，也让读者了解了有关独角鲸的知识。

拓展阅读

荷 马

  荷马是古希腊著名的诗人，生于公元前 873 年。他的代表作有古希腊的长篇叙事史诗《伊利亚特》和《奥德赛》，据说这两部作品记述的是公元前 12 世纪至公元前 11 世纪特洛伊战争及有关的海上冒险，实际上是他根据一些民间流传的短歌综合编写而成的。

第五章
冒险行动

导　读

　　"林肯号"接下来的航行路线会是怎样的？船上有没有什么新鲜事发生？他们发现有关"海怪"的蛛丝马迹了吗？因为没有发现海怪的踪影，大家的情绪有什么变化？

　　在最近这段时间，"林肯号"的航行没有碰到意外。6月30日，"孟禄号"船长请求尼德·兰帮忙捕捉一条已经发现了的鲸鱼。法拉古舰长想见识尼德·兰的本事，就准许了。这位加拿大朋友真是吉星高照，他所叉刺中的不是一条，而是两条鲸鱼。

　　如果那只怪物真的撞上尼德·兰的渔叉，我不敢打赌说它没事。

　　7月3日，我们来到麦哲伦海峡出海口，法拉古舰长就要从合恩角绕道了。

　　7月6日，"林肯号"在海峡南面15海里的地方绕过了合恩角。翌日，我们的"林肯号"的螺旋桨就将搅动太平洋的海水了！

　　"林肯号"船员们全都双目圆睁，那些似乎受到2 000美元奖金诱惑的眼睛和望远镜，片刻都不愿停歇。夜视者们具有在黑暗中眺望的功能，他们获得这笔赏钱的机会比别人多出50%。

对于我，金钱毫无点滴魅力，然而在船上，我的注意力同样不敢松懈。除了吃饭、睡觉，我都不离开甲板。用贪婪的目光盯着海面上延伸至天边的那棉絮般洁白的航迹。

尼德·兰那种不轻信的性格表现得最为固执，除非是轮到他值班，否则他就故意不去看一看水面。他那神奇的眼力本可以派上大用场，可是，12 小时中有 8 个小时，这个执拗的加拿大人仅是躲在自己的舱里看书或睡觉。我对他的冷漠颇有微词。

"呵！"尼德·兰说，"什么都没有，阿龙纳斯先生，就算有什么动物，我们能有机会碰上吗？传闻说有人在太平洋北部海面看见了这怪物，可是两个月过去了，依您那条独角鲸的脾气，它是不会长时间地待在同样的海域里的！何况，大自然做事是不会自相矛盾的，它不会给一种生性迟缓的动物以迅速移动的能力。因此，这怪物即便存在，也早就走远了！"

7 月 27 日，我们越过了西经 110 度上的赤道线，开进了太平洋中部海面。法拉古舰长想：船最好朝深水处航行，离开那动物似乎始终不愿意靠近的陆地和岛屿。于是，船穿过东经132度上的北回归线，朝中国海驶去。我们终于来到了这个怪物最近嬉戏活动的场所。

说实话，船上的日子真让人没法过，人人都心跳过速，弄不好将来还会出现难以治愈的动脉瘤。凭栏远眺的水手的判断错误和幻觉，每天都不下20次，每一次都会引起人们难以承受的恐惧感，而由此曾发生过20次骚动，都使我们一直处在一种极其强烈的紧张状态之中，因此，不能不导致一种直接的反应。

在那一天等于一个世纪的3个月中，"林肯号"的航迹遍及太平洋北部整个海面，时而朝发现的鲸鱼冲去，时而突然偏离航线，时而猛然掉转船头，时而一下子停止不动，它冒着机器被毁坏的危险，不停地全速前进或者紧急停船，每个角落都搜寻过，可是什么也没发现！

船上产生出一种新的情绪，它由三分羞愧和七分愤懑构成。人们因囿于一种幻想而觉得自己蠢透了，但更多的则是恼怒。一年以来积累起的一大堆理由，一下子就变得站不住脚了。每个人都只想好好地吃顿饭、睡个觉，把自己因愚蠢而浪费掉的时间补回来。

大家便从一个极端走向了另一个极端。当初最强烈的支持者，现在却变成了最激烈的反对者。返航建议向舰长提出来了，舰长不接受。一段时间后，法拉古舰长请大家再忍耐3天。如果期限一过，怪物还不出现，"林肯号"便朝欧洲海域驶去。

这个许诺是11月2日做出的，结果先是鼓起了全体船员的信心。每个人又再次留心观察起洋面来，这是在向巨型独角鲸发出最后通牒，独角鲸对于这张出庭传票，是没有理由置之不理的。

第三天，11月5日，规定的期限快要到了。"林肯号"正处于北纬31度15分，东经136度42分的海面上。晚上8点。我倚靠在船头右舷舷墙上，康塞尔待在我旁边。全体船员都俯身趴在船桅的支架上，注视着渐渐变窄的昏暗的天际。军官们拿着夜间使用的小型望远镜，面对那变得越来越阴沉的夜色，一边监视，一边搜寻。

沉默之中，响起了尼德·兰的声音："喂！那东西在那儿，在下风的地方，就在我们的斜对面！"

阅读鉴赏

刚开始没有怪物的任何行踪，尼德·兰叉住了两条鲸鱼，让大家见识了他的精湛技艺。有 2 000 美元的奖赏，大家的神经十分紧张，甚至还因为错误判断制造过 20 多次混乱。因为没有发现怪物，大家的情绪一度处于低迷状态，最后船长决定在 3 天内，如果发现不了怪物就驶向欧洲海域。可是在第三天，尼德·兰发现了新情况。

作者交代了时间和航行的路线，通过语言和心理描写，显示出大家紧张的情绪，引起读者的共鸣，使读者仿佛身临其境，与船员们共同经历冒险行动。

拓展阅读

麦哲伦海峡

麦哲伦海峡位于南美洲大陆南端。它因葡萄牙航海家麦哲伦在 1520 年首先由此进入太平洋而得名。它峡湾曲折，长 590 千米，最窄处仅 3 000 多米宽。海峡内风大流急，航行困难。

第六章

全速前进

导 读

　　尼德·兰发现了海怪，是真的吗？大家看到的海怪会是什么样呢？它到底有多大威力？与它相遇，"林肯号"能不能脱离危险，船上的人们会怎样？

　　听到喊声，全体船员都向渔叉手这边跑来。离"林肯号"右舷约370米的海面好像被水底发出的光照亮了。怪物潜在水面下几米深的地方，放出强烈而神秘的光，在海面形成一个巨大的椭圆形，拉得很长，椭圆形中心是白热的焦点，这光度渐远渐淡，以至于熄灭（描写怪物发出的光，又渐渐熄灭，为后面怪物的来势做了铺垫）。

　　法拉古舰长下令让战舰很快离开了发光的中心，那神秘动物却以加倍的速度逼近。

　　我们气都喘不过来，惊呆更甚于恐惧。这个动物好像开玩笑似的以14海里的时速绕着战舰兜圈子，把船罩在像光尘一样的电光网中。然后它走出两三海里远，拖着一条磷光的尾巴，好像快车的机车留在后面的一团团烟雾般的气体。忽然间，怪物以惊人的速度向"林肯号"冲来，在离船身20英尺的海面上又突然停住，光全灭了。不久，它又在战舰的

另一边出现了，时刻都可能给我们致命的打击。

战舰本该追逐怪物的，现在反而被追逐了，我向法拉古舰长提出意见。法拉古舰长的面孔通常是很冷静的，现在却万分慌张。

他回答我说："我没摸清楚这怪物到底厉害到什么程度，我不愿随便让战舰去冒险。再说，怎样来攻击和防御这东西呢？我们要等到天亮。"

"林肯号"在速度上敌不过怪物，只好低速慢行。而独角鲸也模仿战舰，在波涛上随意摆动着，好像还不打算离开这个比武场。

快到半夜时，它像一只大萤火虫一样不发光了。到深夜差 7 分 1 点时，传来震耳欲聋的啸声，好像被极强的压力挤出的水柱发出的啸声那样（用挤压水柱发出的声音比喻怪物发出的声音，形象生动）。

早晨两点，这发光的焦点，在跟"林肯号"前面相距5海里远的海面，又发出同样强烈的光。虽然距离大，有风声和浪声，我们还是清楚地听到这动物尾巴的搅水声和它的喘息声。这条巨大的独角鲸到洋面上来呼吸的时候，空气吸入它肺中，就像水蒸气送到两千马力机器的大圆筒里去那样（描写海怪的呼吸声，突出了它的庞大无比和巨大的威慑力）。

大家一直警戒到天亮，都在准备战斗。尼德·兰只是在那里磨他的渔叉。

8点，浓雾渐渐散开。突然，尼德·兰叫起来："我们找的那个东西在船左舷后面！"

距战舰一海里半左右的地方，一个长长的黑色躯体浮出水面一米高。它的尾巴搅动着水，搅成很大的一个旋涡。这个动物走过，尾后留下一行巨大、雪白耀眼的水纹，绘成一条长长的曲线。

战舰挨近了这个鲸鱼类动物。我估计它不过250英尺长，它长宽高三方面的比例都十分匀称。

这时，两道水和汽从它的鼻孔喷出来，直喷到十米高。我最后断定这动物属于脊椎动物门，哺乳纲，单一豚鱼亚纲，鱼类，鲸鱼目……到这里我便不能往下说了。鲸鱼目有3科：长须鲸、抹香鲸和海豚，独角鲸归在最后一科。每一科分为好些属，属分为种，种分为变种。变种、种、属、科，我还不知道，但我可以完成对这动物的分类。

> 描写"林肯号"与怪物的战斗状况，表现出怪物的狡猾。

战斗的号角响了，"林肯号"向怪物冲去，战舰离怪物半锚链左右的时候，怪物仅略作逃避的样子，保持着距离。

法拉古舰长很烦躁，拈着下巴下面蓬蓬的一撮浓须。"尼德·兰呢？"他喊。

加拿大人跑到前面来。法拉古舰长问："现在您看是不是还要把小船放下海去？"

"不，"尼德·兰答，"因为这个东西是不想让人捕捉的，应尽可能加大气力。我在船头前桅的绳梯上守着，等我们到了渔叉投得着的距离时，我就把渔叉投出去。"

"就这样办吧。"舰长答。

尼德·兰走上他的岗位。火力尽量加大，机轮每分钟转43转，"林肯号"的时速是 18.5 海里。那个动物的时速也是 18.5 海里。在一小时内，战舰只能保持着这样的速度，加快两米也办不到。这对于美国海军中最快的一艘战舰来说，实在是太难堪了。船员中间遍布着不可遏止的愤怒。法拉古舰长不只是拈着他的那撮浓须，而且现在开始绞起它来了（与前面法拉古舰长拈胡子的动作呼应，体现舰长的焦虑）。

尼德·兰站在他的岗位上，拿着渔叉。这动物有几次让人接近它，可是，在他准备投叉时，这条鲸鱼立即逃开了，愤怒的喊声从大家的胸膛中迸发出来。法拉古舰长说："我们看看它是不是能躲开我们的锥形炮弹。"炮弹发出去了，可是没有打中。

"换一名好炮手！"舰长喊，"谁打中这恶魔，奖 500 美元！"

一位胡子花白的老炮手将炮弹打在了动物身上，但是没给它致命的打击，而是从它圆圆的身上滑过，落在两海里远的海中。

"真怪！"老炮手暴跳如雷，"这浑蛋身上一定有一层 6 英寸厚的铁甲！"

追逐又开始了，法拉古舰长弯身对我说道："我要一直追到我们的船爆炸为止！"

人们指望这动物筋疲力尽，它总不能跟蒸汽机一样永远不感到疲倦。然而这么长时间过去了，它并没有显出一点疲劳的样子。

晚上 10 点 50 分，电光又在战舰前 3 海里的海面上亮起来。那条独角鲸好像睡着了。战舰慢慢前进，一点声息也没有。尼德·兰一手拉着帆索，一手挥动他锋利的渔叉。他和这睡着的动物距离不过 20 英尺了。

忽然，他的胳膊使劲地一伸，渔叉投了出去，发出响亮的声音，像是碰上了坚硬的躯壳。对面的电光突然熄灭，巨大的海水两次猛扑到战舰甲板上来，像急流一般从船头冲至船尾，冲倒了船上的人，打断了护墙桅的绳索。接着船被狠狠地撞了一下，我没来得及站稳就被抛到海中去了。

阅读鉴赏

大家确实发现了那个怪物，它发出的光把"林肯号"罩住，但是它却跟"林肯号"捉起了迷藏，一会儿冲过来，一会儿停止，一会儿又在另一边出现。当怪物再次出现在船左舷后面时，舰长命令尼德·兰用渔叉、炮手用炮弹攻击，但是那个怪物的外壳却似钢铁一样坚硬，它拍过来的水把"我"打入海里。

本章的重点是"林肯号"与海怪的追逐和拉锯战，作者运用了比喻、拟人、夸张的修辞手法，对怪物进行描述，让读者知道怪物的强大和难以制胜。还通过动作、语言描写，写了舰长、尼德·兰、"我"、老炮手的不同表现，让文章更加精彩，可读性强。最后以"我"落入海中结束，引起读者更大的阅读兴趣。

拓展阅读

抹 香 鲸

抹香鲸是世界上最大的齿鲸。它是所有鲸类中潜水能力最强的，它潜得最深、最久，所以号称动物王国的"潜水冠军"。抹香鲸在大型鲸类中是数量比较多的一种。

抹香鲸的长相很怪，头重尾轻，就像一只巨大的蝌蚪，庞大的头部占体长的 1/4 至 1/3，整个头部就像一个大箱子。它的鼻子左鼻孔是畅通的，右鼻孔是堵塞的，所以它呼吸时的雾柱是以 45 度角向左前方喷出的。它的身体背面呈暗黑色，腹部是银灰或白色的，无背鳍，鳍肢较短，尾鳍宽大，宽 360 至 450 厘米。

由于它们身体粗短，行动缓慢，易于捕杀，所以现在抹香鲸的存量已由原来的 85 万头下降到 20 万头左右。

第七章

无名类鲸鱼

导 读

"我"落水了，在水中该怎么办？康塞尔来救"我"了，两个人又如何与海水搏斗？在"我"将要死去的时候，碰到了一个坚硬的东西，还有尼德·兰，近距离接触那个怪物之后，他们又会有什么奇遇？

我沉入 20 英尺深的水中，使劲蹬了两下又浮出了水面。我最关心的一件事情就是看看战舰现在何处。船上有没有人发现我失踪了？林肯号是不是改变了航向？法拉古舰长有没有往海里放一只小艇？我还能不能指望得救呢？

夜黑沉沉的，我隐约瞥见一团黑黑的东西渐渐自东方消失，这是"林肯号"。

"救救我！救救我！"我不顾一切地朝"林肯号"游去，同时大声喊道。我嘴里满是海水。我挣扎着，慢慢地沉向海洋深渊……

忽然，我的衣服被一只有力的手拉住，我被猛力地托出水面，我耳朵边响着这样几句话："如果先生乐意靠在我的肩膀上，便能更自在地游了。"

我一把抓住了我那忠实的康塞尔的胳膊。

"战舰呢？"我问。

康塞尔转过身来回答："我看先生不要对它抱有太大的希望了。在我钻进海中的时候，我听到舵手们在喊'螺旋桨和舵破裂了'，都被怪物的牙齿咬坏了。"

"那么，我们完了！"

"或许是的，"康塞尔平静地答道，"不过，我们还可以坚持几小时，还可以做不少的事情呢！"

康塞尔如此沉着冷静，对我是一种鼓舞。我更使劲地游着，但我的衣服如同一层铅似的将我裹得紧紧的，我很难支持下去了。康塞尔把我的衣服割掉，替我脱衣服，我也帮他除去衣服，我们俩交替般地在海面上"航行"起来。

别人可能没有发现我们，也许发现了，但战舰不能掉转头来救我们。现在唯有指望船上的那只小艇了。

康塞尔冷静地做了这样的假设，制订出了相应的计划。多么奇怪的性格啊！这个冷漠的小伙子在这里就如同在家里一样。

我们还得游上8小时才能挨到日出。海面相当平静，我们几乎感觉不到疲劳。间或，我还试图使自己的眼光能够刺破那黑沉沉的夜幕，但我却什么也看不见，只有那由于我们游泳动作激起的浪花透出一点闪光来。明净的水波在我手下破碎，镜子般反光的水面上泛起许许多多银白色的点缀碎块。我们仿佛浸泡在水银之中。

深夜1时左右，我感到极度疲乏。康塞尔也不能支持得太久了。我想叫喊，却双唇肿胀，一点声音也发不出来。康塞尔喊了几声："救命呀！救命呀！"

我们听见了声音，尽管我的耳朵充血而且在嗡嗡作响，可是，我仍然觉得有一种喊声正在回复康塞尔发出的求救。

康塞尔还是拖着我。他不时发出一声呼喊，回答他的声音越来越近了。我听不清楚那声音，我的力气用完了，我的手指僵硬了，我的手支持不住了，我的嘴抽搐地张开着，灌满了咸水，寒气袭击着我。我最后一次将头抬起来，一会儿又沉下去了……

这时，一个坚硬的物体碰了我一下，我紧紧抱住了它。有人将我拽出水面，我晕了过去……

由于身体受到强力摩擦，我一下子苏醒了，微微睁开了双眼……我看到的不是康塞尔，但我立即认出了他。

"尼德！"我喊起来。

"正是我，先生，我是来追那笔奖金的！"加拿大人答道。

"你同样是在撞船的时候掉进海里的吗？"

"是的，但比您幸运些，我几乎是立刻就站在一个浮动着的小岛上了。更确切地说，我是站在咱们那只巨大的独角鲸身上。我的渔叉为什么不能伤害它，这是因为那畜生是用钢板做的！"

我赶紧爬到那个生物或物体上，这显然是一个难于穿透的坚固物体，我可以将它归入两栖爬虫纲。

啊，不对！我脚下的这个浅黑的背脊可是平整光滑的，它被撞时发出的却是一种金属般的声音，我只能说它似乎是由螺栓固定的金属板制作的。

发现最离奇怪诞、最富神话色彩的生物的存在，也不会令我惊骇到这个程度。造物主能造出种种神奇的东西，但一下子亲眼目睹那种不可能的事情却竟然是由人类自己实现的，这就不能不使人感到惊奇异常了！我们得救了。这时，这个奇怪的机械走动了。我们赶紧攀住它那浮出水面约80厘米的上部。

"要是它在水平面上行驶，"尼德·兰悄悄地说，"我可不在乎。如果它突然沉入水中，那我就没命了！"

眼前最要紧的是同船里的人取得联系。我试图在它上方找到一个开口，一块盖板，用专门术语来说，找到一个"入孔"，可是，一排排清晰均匀的螺钉把钢板牢牢地铆得不见一道缝隙。

我们被拖着向西走，海浪扑面而来，我们被拖得晕头转向。

长夜终于过去了，当风浪稍稍平静下来的时候，我仿佛听见模糊不清的、好像是一种来自远方而又稍纵即逝的悦耳和音。世人一直在寻求解析而至今却毫无所获的这类海底航行的秘密究竟是怎样的呢？生活在这只怪船里的人又是怎样的呢？是什么样的机械能使这只船移动时有如此惊人的速度？

天亮了，我感觉到船在渐渐下沉。

"呵！活见鬼！"尼德·兰喊了起来，脚踢得钢板发出声响，"开门吧，不好客的航海人！"

幸运的是，船停止了下沉。突然，船里发出一阵猛然掀动铁板的声响。一块铁板被挪开，出来了一个人，他怪叫一声后又马上进去了。

过了一会儿，8个高大彪悍的蒙面汉子一声不响地走了出来，把我们拉进了他们那令人生畏的机器里。

阅读鉴赏

该章通过语言、外貌等方面的描写，运用了比喻等修辞手法，主要写了教授落水后，教授、康塞尔和尼德·兰三个人在海中求生的过程和奇遇，叙事充满了惊恐、挣扎、绝望、惊喜等感情色彩，使故事情节跌宕起伏，难以预料。

拓展阅读

独 角 鲸

独角鲸，又叫一角鲸，系一角鲸科中的一个属，而这个属亦只有一个品种。雌性的牙通常长在牙床上，但雄性的左牙会生出来，变成一条长牙，可长达 3 米。独角鲸可能是世界上最神秘的动物之一，它们只生活在北极水域，速度极快，神出鬼没，又叫海洋独角兽。

第八章

动中之动

导　读

　　"我"、康塞尔和尼德·兰三人被架进潜艇后，会得到怎样的待遇？潜水艇里的环境是怎样的？里面的人们又是何等奇怪？教授他们能不能与这些人沟通？他们会不会受到虐待？

　　像闪电一般，他们粗暴地把我们架进这只潜水艇中。我们一进去，上面的盖板立即关上了，四周漆黑一团，我的光脚踩在一架铁梯上。铁梯下面的一扇门打开了，我们走了进去，门立即关上。

　　现在只剩下我们了。尼德·兰对这种款待非常愤慨，尽情地发泄他的愤怒。

　　"浑蛋！"他喊，"这儿的人待客不亚于喀里多尼亚人！只差吃人肉了！我不会不反抗就让他们吃了我！"

　　"安静些，好朋友，"康塞尔平心静气地说，"没到时候，您用不着冒火。我们还没被放在烤盘里呢！"

　　加拿大人答："但是，我们已经在烤炉里了，这么黑。好在我的尖板刀带在身边，看他们谁敢先来向我下手……"

　　"尼德·兰，您不用发脾气，"我对渔叉手说，"我们不如先想法知道这是什么地方。"

我摸索着慢慢走了5步，碰到一堵铁墙，是铁板。我转回来，撞上一张木桌，桌边有几张方板凳。地板上铺着很厚的麻垫子，走起来没有一点声响。光光的墙壁摸不出有门窗的痕迹。康塞尔从相反的方向走过来，碰着我。我们回到舱室中间，这舱室大约长20英尺，宽10英尺。

半个小时后，我们的牢狱突然亮了，光线从装在舱顶上的一个半透明的半球体中发出。不久，门开了，有两个人走进来。

第一个人身材短小，肌肉发达，两肩宽阔，躯体壮健，有着坚强的头颅，蓬蓬的黑发，浓浓的胡须，犀利的目光，他带有法国普罗旺斯人特有的气概。

第二个人更值得详细地描写。我立刻看出他的特点：第一，自信，因为他的头高傲地摆在两肩形成的弧线中，漆黑的眼睛冷静地注视着人；第二，镇定，因为他的肤色苍白不红，表示他血脉的安定；第三，坚毅，这从他眼眶筋肉的迅速收缩能看出来；第四，勇敢，因为他的深呼吸表明他的肺活力强。无疑，他是个坦白直率的人。

两人中高大的一位——显然是这船上的首脑——打量着我们，然后转身跟他的同伴谈了一会儿，他说的话我听不懂。他的同伴边点头边回答，然后他看了我一下，好像在直接问我。我用法语回答他，但他似乎不懂我在说什么。

我重新讲述我们的遭遇，说出我们的姓名和身份，但没有迹象表明这个人听懂了我的话。

只有用英语试试看，或者他能听懂这种通行的语言。我让尼德·兰用最地道的英语来表达。

尼德·兰把我讲过的话又讲了一遍，内容是一样的，但形式不同了。他愤愤地埋怨人家蔑视人权，把我们关在这里。他全身激动，指手画脚，大声叫喊。最后，他用富于表情的手势，让对方明白，我们饿得要命。

渔叉手的话好像也没有被对方所了解。

这时康塞尔用德语很镇定地将我们的经过做了第三次陈述。可是，德语也无济于事。

最后，我用拉丁语来讲述我们的遭遇，结果还是白费。

这两个陌生人彼此说了几句，就走了，门又关起来了。

"这简直是太无耻了！"尼德·兰喊，他是第20次发怒了，"怎么！我们给他们说法语、英语、德语、拉丁语，可这些浑蛋不懂礼貌，理也不理！"

"尼德·兰，安静些，"我对愤怒的渔叉手说，"发脾气解决不了问题。"

"但是，教授先生，"我们好动肝火的同伴答，"难道我们就这样饿死在这铁笼子里吗？"

"算了吧！"康塞尔说，"只要心放宽些，我们还可以支持得很久！"

这时，房门开了，进来一个侍者，他给我们送来衣服，我们赶紧穿上了。侍者把3份餐具放在桌上。

食品用银制的罩子盖着，两边对称地在桌布上摆着，我们在饭桌前坐下。显然，我们是在跟有文化和有礼貌的人打交道。不过，面包和酒完全没有。饮用水很新鲜、清凉。在肉类中，有几种烹调得很精致的鱼，但有几盘很好吃的菜，我说不出名目来，甚至它们是植物还是动物，我都不敢说。桌上的食具更是精美，无可挑剔。每一件餐具，匙子、叉子、刀、盘上都有一个字母，上面有一行半圆形的字，那图案的样子是：

中　　　　之

动　　　　　　动

N

动中之动！这句题词正好用在这只潜水艇上。"N"可能是在海底下发号施令的那位神秘人物的姓名开头的一个字母。

尼德·兰和康塞尔并没有想这么多。他们在尽量地吃。我对我们的命运也放心了，我们的主人绝无意让我们饿死。我们的肚子装满了，又迫切地感到需要睡觉了。

我的两个同伴躺在舱室的地毯上，不久就酣睡了。

至于我，虽然感到有睡觉的需要，却不那么容易睡得着。很多思虑涌上心头，很多不可解决的问题塞满了我的脑子，很多想象要我的眼睛睁开。我们在哪儿？把我们带走的是什么奇异的力量？许多奇怪的念头把我纠缠住。我在这神秘的避难所里面，窥见一大群没人知道的动物，这只潜水艇似乎是它们的同类，同它们一样活着，一样动着，一样可怕！

阅读鉴赏

作者通过语言对话描写，更进一步体现了不同人的性格特点，另外对船上两个人的外貌和神态进行了描写，尤其是看上去是领头的那个人。作者通过猜测引起读者的好奇心。

拓展阅读

普罗旺斯

普罗旺斯是欧洲的"骑士之城"，是中世纪重要文学体裁骑士抒情诗的发源地。历史上的普罗旺斯地域范围变化很大，古罗马时期普罗旺斯行省北至阿尔卑斯山，南抵比利牛斯山脉，包括整个法国南部。18世纪末法国大革命时，普罗旺斯成为5个行政省份之一。到了1960年时，法国被重新划分为22个大区，普罗旺斯属于普罗旺斯—阿尔卑斯—蓝色海岸大区。

普罗旺斯境内有艾克斯、马赛等名城，还有阿尔市、葛德市、阿维尼翁市、尼姆市等城市，并出产优质葡萄酒。此地区物产丰饶、阳光明媚、风景优美，从古希腊、古罗马时代起就吸引着无数游人，至今依然是著名的旅游胜地。

导　读

　　尼德·兰和康塞尔睡着了，"我"也沉沉地入睡了。三个人就这样睡着了。他们会在什么时间醒来？被关在黑漆漆的牢房里，面对当前的处境，三个人的态度有什么不同，为摆脱目前的状况，他们又各有什么高见？

　　我们睡了很长时间，我第一个醒来，我们会不会注定要在这铁笼里无限期地住下去呢？

　　这个想法令我很难受，我的胸口沉闷发慌，呼吸变得困难起来，我们已经消耗掉了牢房里的大部分氧气。

　　因此，当务之急是要给我们的牢房换换空气，而且，这艘潜水艇也该换换空气了。

　　这个浮动着的住所，它的首领是怎么解决这个问题的呢？他是用化学的方法获取空气的吗？是用氯酸钾加热释放出氧气，还是通过氢氧化钾吸收二氧化碳？或许他只是利用高气压将空气储存在储气罐里，然后根据船上人员的需要再将空气释放出来？或许每隔24小时换一次空气。

　　这时，我突然感觉到一阵凉爽，呼吸到一股纯洁的、带有咸味的空气，这正是使人心旷神怡的海风！与此同时，我感觉这个铁皮怪物浮出洋面，用鲸鱼那种方式呼吸了。

这时，尼德和康塞尔近乎同时醒来。

"先生睡得好吗？"康塞尔如同往常一样彬彬有礼地问道。

"很好。"我回答，"你呢？尼德·兰师傅？"

"非常好，教授先生。我不知道是不是我弄错了，我现在呼吸到的是一种海风什么的吗？"

一名水手是不会弄错的，我便向这位加拿大人述说了他睡熟时曾发生过的事情。

"阿龙纳斯先生，我不知道现在几点了，至少也该是晚饭的时候了吧？"

"这起码是吃午饭的时候了，因为从昨天到现在，已经是第二天了。"

尼德·兰抗争着说："管他午饭晚饭，总之，侍者都是受欢迎的人。"

"兰师傅，"我辩驳道，"得遵守船上的规定呀，我想我们的食欲是走在厨师领班时间的前头了。"

"对！我们是要将食欲摆正在就餐的时间上。"康塞尔心平气和地应答道。

"我总算认清你了，康塞尔朋友，"性急的加拿大人反驳，"你不发火，也不着急！总是那么镇定。你可以把饭后的祷告挪到饭前来念，竟然到饿死了也不抱怨一声的地步！"

"我想，这次偶然事件使我们知道了一个重大秘密。如果潜水艇上的人又决意要保守住这个秘密的话，我们的处境就十分危险了。要是情况相反，一有机会，这个吞食我们的怪物就会把我们送回我们同类居住的大陆。"

"就怕他们把我们编制进船员行列，"康塞尔说，"就这么将我们留下来了……"

"直到有一艘比'林肯号'更快、更灵巧的驱逐舰出现，捣毁这个海盗巢穴，把全体人员解救出来。"尼德·兰接着说道。

"很有道理，"我应声道，"可是，在情况没有出现时就来讨论对策是没有用的。我们得等待，伺机行事。"

"我不同意！"渔叉手一直不肯松口，"非得干一下不可，我们逃跑。"

"逃出陆地上的监牢都很困难，更何况是逃离海底监牢，我想这事绝难成功。"

"那么，无法逃出监牢的囚徒就会自己想办法留在里面。不过，首先要将狱卒、看守和卫士赶出去。"尼德·兰思考了一会儿，又说道。

接纳渔叉手想夺船的提议较之讨论它要好些，因此我只能请求他在机会到来以前，千万得忍耐。尼德·兰答应了。

然后，我们中止了谈话，每个人都各自思考起来。我对尼德·兰所说的那些有利的机会始终持怀疑态度。尼德·兰的脑子真是想得太多了，他的想法便显得越发的乖戾。我听到他喉咙里嘟噜出阵阵咒骂声，而且他的动作越来越带有威胁性。他站立起来，像一只关在笼子里的猛兽那样转来转去，用脚踢着墙壁，还用拳头敲。

尼德·兰饿得发慌，他那强健的胃发出了阵阵痉挛，他越来越激动了。

又过了两小时，尼德·兰气得更厉害了。他叫着、喊着，但没有用。

我们遭人抛弃，被隔离在这间牢房里，我不敢设想这种状况还会持续多久。在同船长会面之后我所产生的各种希望，现在渐渐幻灭了。他那温存的目光，慷慨的气质，高雅的举止，都从我的记忆中消失了。我眼前重现的却是一个无情无义、神情冷酷得像谜一样的怪人。我觉得他没有一丝一毫的人性、没有一点一滴的同情心，完全是一个对人类怀有不解之仇的不共戴天的敌人！

但是，这个人把我们关在这狭小的牢房里，听凭我们由于饿得难受而生出种种可怕的意图，这会不会是存心要将我们狠狠地饿死呢？我感到一种莫名的恐惧正朝我袭来。康塞尔保持着镇定，尼德·兰咆哮起来了。

这时，门被打开，那侍者出现了。

我还来不及上前拦阻，加拿大人就已经朝那个可怜人猛扑了过去，并将他打倒在地，扼住了他的喉咙。侍者被掐得连气都喘不过来了。

　　就在康塞尔正试图将这个被掐得半死的不幸的人从渔叉手中拉出来，我正准备去帮上一把力的时候，突然听到了几句法语："别着急，兰师傅，还有您，教授先生，请听我说吧！"

阅读鉴赏

　　本章通过大量的语言、动作、心理描写，表现了教授他们三个人鲜明的性格特点。作者着重描写了尼德·兰因压抑、被困、饥饿等原因而引起的愤怒情绪。最后又出现了一个会说法语的人，把故事情节推向了高潮。

拓展阅读

氧　气

　　氧气是组成空气的成分之一，它无色、无臭、无味。氧气密度比空气大，能溶于水，但溶解度很小。氧气的化学性质很活泼。除了稀有气体和不活泼金属元素如金、铂、银之外，大多数的元素都能与氧发生反应，这些反应被称为氧化反应，反应生成物称为氧化物。几乎所有的有机化合物都能在氧气中剧烈燃烧，生成二氧化碳和水。

第十章
水中人

导 读

会说法语的人正是潜水艇的船长——尼摩船长，他愿意与三人坦诚相见，并说明自己在上次就已经听懂了他们的解释，但是他的生活却被打乱了。船长会与三个人有怎样的对话？

说这话的正是船长。尼德·兰立刻站了起来。侍者被掐得半死，他的主人一招手，便蹒跚地走出去了。康塞尔不禁有点奇怪，我也吓得发愣。

船长交叉着两手，靠着桌子的一角，观察我们（简单的动作，表现出船长的自信）。过了一会儿，他才用镇定而感人的声调说："先生们，我会说法语、英语、德语和拉丁语。我本可以在我们初次见面时回答你们，不过我想先认识你们，再考虑。你们把事实经过复述了四遍，内容完全相同，使我肯定了你们的身份。我现在知道，我碰见了巴黎博物馆生物学教授彼埃尔·阿龙纳斯先生，他的仆人康塞尔以及美国海军驱逐舰'林肯号'上的渔叉手、加拿大人尼德·兰。"

他继续说下去："我最为难的是你们在跟一个与人类不相往来的人打交道。你们打乱了我的生活……"

"这不是故意的。"我说。

"不是故意的吗？"这个人把声音提高了一点，"'林肯号'在海上追逐我，难道是无意的吗？你们上这艘战舰，难道不是故意的吗？你们炮轰我的船，难道不是故意的吗？尼德·兰师傅用渔叉打我的船，难道也不是故意的吗（反问句增强了否定的语气，表达了船长对我们行动的愤怒）？"

我体会到一种隐忍不发的愤怒，我答道："先生，您一定不知道由于您的潜水艇的冲撞所发生的各种意外事件，已经轰动了美洲和欧洲。但您要知道，'林肯号'一直追逐您到太平洋北部海面，仍然认为是在追打一种海怪。"

船长的唇上现出微笑，然后温和地回答："您敢肯定你们的战舰不是去追击潜水艇而只是追击海怪吗？我会把你们重新放在曾经作为你们避难所的这只船的平台上，就当你们没有存在一样。难道我没有这样的权力吗？"

"这也许是野蛮人的权力，"我答，"而不是文明人的权力。"

"教授先生，"船长很激动地回答，"我不是你们所说的文明人，我跟整个人类社会断绝了关系。"

这人眼中闪出愤怒和轻蔑的光芒，他的生活中一定有过一段不平凡的经历。他不单把自己放在人类的法律之外，而且使自己绝对地独立、自由，不受任何约束（通过对船长的观察，对他的经历和身世的猜想，承上启下）。

船长又说："我迟疑不决，但既然命运把你们送来，你们就留下吧。你们在船上是自由的，但为了换得自由，你们要答应我一个条件。可能因为某种意外的事件，我不得不把你们关在你们住的舱室里，关上几小时或几天。你们能接受吗？"

看来，船上一定有离奇古怪的事，这事是服从社会法律的人不应该看的（承接上文，引起下文，引起读者的兴趣）！

"我们接受，"我答，"但是，您所说的是怎样的自由？"

"就是往来行动、耳闻目见的自由，甚至于有观察船上一切的自由，某些特殊情况除外。"

"先生，这不过是囚徒可以在监狱中走动的自由！对于我们并不够。"

"可是，你们应当满足了。这不过是使您不再受世俗的束缚罢了。这种束缚，人们以为是自由，抛弃它，不至于那么难受吧？"

"先生，"我生气了，"您仗势欺人！太蛮横了！"

"这不是蛮横，是仁慈！阿龙纳斯先生，我了解您。我喜欢研究您的那本关于海底秘密的著作。您的著作包括了陆地上的科学所能涉及的一切，但您还不是什么都懂，什么都见过。在下一次周游海底世界时，您将作为我这次科学研究的同伴。您将看见除了我和我的同伴之外任何人都没见过的东西，我们的星球将向您揭示它最后的秘密（为以后"我"的行动做了铺垫，起到推动情节发展的作用）。"

船长的话极大影响了我，我暂时忘了想着观看这些伟大的东西并不能抵偿我们失去的自由。我回答他：

"先生，我们是被您好心收留的受难者，我们忘不了您的好意。如果因为科学的关系可以把自由忘记的话，我们两人的相遇可能会给我巨大的补偿。最后，我应当怎样称呼您呢？"

船长回答："对您来说，我不过是尼摩船长；对我来说，您和您的同伴不过是'鹦鹉螺号'的乘客。"

尼摩船长叫侍者进来，让他领加拿大人和康塞尔去他们的舱室进餐，而他领着我走进了餐厅。

餐厅内的摆设和家具都十分讲究。餐厅的两端摆着镶嵌着乌木花饰的高大橡木餐橱，在架子的隔板上，有价值不可估量的闪闪发光的陶器、瓷器以及玻璃制品。金银质的餐具在天花板倾泻的光

线下显得闪亮夺目，天花板上绘有精美的图画，使光线更加柔和而悦目（描写了餐厅的华丽环境，使"我"对船长和潜水艇的看法有了转变）。

餐厅中间摆着一桌丰盛的菜，全是海里的东西。这些食品都很好，虽然有一种特殊味道，但我吃得惯。

尼摩船长说："这些菜大部分您都没见过，但您可以放心吃。这些菜很卫生，富有营养。"

我一一尝过了，与其说是由于贪食，不如说是由于好奇。尼摩船长讲他那不可思议的、似真似假的故事，我听得心醉神迷（选择句式的运用突出了"我"的好奇，也激发了读者的兴趣）。

他说："这海，这奇妙的、取之不尽的生命源泉，不仅给我吃的，还给我穿的。现在海给我一切，正像将来一切都要归还它一样！"

"船长，您爱海吧？"

"是的，我爱海！海是包罗万象的！海占地球面积的 7/10。海的气息纯净。在这汪洋大海中，人们不是孤独的，因为他们感到自己周围处处都有生命在颤动。海之为物是超越的、神妙的生存之媒介。海是动，海是爱，是长存的生命。自然界在海中也同样有动物、植物、矿物 3 类，海是大自然的仓库。地球是从海开始的，谁知道将来地球会不会归于海呢？海中有无比和平的环境。海不属于压迫者。啊！先生，您要生活，就生活在海中吧！只有在海中才有独立！在海中我是完全自由的！"

尼摩船长正说得兴高采烈的时候，他忽然停住了。有一阵子，他踱来踱去，情绪很激动。过了一会儿，他安静下来，脸上又现出惯常的冷淡，他转身对我说："现在，教授，如果您愿意参观我们的'鹦鹉螺号'，我愿意为您效劳。"

阅读鉴赏

船长出现了，他是尼摩船长，与"我们"3 个人坦诚相见，对于"林肯号"对潜水艇的攻击，船长很是不满，"我"也列举了由于潜水艇而造成的海难来辩驳。最后关于3个人的处置，双方进行了谈判。从船长的神情和语言中，"我"分析他一定有着不同寻常的经历。

最后船长提出愿意带着"我"一起去探寻海底的奥妙，使双方的谈话变得融洽，船长带"我"去餐厅用餐，并与"我"谈论了他对大海的见解和热爱。船长最后邀请"我"参观"鹦鹉螺号"。

作者运用语言和动作描写，让读者跟着一起对船长的经历、潜水艇的情况和海底的秘密产生了无限的好奇。另外对餐厅的简单描写让读者对潜水艇的装饰窥见一斑，通过作者的猜想，情节引人入胜，让人更加迫切地想了解事态的发展。

拓展阅读

海

海通常被称为"大海"，指的是与"大洋"相连接的大面积的咸水区域，即大洋的边缘部分。海可分为边缘海、内海、内陆海和陆间海。海域是人类最先通向大洋的桥梁。大海不仅给人类提供了丰富的各类可用资源，另外它对调节整个地球水平衡也发挥着重要作用。

第十一章

「鹦鹉螺号」

导　读

　　"我"跟着尼摩船长一起参观了潜水艇里的图书馆、客厅。里面不光有富丽堂皇的装饰和布置，还陈列了无数的珍贵书籍和来自大自然的稀世珍宝，到底都有些什么让"我"如此惊叹呢？

　　我跟着尼摩船长走进图书室。高大的紫檀木书架上镶嵌着铜饰，一层宽大的隔板上摆放着许多装帧一致的书籍。书架沿室内四壁放置，内侧正对着一排栗色的皮质长沙发，坐上去很舒服。还有一些轻巧的活动书案，供人们将书放在上面阅读。室内中央的大桌子上面放满了小册子，有些像是过期的报纸。这般和谐一致的布局沐浴在一片电光之中，电光是由半嵌涡形天花板上的四个毛玻璃球里发出的。我十分赞赏这间图书室。

　　"尼摩船长，"我说，"这样一间图书室，就是放到陆上许多宫殿里也能引为自豪，我一想到它能随您一同遨游海洋最深处，便禁不住由衷赞叹。您这里有六千至七千册书吧……"

　　"是 12 000 册。这些书是我同陆地的唯一联系。但自从我的'鹦鹉螺号'首次潜入水下，人世间对我来说就不复存在了。这些书您可以随意使用。"

我谢过尼摩船长。书架上净是各种文字撰写的科学、伦理学和文学类书籍，政治经济学方面的著作似乎完全被摒弃了。所有书籍都没有分门别类放置，这表明，"鹦鹉螺号"的船长随便拿起一本书都可以流畅地阅读。

这些书籍中间，我注意到有古代和近代大师们的杰作，是人类在历史学、诗歌、小说和科学方面的最卓越的成果。至于科学类书籍，是这个图书室的主要内容；机械、弹道、水文地理、气象、地质等学科的书籍与博物史方面的著作均占据着同等重要的位置，这都是船长重点研究的方向。我的两卷著作也放在了显著的位置，兴许这正是使我得到了尼摩船长的款待的原因。约瑟夫·伯特朗的《天文学的创始人》竟使我断定，"鹦鹉螺号"的制造不会在1865年之前。

这时，尼摩船长打开一扇门，于是我进入了一间宽敞明亮、富丽堂皇的客厅。

这客厅实际上是一座博物馆，一只神奇、智慧的手将自然和艺术的一切珍品全聚集在这里。30多幅名画装点着挂了朴素图案壁毯的墙壁，每幅画之间隔有闪闪发光的盾形板。我看到一些极其名贵的作品，其中大部分我曾经在欧洲的私人收藏中或是在绘画展览会上欣赏过。在这华丽的隅角的雕像柱座上，还摆放着几尊模仿古代最漂亮的模特儿制作的缩小铜像和石像。"鹦鹉螺号"船长所预言的那种使人惊异得目瞪口呆的状况已经开始攫住了我的心灵。

"先生，虽然我不想知道您是何许人，但我可以说您是一位艺术家吗？"我说。

"一个业余爱好者而已。从前，我喜欢收藏人类用手创作出来的美妙的作品。这是那片对我来说已经死亡的陆地留给我的最后纪念了。"

"那么这些音乐家呢？"我指着乐谱说。

尼摩船长回答我："这些音乐家是俄耳甫斯的同时代人，在死者的记忆中，年代的差别消灭了——我已经死了。"

我继续观看厅内那些丰富的珍藏。自然界的稀有品种占据着非常重要的位置。这主要是植物、贝壳和其他海产品。大厅中间，有一电光照射下的喷射水柱，水落在一只砗磲（chē qú）壳制作的盛水盘内。这只最大无头软体类动物的贝壳，比威尼斯共和国奉献给弗朗索瓦一世的那个还要大得多。

在这个盛水盘的周围，精致的玻璃橱内，是一些连生物学家都难以见到的最为珍贵的海产品，已被一一分类，还贴上了标签。作为教授，此时所感到的喜悦是可想而知的。

任何一位不太容易激动的贝壳类专家，要是他站在另外一些数目更多的陈列软体动物类标本的玻璃柜前，一定会昏厥过去。我在这里看到一套价值连城的标本，可我却无暇一一加以描述。

因此，要算出这里所有收藏品的价值是不可能的。尼摩船长一定耗去百万巨资来购置如此种种珍奇标本，他哪来这么多钱用于满足其收藏家的欲望呢。

"这些贝壳会使生物学家感兴趣的，对我来说，它们另有一番魅力。它们全都是我亲手收集的，地球上没有哪一处海域不经我搜索过。"

"即便我对这些珍宝竭力赞赏，可我对于运载它们的那艘船，又该说什么好呢？'鹦鹉螺号'蕴含的动力、使它运转的机器，都极大地激起我的好奇。这间客厅四壁悬挂着的一些仪器，我能否对此有所了解呢……"

尼摩船长回答我："您在我船上是自由的，'鹦鹉螺号'上的任何部位都向您敞开，您可详细察看，我将会很乐意成为您的向导。"

"我真不知道该怎样感激您才好，先生，我只想问问您，那些物理仪器是做什么用的……"

"教授先生，我房里也有相同的仪器，到了那儿，我将会很高兴地向您解释它们的用途。在此之前，请您先去参观一下为您预备的舱房。"

我跟在尼摩船长身后，他领着我向船首走去，在那里，我所看到的并不是一间舱室，而是有床、有梳妆台以及各式家具的雅致房间。

我不能不感激我的主人。

"您的房间就在我的隔壁。"他打开门对我说。

我走进船长的房间。房内陈设朴实无华，像修士住的一样，有一张铁床，一张写字桌以及一些梳洗用具。房中没有任何奢侈品，有的仅仅是一些生活必需品。

尼摩船长指了指一把椅子对我说："您请坐吧。"

我于是坐下，他便对我说出如下的一席话。

阅读鉴赏

本章作者运用了大篇幅的语言对话和环境描写，向读者介绍了潜水艇内的环境。其中运用了大量的举例和对比手法，描写潜水艇里的宝贝是多么的无价，文中还有几处伏笔，例如，船长的图书馆图书如此丰富，却没有政治经济学类，船长说自己已经死了等。让读者阅读之后，与"我"一样，急切地想解开这些秘密。

拓展阅读

砗磲

砗磲也叫车渠，因为它们的形状就像古代的车辙，所以称为车渠。后人又因为它坚硬如石，就在车渠旁加了"石"字。

砗磲的贝壳很大，直径可达两米。它们与珍珠、珊瑚、琥珀在西方被誉为四大有机宝石，在中国佛教与金、银、琉璃、玛瑙、珊瑚、珍珠一起被尊为"七宝"。

第十二章
一切全靠电

导 读

尼摩船长带"我"来到他的房间，看到了好多与潜水艇相关的仪器，并解答了"我"很多的问题，也告诉了读者为什么潜水艇能够常年在大海里游刃有余，船里的生活也能这么有条不紊。

尼摩船长指着挂在他房中墙壁上的仪表说："这些就是'鹦鹉螺号'航行必需的仪表，它们指出我在海洋中的位置和方向。其中有些仪表您是知道的，如温度计、晴雨表、湿度计、风暴镜、罗盘仪、六分仪、经线仪，以及日间和夜间用的望远镜。"

我答："我知道它们的用法。但还有其他仪器一定是为特殊需要而用的。那不是流体压力计吗？"

"正是。它是跟海水相通的，指出外面海水的压力，我便知道船所在的深度。"

"那些新式的测验器又是做什么用的呢？"

"那些是温度测验器，报告各水层的温度。"

"还有哪些我猜不到用处的仪器呢？"

尼摩船长说："这里有一种强大、驯服、快捷、方便的原动力，它有各种用处，船上一切依靠它。它给我光、给我热，它是我船上机械的灵魂。这原动力就是电。"

"电！"我惊叫，"但是，这只船移动的速度这么快，跟电的力量不太符合。到目前为止，电力还是很有限的，只能产生相当有限的力量！"

"教授，"尼摩船长回答，"我的电不是一般的电。我并不借助于陆地上的锌、铁、银、金等金属，我只要大海本身来供给我生产电力的原料。譬如我可以把沉在不同深度下的金属线联结成电路，金属线受到不同热度就产生电，但我通常采用的是另一种比较方便而实用的方法。1 000克海水含有96.5%的水，2.7%左右的氯化钠，其余就是小量的氯化镁、氯化钾、溴化镁、硫酸镁、硫酸和石灰酸。我从海水中提取出钠，用钠制造我所需要的物质。钠跟汞混合成一种合金，代替本生电池中所需要的锌。汞是不会损失的，只有钠才会消耗，但海水供给我所需的钠。此外，钠电池应当是最强的，它的电动力比锌电池要强好几倍。"

"船长，电动机器消耗的钠的数量，恐怕要超过提取出来的钠的数量。您是怎么提取钠的呢？"

"我不用电池提取，我用煤炭的热力。"

"您可以在海底开采煤矿吗？"

"阿龙纳斯先生，您将会看到我开采。"

"船长，"我回答，"我只有佩服，您找到了人类将来可能找到的东西，那就是真正的电的力量。"

"我不知道他们是不是能找到，"尼摩船长冷淡地回答，"您已经看到了我用这种宝贵的原动力所做的第一次实际应用。您请看这座钟，它是用电转动的，走得十分准确。下面是电的另一种用途，这个表盘指示'鹦鹉螺号'的速度，一根电线把它跟测程器的螺旋桨连接起来，它上面的长针指出船行的实际快慢。"

"真了不得！"我答，"船长，我很明白您使用这种原动力的理由，它可以替代风、水和蒸汽。"

我跟着尼摩船长，穿过狭窄过道，到了船的中心。在船中心两扇隔板之间有井口般大的开口。顺着内壁有一架铁梯子，一直通到这口井的上部。我问船长这梯子做什么用。

"它通到小艇。"他回答。

"您还有一只小艇吗？"我有些惊异。

"当然。一只很好的小艇，轻快，又不怕沉没，可供应游览和钓鱼用。"

"当您想登上小艇时，您必须浮到水面上吗？"

"不。这小艇系在'鹦鹉螺号'的上部，放在一个为它专设的凹洞里。小艇全身装有甲板，完全不透水，用结实的螺钉钉着。铁梯通到'鹦鹉螺号'身上的一个单人小孔，这孔紧接着小艇身上的一个大小相同的孔。我就由这两个孔到小艇上去。一个人关上了'鹦鹉螺号'的孔门，我就关上小艇的孔门，我松开螺钉，小艇就快速浮上水面。于是，我打开一直紧闭的盖板，竖起桅杆，扯开风帆或划起桨来，就在水上漫游了。"

"但您怎样回到大船上呢？"

"不是我回去，而是'鹦鹉螺号'回到我身边来。一根电线把我跟它连在一起，我只要打个电报就行。"

我被这些奇迹陶醉了，没有比这更方便的了！

我来到了厨房。厨房里的一切烹饪工作都用电。电线接到炉子下，把热力传给白金片，热力分配到各处，保持一定的、规律的温度。电又烧热蒸馏器，供给人清洁的饮水。挨着厨房，有一个浴室，布置得很舒适，室内的水龙头可随意供应冷热水。

连着厨房的是船员的工作室，长5米。房门关着，我看不见里面的布置，但是我觉得它是根据驾驶"鹦鹉螺号"所需的人数来决定的。

第四道防水板把这个工作室和机房隔开。我走进了一间房子，尼摩船长在房里装置着各种驾驶器械。

这机房被照得通明，有20多米长。内部分成两部分：一部分放着生产电力的原料，另一部分装着转动螺旋桨的机器。

我一进去，满屋子一种说不出的气味，很不习惯。尼摩船长看出我的神情，他说："这是钠分解出来的气体，就这一点美中不足。每天早晨，船都要露出水面通风，清除这种气体。"

我以极大的兴趣研究着"鹦鹉螺号"的机器设备。

阅读鉴赏

作者通过细节描写，介绍了船上的许多情况，例如，对小艇的描述；还使用列数字的方法，详细地说明了他所观察到的潜水艇的前半部分的情况，语言对话描写，交代了船上的电的来源。这里也为后面的探险和惊奇埋下了伏笔。

拓展阅读

本生电池

本生电池是罗伯特·威廉·本生在 30 岁那年，也就是 1841 年发明的。从此他便开始了一连串的大发现和重要研究。本生电池只是把过去的格罗夫电池的白金阳极改为碳（阴极是用锌），优点是长期电力不减弱，并且比较经济。

第十三章

几组数字

导 读

　　尼摩船长拿出了"鹦鹉螺号"的平面图向"我"讲述了有关它的详细情况，它的形状、重量、面积和排水量等。而这样的情况是如何实现的？船长会做出怎样的介绍？

　　片刻之后，我们坐到客厅的长沙发上。船长把"鹦鹉螺号"的平面图放在我面前，对他的船只做了一番描述：

　　"船身是很长的圆筒，两端呈圆锥状。圆筒的长度为70米，横梁最宽处为8米。它的宽度和长度之比是1比10。整个轮廓呈流线型，是为了船只在移动时便于排水，航行时不会受到丝毫阻碍（对"鹦鹉螺号"的外形进行详细描写为以后的叙述做铺垫）。

　　"'鹦鹉螺号'的面积是1 011.45平方米，体积为1 500.2立方米，当船完全沉入水中时，它的排水量或重量为1 500立方米或1 500吨。

　　"当我绘制船的平面图时，我要求它的吃水部分占9/10，浮出水面的部分占1/10，以使其能在水中保持平衡。因此，它的排水量只能是1 356.48立方米。'鹦鹉螺号'由双层船壳构成，一层是内壳，另一层是外壳。两壳间，用T字形蹄铁连接，使船身坚硬无比，对最汹涌的海浪都

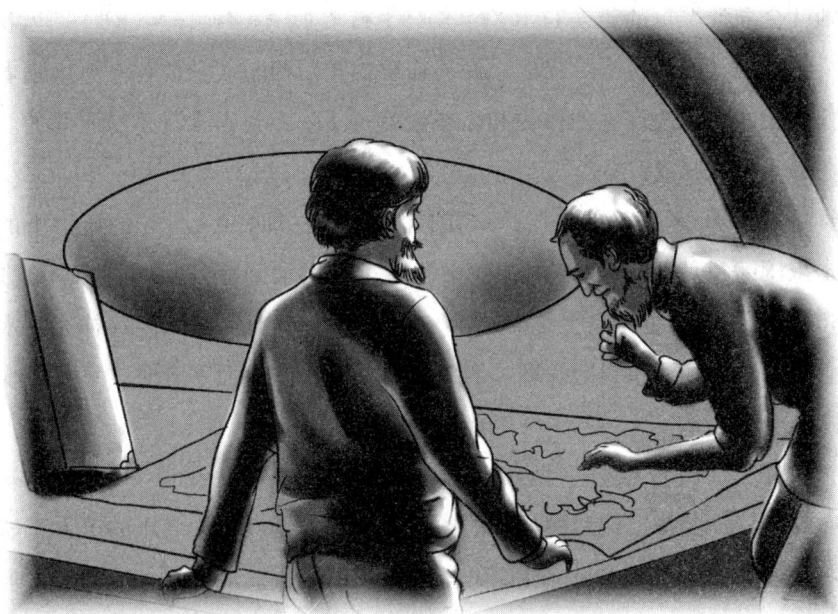

不怕。

　　"这两层船壳都是用钢板制作的。钢的密度与海水密度之比是 10 比 7 或 10 比 8。第一层船壳的厚度至少为 5 厘米,重量是 394.96 吨。第二层船壳,即龙骨,高 50 厘米,宽 25 厘米,62 吨重。机器、压载物、各种附属物和装置物、内部的隔板和木材等,重量为 961.62 吨,加上上面的 394.96 吨,总重量就是 1 356.58 吨了。

　　"当'鹦鹉螺号'在海中时,它浮出水面的部分是 1/10。如果我装设了一些容积等于这 1/10 的贮水池,即容量为 150.72 吨,将它们装满水,这时船的排水量或重量是 1 507.3 吨,它将完全潜入水中。"

　　"船长,可我觉得还是有实际困难。船沉到水面之下,不是会遇到一种压力,进而承受一种自下而上的浮力吗?这力是由 30 英尺水柱高的大气压力来计算的,即每平方厘米承受 1 千克左右的压力。除非您将'鹦鹉螺号'全装满水,不然怎能将它潜到海底。"

　　"教授,"尼摩船长回答,"不要将静力学和动力学混为一谈,否则就会导致严重的错误（体现了船长的博学多才，也为后面故事的发展做了铺垫）。当我决定增加'鹦鹉螺号'潜入水底所需要的重量时，我只要注意海水随着其层次的变化改变它的体积和缩减量就行了。不过，水是不易压缩的。在每一大气压或每30英尺高的水柱压力下，水的压缩量仅为0.000 436。要深入1 000米以下的水层，水在1 000米水柱即100大气压的压力下的体积压缩量就是0.436。因此我必须将重量增加到1 513.7吨，而不是1 507.3吨。增加重量只会是6.57吨。我还有一些容量为100吨的补充贮水池，可以下降到相当的深度。当我想要上升至与海面平齐时，只需将水排出。"

对于这些依据数字做出的推理，我无从反驳，我说："当您进入1 000米深度时，'鹦鹉螺号'的内壁便承受着100个大气压的压力。如果您想排干补充贮水池，让船升至水面，那么，抽水机的力量就得大于每平方厘米100千克的100个大气压的压力。这种力量……"

"光靠电就能给我提供这种力量。"尼摩船长忙说，"我的机器的动力

插叙表现了尼摩船长自豪的心情。

近乎是无限的。'鹦鹉螺号'的抽水机有一种奇异般的力量，它们对'林肯号'喷出的水柱，速度之猛，犹如一股激流。当我想到水面下两三里深的海域里去时，我还可以应用其他方法。"

"操纵'鹦鹉螺号'，令其向左向右，我使用舵板宽大的普通舵，还可以借助两块纵斜机让'鹦鹉螺号'纵向移动。纵斜机板的位置一旦与船体平行，船便水平行驶，机板倾斜，'鹦鹉螺号'即根据它们倾斜的位置，在推进器的驱动下，沿着我所要的对角线往下沉，或沿着对角线往上浮起。"

"妙极了！船长，"我喊道，"但是舵手怎能看见您在水中给他指示的路线呢（语言描写，体现了"我"难以表达的喜悦与兴奋）？"

"舵手处在一个玻璃舱里，在船体上部的突出部分。"

"玻璃能顶得住这般强大的压力吗？"

"无懈可击。玻璃片只有 7 毫米，却顶住了 16 个大气压的压力。何况我使用的玻璃，中央厚度至少是 21 厘米。在舵手舱的后面，有一座强电光反射镜，可以将半海里内的海洋照射得透亮。"

"啊！船长，"我自信地喊道，"您的'鹦鹉螺号'真是一艘奇异的船！"

"是的，教授，"尼摩船长确实动了感情，"我爱它，就像爱我生命一样！没有必要担心船会变形，因为船的双层船壳是钢铁般的坚硬。它没有船身横摇竖摆就能毁坏的缆索；没有风可以吹走的帆；没有蒸汽可以破裂的锅炉；不会发生可怕的火灾，因为船是用铁皮制作的；它不使用会烧完的煤炭，因为它的机械原动力是电；不会遇到可怕的碰撞，因为它在深水之中独来独往；它不用去迎击风暴，因为它能在水下几米深的地方获得绝对的平静(因果倒置句式,描述了潜水艇的坚固和强大,也表现了船长自豪的心情)！这是一条无比杰出的船！对于这船，设计师可能比建造师更有信心，而建造师可能比船长更有信心，如果是这样，那么您就能理解为什么我对我的'鹦鹉螺号'这么信赖了，因为我同时是这艘船的船长、设计师和建造师！"有一个也许是冒昧的问题，自然而然地提出来了，我问他："您怎么能秘密地建造这艘令人钦佩的'鹦鹉螺号'呢？"

"阿龙纳斯先生，船上的每一部分构建，都是来自地球上不同的地点，写上假地址运到我这里来的。这些制造商都收到我的署名不一的设计图。我在大洋中一个荒岛上已建起了加工场。我的工人，就是我曾经培养和训练过的我的那些同伴，和我共同把我们的'鹦鹉螺号'装备好。工程一结束，我便用一把火烧毁了我们留在那荒岛上的痕迹，要是可能的话，我恐怕还会将这岛炸毁(插叙进一步将船长和船的神秘面纱向读者揭开)。"

"可想而知，这艘船的成本是极其昂贵的了。"

"阿龙纳斯先生，一只钢铁制造的船，每吨成本为 1 125 法郎。'鹦鹉螺号'容量是 1 500 吨，其成本就是 168.7 万法郎，连装备费在内，一共是 200 万法郎，再加上船内的艺术品和收藏，总共为 500 万法郎。"

"您一定很富有吧？"

"无限的富有，先生。我可以毫不费力地偿清法国的上百亿国债（他的财富是怎么得来的呢？他的身份如何？这里埋下了伏笔）！"

我注视着这个同我说话的怪人。他以为我是那么容易轻信的吗？将来我一定会了解到真相的。

阅读鉴赏

尼摩船长拿出了"鹦鹉螺号"的平面图，列举了一系列准确的数字，让"我"见识了潜水艇的真面目，也解开了之前诸多的想象。尼摩船长时而用物理知识，时而用数学知识，解释得明白准确，而且理由充分，体现了他的博学多才。另外，如此强大的船艇，它的建造一定需要不少的金钱，船长简单讲述了在孤岛上建造船艇的过程，并说自己财富极多。"我"半信半疑，和读者一样都希望能了解到事情的真相。

拓展阅读

大 气 压

地球的周围被厚厚的空气包围着，这些空气被称为大气层。空气可以像水那样自由地流动，同时它也受重力作用。因此空气的内部向各个方向都有压强，这个压强被称为大气压，亦称大气压强，是重要的气象要素之一。由于地球周围大气的重力而产生的压强，其大小与高度、温度等条件有关。一般，随高度的增加而减小。例如，高山上的大气压就比地面上的大气压小得多。在水平方向上，大气压的差异引起空气的流动。

导 读

　　"鹦鹉螺号"的海底探秘航行即将启动。"我"、尼德·兰和康塞尔对这次旅行的态度如何？在旅行之前，教授还有他的助手和经验丰富的渔叉手会为读者普及一下海洋知识的，到底是些什么知识？

　　地球上海水的面积为3.832 558亿平方千米，体积为22.5亿立方米，它可以成为一个圆球，球的直径为60千米，重量为300亿亿吨。海水的总量等于陆地上所有的河流在40 000年中的水流量。

　　在地质学纪元中，火的时期之后为水的时期。起初，处处都是海洋，然后，在初期志留纪中，山峰渐渐露出来了，岛屿浮现，又在局部发生的洪水下淹没，又重出现，连接起来，构成大陆，最后，陆地才固定为地理上的各大陆，跟我们今天所看见的一样。固体大陆从流体海水所取得的面积为2 700.657万平方英里（1英里≈1.61千米），即1 291.6万公顷（1公顷=10 000平方米）。

　　各大陆形状不同，把海水分为北冰洋、印度洋、大西洋和太平洋。太平洋从北至南处在南北两极之间，从西至东处在亚洲和美洲之间，经度横跨145度。太平洋是最平静的海，海潮大而缓，潮水来势一般，雨量充沛。我的命运首先走过的就是这个海洋。

"教授，"尼摩船长对我说，"如果您乐意，我们先明确我们现在的方位，决定这次旅行的出发点。现在是正午差一刻，我叫船浮上水面。"平台仅浮出水面80厘米。"鹦鹉螺号"前头和后部现出纺锤形状，好比一根长雪茄烟。船身的钢板彼此鳞次（lín cì，是指像鱼鳞那样有次序地排列着）着，像爬虫类动物身上的鳞甲（用形象的比喻照应前面人们把它当作是一个巨大的生物）。难怪这船总会被认为是海洋动物。

平台中间，是那只半藏在船壳中的小艇，好像一个微微突出的瘤。平台前后，各装上一个不很高的笼子，向侧边倾斜，一部分装着很厚的凹凸玻璃镜：这两个笼子的其中一个作为"鹦鹉螺号"领航人之用，另一个装着强力的电灯，探照航路。

天空晴朗无云，尼摩船长带了他的六分仪，测量太阳的高度。

"正午，"他说，"教授，您要我们这时出发吗？"

我回到客厅。船长在地图上记了方位，计算了经度，他对我说："我们是在西经137度15分……"

"您根据哪种子午线算的呢？"我急急地问，想从船长的回答中知道他的国籍。

他答复我："我有各种不同的时计，可以根据巴黎、格林威治和华盛顿子午线来计算。但因为您的关系，我以后将根据巴黎子午线计算。"

这个回答没使我得到什么。

船长又说："我们在巴黎子午线西经137度15分，北纬30度7分，距日本海岸约300海里。今天，11月8日，中午，我们开始做海底探险旅行了。"

"愿上帝保佑我们！"我答。

"教授，"船长又说，"我现在让您做您的研究。我要让船在水深50米下向东北偏东方向行驶。这里有标记分明的地图，您可以看着我们的航行路线。我告辞了。"

我一人留下，默默地想着这位船长。我将永远不知道他是哪国人吗？他对于人类的仇恨，或者他对于使他有那种仇恨的人，要做可怕的报复吗？他是不是像康塞尔说的"有人给他受过痛苦的"一位学者，一位天才？他冷淡地，但客气地收留了我。他从不握我伸出去的手，他也从不将他的手伸出来（为读者设置了悬念，推动故事情节更精彩地发展）。

我盯着摆在桌上的平面大地图，把手指放在上面所指出的经纬度相交的那个点。

海洋跟大陆一样，也有江河。从它们的温度和颜色可以辨认出这些江河，其中最显眼的是暖流。科学确定了在地球上有的五条主要水流路线：第一条在大西洋北部，第二条在大西洋南部，第三条在太平洋北部，第四条在太平洋南部，第五条在印度洋南部（为读者插叙了地球上主要的五条水流路线的位置）。

在平面图上记下的那个点，是上面说的一条暖流，日本人叫它"黑潮"。黑潮从孟加拉湾出来，受热带太阳光线的直射而变暖，它穿过马六甲海峡，沿着亚洲海岸进入太平洋北部呈圆弧形，直到阿留地安群岛。它的纯靛蓝色跟大洋的水流是截然分开的（描写了潜水艇即将穿越的黑潮，让人们无限憧憬这奇妙的海底之旅）。"鹦鹉螺号"要走的就是这条水流。

这时，尼德·兰和康塞尔在客厅门口出现了。他们看见眼前的神奇物品，惊得发愣，以为他们在魁北克博物馆或桑美拉大厦。

我将我所知道的全部告诉尼德·兰，不如说，将我所不知道的全部告诉了他。

忽然，客厅黑了，我们听到一种滑走的声音。光线穿过两个长方形孔洞，从客厅四周射进来。海水受电光的照耀，通体明亮。两块玻璃晶片把我们和海水分开。

在"鹦鹉螺号"周围一海里内的海水，现在都可以清楚地看见。多么光怪陆离的景象啊！谁能描绘光线穿过透明的水流所产生的新奇景色呢？谁能描绘那光线照在海洋上下两方，渐次递减的柔和光度呢（反问句，表现"光怪陆离"的、美得无法形容的景象，以及"我"赞美的心情）？在"鹦鹉螺号"所走过的海水中，电光就在水波中间照耀。这不是明亮的水，而是流动的光了。

"真新鲜！"加拿大人说，他忘记了他的愤怒和他的逃走计划，受到一种不可抗拒的诱惑。

"啊！"我喊道，"我明白这个人的生活了！他自己造了另一个世界，给他保留下最惊人的奇观！"

此时，尼德·兰和康塞尔对鱼发生了争论。

大家知道，鱼类是脊椎动物门中的第四纲和最后一纲。鱼类的确切定义是：有双重循环作用的、冷血的、用鳃呼吸的、生活在水中的脊椎动物（说鱼是冷血动物，又似乎在暗示尼摩船长的冷血，为读者留下了悬念）。鱼类由硬骨鱼类和软骨鱼类构成。

尼德·兰从美食家的角度把鱼分为可吃的鱼类和不可吃的鱼类，康塞尔则用科学方法将鱼进行细分。他说："硬骨鱼类可分为6目。第一目是棘鳍目，上鳃是完整的、能动的，鳃作梳子形。这一目共有15科，包括已知的鱼类的3/4。典型的是河鲈。第二目是腹鳍目，腹鳍是垂在肚腹下面和在胸绪后边，而不是长在肩骨上。这一目分为5科，包括大部分的淡水鱼，典型的是鲤鱼、白斑狗鱼。第三目是副鳍目，腹鳍是接在胸鳍的下面和挂在肩骨上。这一目共有4科，典型的是鲽鱼、黄盖鲽、大菱鲆、菱鲆和箬鳎鱼等。第四目是无鳍目，鱼身很长，没有腹鳍，身上有很厚的带黏性的皮。这一目只有一科，典型的是鳗鱼、电鳗。第五目是总鳃目，鳃是完全的和自由的，由许多小刷子构成，一对一对地排在鳃环节上。这一目只有一科，典型的是海马、海天龙鱼。第六目是固颌目，颌骨固定在颌间骨边上，上颌的拱形骨跟头盖骨缝连接在一起，固定不动。这一目共有两科，典型的是单鼻鲀、翻车鲀。软骨鱼类，只有3目。第一目，圆口目，鳃合成为一个转动的圈环，鱼鳃开合有许多小孔。这一目只有一科，典型的是七鳃鳗。第二目，横口亚目，它的鳃类似圆口鱼的鳃，但下鳃活动。这一目共有两科，典型的是鳐鱼、角鲨。第三目，鲟鱼目，鳃跟平常的相比，只由一个有盖的孔开合。这一目有4科，典型的是鲟鱼。"

诚然，康塞尔是个狂热的分类家，不是一个生物学家。加拿大人可以毫不迟疑地说出这些鱼的名字来。尼德·兰和康塞尔合起来会成为一位出色的生物学家。

在我昏花的眼前游过的各种类型的水族，简直就是日本海和中国海的全部标本。

5点，我们走回各自的房间，晚餐早摆好了。

我夜间看书、写笔记、思考问题，后来就躺在海藻叶制的床上酣美地入睡了。这时，"鹦鹉螺号"正很快地穿过黑潮暖流。

阅读鉴赏

作者对潜艇即将穿越的黑潮进行了描写，运用插叙手法，为读者讲述了地球上暖流的情况，还有康塞尔对海底鱼类的讲述，都为故事的进一步发展做了很好的铺垫。另外也设置了几个令人好奇的悬念。比喻、反问的修辞手法，生动地描写了他们在潜艇上看到的美丽的海底世界。

拓展阅读

六 分 仪

六分仪是由1731年哈德利发明的反射象限仪发展而来的。它的主体是一个扇形框架，扇形的弧度是60度，也就是圆周的1/6。哈德利曾和哈雷一起研制成功了一种反射望远镜。后来他接着又制造了一种在海上测量角度的仪器。观测者通过一面镜子同时看见地平线和太阳，它们之间的角度用边缘标有刻度的象限仪量出来。

它的结构是一个三角形的架子，一边是一个弧形板，上面有刻度和可以移动的指针。反射镜将夹角需测量的两个物体反射到一起，就可以方便地测到角度并计算出该船所处的纬度，以保证船舶沿正确的航线行驶。

第
十
五
章

一封邀请信

导　读

　　"鹦鹉螺号"里的船员穿的衣服是利用海里的特殊纤维制成的，这确实让人大开眼界。"我"开始研究潜艇里的贝类学珍藏，记日记。

　　第二天是 11 月 9 日，我醒来，康塞尔走进来，按照惯例，他先问过"先生晚上睡得怎样"之后，便干起活儿来。

　　我很快穿好了贝足丝织成的衣服，它的质料不止一次引起了康塞尔的思考。我告诉他，这些料子是由光滑柔软的纤维制作的，而纤维是由盛产在地中海岸的一类叫作"猪脏介壳"的贝壳留在礁石上的。从前，人们拿来做成漂亮的衣料、袜子、手套，这些纤维柔软又保暖。"鹦鹉螺号"的船员完全可以穿上物美价廉的衣服，而不需要陆地上的棉花、羊毛和蚕丝。

　　我到大厅里去埋头研究那些堆积在玻璃柜中的贝类学珍藏，同时搜索丰富的植物标本。

　　整整一天过去了，不见尼摩船长光临。次日，同样不见有人来。尼德·兰和康塞尔都对船长莫名其妙的不露面感到惊奇。

这一天，我开始记日记了。有趣的是，我是用海中的大叶藻制的纸来写日记的。

11月11日，大清早，"鹦鹉螺号"又浮出了海面。我登上平台，发现天色阴沉，海呈灰色，却很平静。

这时，有人走上平台，是船上的大副。他操起高倍数望远镜，专注地观察着天际各处。然后，他走近隔板，说了一句我听不懂的话。这意味着什么，我说不上来。

这样持续了5天，尼摩船长并没有露面。

11月16日，我同尼德·兰和康塞尔一起回到我房中，发现一张写给我的条子。内容如下：

"鹦鹉螺号"船上的阿龙纳斯教授先生亲启

1867年11月16日

尼摩船长邀请阿龙纳斯教授先生参加明晨在克利斯波岛上森林中的一场狩猎活动。他期望教授先生一定到场，同时高兴地看到其同伴和他在一起。

"鹦鹉螺号"船上指挥官　尼摩船长

尼摩船长对于大陆和岛屿明显反感，现在却邀请我们去林中狩猎，我不想去解释其中的矛盾，只是回应道："让我们先看一看克利斯波岛是什么样的吧。"

在北纬32度40分，西经167度50分的地方，我找到一个小岛，是1801年由克利斯波船长发现的。它距离我们的出发点大约有1800海里，"鹦鹉螺号"此时正朝东南方驶去。

翌日，11月17日，我一觉醒来，赶忙穿上衣服，走进客厅。尼摩船长在等我，问我愿不愿意陪他一起去狩猎。

我问："船长，既然您已经同陆地断绝一切联系，您在克利斯波岛上又怎么会拥有森林呢？"

"教授，"船长回答，"我的森林不需要太阳，它不是陆上森林，而是海底森林。步行去，甚至不会将脚弄湿。"

"毫无疑问，他脑子有病。"我想，"他病发了一次，持续了8天，甚至还要拖下去，真遗憾！我宁可他脾气古怪一点，那总比发疯强！"

尼摩船长对我说："教授先生，您以为我是自相矛盾，还以为我是疯了吧？您可不能如此轻率地对人做出判断啊！

"您和我都很清楚，一旦备足了可供呼吸的空气，就可以在水下生活。在海底干活儿时，工人身着防水服，头戴金属帽，借助冲气泵和节流器，便可获得水中的空气。

"可是，在这种情况下，人是不自由的，不可能走远。那就使用卢格洛尔和德纳卢兹发明的器械，我对这种器械进行改良，它由一个用厚钢板制作的密封瓶组成，我将50个大气压的空气贮于瓶中，密封瓶用背袋绑在人的背上。瓶的上部形似铁盒，空气由吹风机控制，在正常压力下才能流出。目前通用的卢格洛尔器械里，有两条胶皮管从铁盒通出，同操纵器鼻口上罩着的一种喇叭筒连在一起，一条用于吸气，另一条用来呼气，人的舌头根据呼吸需要，决定开通哪一条皮管。但是，在海底遇到的压力十分大，因此我要用一只铜制的圆球套装在头上，那两条吸气和呼气的管子就接在这个圆球内。"

"妙极了，船长。不过，您携带的空气会很快用完的。"

"没错，然而，'鹦鹉螺号'的冲气泵可以把空气通过高压储存进去，密封瓶便能提供9至10个小时内呼吸的空气。"

我问："您在海底下靠什么来照明？"

"用兰可夫灯。灯内装有一组本生电池，用钠来发电。一个感应线圈将把发生的电收集起来，传送到有一特殊装置的灯里。灯里有一根弯曲的玻璃管，管中只有少量的二氧化碳气体。探照灯工作时，气体便亮起来，同时发出一种持续的白光。这样装备起来，我就可以呼吸，可以看得见了。"

"但对于您给我配置的那支猎枪，我仍然有所保留。"

"可这完全不是一支火药枪呀。"船长回答。

　　"那么，是一支气枪了？再说，要在比起空气重850倍的水底下开枪，还必须克服那强大的压力呢！"

　　"有一些枪支装有特殊开关，可以在您所说的情况下射击。我是用高压空气来代替的，'鹦鹉螺号'的冲气泵可以提供大量的这类空气。"

　　"这空气很快便会用完的。"

　　"我有卢格洛尔瓶，它会为我供气，只需装上一个开关龙头即可。"

　　"但是，在与空气相比密度极大的海水中，枪弹不会射得很远，也难以命中吧？"

　　"恰恰相反。这枪射出的子弹是一种小玻璃球，玻璃球上有一层钢套，下面又加了铅底，内里有强大的压力，遇到撞击会炸裂开来，动物不论怎样强壮，也会倒下死去。普通的枪弹盒可以装上10个小圆球。"

　　"我再没什么要争论的了，"我从桌旁站起来，说道，"我现在要做的只是拿起枪，您去哪里，我就跟着您去哪里。"

　　尼摩船长领我朝"鹦鹉螺号"后部走去，经过尼德·兰和康塞尔的舱房门前时，我叫了我的两位同伴，他们立即跟着我们一起走了。

　　我们来到前面靠近机房的一间小屋，在里面穿上了我们的猎服。

阅读鉴赏

　　以船长邀请"我们"去打猎为主线，先是"我"以为是到陆地上的森林里去打猎，设置悬念，后来船长说是海底的岛屿和森林，又让"我"很好奇，人怎样在高压、没有氧气的海底行动自如呢？海底漆黑一片，如何能看到路，看到猎物，就算是看到了，什么样的枪才能在这高压的水里，很准确地命中猎物？"我"提出的一系列问题，船长都做了解释：他有特制的猎服，可以提供时间较长的可供呼吸的空气，还能抵抗强大的水压；特制的照明灯，还有特制的猎枪。船长的解释让"我"心服口服，期待万分地跟着船长出发了。

拓展阅读

充 气 泵

充气泵也叫打气机、打气泵。充气泵是通过马达的运转来工作的。马达运转，抽气时，连通器的阀门被大气的气压冲开，气体进入气筒，而向轮胎中打气时，阀门又被气筒内的气压关闭，气体就进入了轮胎。充气泵是利用大气压的原理来为轮胎、皮球、橡皮船等充气的。

第十六章
漫步海底平原

导　读

　　前一章，尼摩船长向"我"解释和描述了打猎装备，那些东西到底是什么样子？穿上会不会很奇怪或者让人无法接受？"我们"武装完毕后，进入了海底世界，一次奇幻的海底散步开始了，海里的景色到底是怎样的？

　　这个小房子，就是"鹦鹉螺号"的军火库和储藏衣服的地方，墙上挂着12套潜水衣。

　　两个船员帮助我们穿上这些衣服。衣服是橡胶制成的，没有缝，可以承担强大的压力，不受损伤。应当说这是一套又柔软又坚固的甲胄。上衣和裤子是连在一起的，裤脚下是很厚的鞋，鞋底装有很重的铅铁板。上衣全部由铜片编叠起来，像铁甲一般保护着胸部，可以抵抗水的冲压，让肺部自由呼吸，衣袖跟手套连在一起，很柔软，丝毫不妨碍两手的运动。

　　尼摩船长、他的一个同伴、康塞尔和我，一共4个人，全都穿好了潜水衣。在戴上金属圆球之前，我要求看看猎枪。

　　那是一支很简单的枪。枪托是钢片制的，中空，体积相当大，储藏压缩空气，上面有活塞，转动机件便可使空气流入枪筒。枪托里装了20粒电气弹，利用弹簧，子弹可以自动跳入枪膛中。一粒子弹发出后另一粒立即补上，可以连发。

我们把各自的脑袋钻进圆球帽里，听到加拿大人讽刺地说了声"好好地打猎去"。我们的潜水衣的上部是一个有螺丝钉的铜领子，铜帽就钉在领子上。圆球上有 3 个孔，用厚玻璃防护，人头在圆球内部转动，就可以看见四面八方。当脑袋钻进圆球中的时候，放在我们背上的卢格洛尔呼吸器立即起作用了。

我腰挂兰可夫探照灯，手拿猎枪，准备出发。但是，穿上这身沉甸甸的衣服，被铅做的鞋底钉在甲板上，要迈动一步也是不可能的。

有人把我推进跟藏衣室相连的小房子里，我听到装有阻塞机的门在身后关上，四周顿时一片漆黑。

一声尖锐的呼啸传进我耳中。我感到好像有一股冷气从脚底涌到胸部。有人打开船内的水门，外面的海水向我们冲来。不久，这小房子便充满了水。"鹦鹉螺号"船侧的另一扇门打开来，一道半明半暗的光线照射着我们。一会儿，我们的两脚便踏在海底的地上了。

现在，我怎能将当时在海底下散步的印象写出来呢？就是画笔也不能将海水中的特殊景象描绘出来，语言文字就更不可能了（作者自问自答，表现眼前的美景和在海底下散步的感觉）。

尼摩船长走在前面，康塞尔和我紧挨着，船长的同伴跟随着我们。我不再感到我的衣服、鞋底以及空气箱的沉重了，也不觉得这厚厚的圆球的分量，我的脑袋在圆球中间摇来晃去，像杏仁在它的核中滚动一般（比喻修辞，说明游泳衣和帽子没有给身体带来负重感）。所有这些物体，在水中失去了一部分重量，即它们排去的水的重量，因此我进一步了解了阿基米德发现的这条物理学原理。我不再是一块呆立不动的物体，几乎能行动自如了。

阳光可以照到洋面下 30 英尺的地方，我可以清楚地分辨 100 米以内的物体。

我们在很细、很平的沙上行走。这种炫目的地毯，像反射镜，把太阳光强烈地反射出去。由此而生出强大的光线辐射，透入所有的水层。

如果我说，在水中 30 英尺深的地方，我可以像在阳光下一样看得清楚，<u>人们会相信我吗</u>（一个简单的心理描写，表达了作者当时的欣喜）？

我们踩着明亮的沙层走动，沙层是贝壳变成的粉末构成的。广阔的细沙平原好像漫无边际①。我用手拨开水帘，过后它又自动合上，我的足迹在水的压力下也立即消失了。

走了一会儿，我看见海底岩石前沿好看的一列，石上满铺着最美丽的形形色色的植虫动物，我首先被这特有的景色怔住了。

早晨 10 点，阳光斜射在水波上，由于曲折作用，光线像通过三棱镜一样被分解，海底的花、石、植物、介壳、珊瑚类动物，便在边缘上显现出太阳分光的 7 种不同颜色。<u>这真是一个赤、橙、黄、绿、青、蓝、紫的缤纷万花筒</u>（海水与阳光的杰作，折射出赏心悦目的七彩颜色）！我只能在套着脑袋的铜盒子里喊叫、赞叹。

对着这灿烂的美景，康塞尔跟我一样惊奇地欣赏着。显然，他正把这些形形色色的植虫动物和软体动物进行分类。叉形虫、角形虫、眼球丝、菌生虫、银莲花等，布置成一片花地，再点缀上红花石疣、海星以及海盘车。把成千上万散布在地上的软体动物的美丽品种，环纹海扇、海槌鱼、水叶甲、马蹄螺、朱红胄、风螺、叶纹贝，以及其他海洋生物，踩在脚下，我实在难受。我们头上是成群结队的管状水母，它们伸出天蓝色的触须，一连串地飘在水中。还有月形水母，那带乳白色或淡玫瑰红的伞，套了天蓝色框子，为我们遮住了阳光。更有发亮的半球形水母，发出磷光，在黑暗中为我们照亮了前进的路！

约在 1/4 海里的空间内，我没有停步，不断看到这些珍品。不久，脚下的土壤变了，接连细沙平原的是一片胶黏的泥地，由硅土或石灰贝壳构成，美国人管它叫"乌兹"。接着，我们经过一段海藻地，它们是未经

---

① 漫无边际：形容非常广阔，一眼望不到边。也指谈话或写文章没有中心，离题很远。

海水冲走的海产植物，繁殖力很强。这种纤维紧密的草坪，踩在脚下软绵绵的，足以和人工织出的最柔软的地毯媲美（草坪与地毯进行对比，让描写更形象、生动）。我们头上也是一片翠绿，水面上浮着一层海产植物，全是海藻类，这类植物，我们已经知道的至少有 2 000 多种。水中浮着很长的海带、红花藻、叶子很纤细的苔藓、酷似仙人掌的蔷薇藻。较近海面的一层是青绿色的海草，在更深处是红色的海草，黑色或赭色的水草就在最深处，形成海底花园和草地。

这些海藻类实在是造化的奇迹，宇宙植物界的一个奇迹。地球上最小和最大的植物都产生在海藻类中。5 平方毫米的地方，可以有 40 000 条这类肉眼不可见的微生植物，同时人们又采过长度超过 500 米的海带。

快到中午了，我们步调一致地走着，脚踏地面发出一种令人惊奇的密集的声响。微弱的声音在以一种陆地上人耳所不习惯的速度传送开去。事实上，对于声音，水是比空气更好的传音体，它传播声音的速度比空气快 4 倍。

我们到了百米深度，受到 10 个大气压的压力。但这压力没使我觉得难受。我只觉得手指不能灵活活动，但这种困难情况不久也消失了。我漫游了两小时，可丝毫不感到疲倦。在水力的帮助下，我的行动异常灵便。

在 300 英尺深度，我还能看见微弱的阳光。尾随着阳光的强烈光辉，是红色的曙光、白日与黑夜之间的阴暗光线。但我们还看得清，还不需要兰可夫灯。

这时，尼摩船长停下来，指给我看那在阴影中不远的地方，渐渐露出来的一堆堆模糊不清的形体。

我想，那就是克利斯波森林了。

阅读鉴赏

前一章尼摩船长解答了"我"对在海底森林打猎所带装备的一系列问题。这一章真正见到了这些装备，穿上了猎衣、戴上了帽子，并见到了那支看上去很简单却很神奇的猎枪。船长、船长的助手、康塞尔和"我"被推进了一间可以帮助他们进入海底的小屋子，然后就真正地开始了他们的海底散步。

作者运用了大量的修辞手法、环境描写、对比举例等，对海底的环境进行了全方位的描写，地上、头上、太阳光能够照到的地方，还有被海底反射、海水折射的五彩的光的描写，向读者展示了一个美妙无比的海底世界。

拓展阅读

甲 胄

甲，指铠甲。胄，指头盔。甲胄结合起来也称盔甲。甲胄作为将士的防护性装备，在冷兵器时代扮演着极其重要的角色，类似于现代战争中的防弹服，可以较大程度地保护将士身体免遭敌方进攻性兵器的重创，进而能够增强战斗力并给敌方以更猛烈的打击。

第十七章
海底森林

导 读

　　"我们"终于接近了这片森林，在这里，"我"见到了很多此前没有见过的动物和植物。走累了，我们在森林里小睡了一会儿，这么多动物和植物，有没有对他们造成威胁呢？

　　我们终于来到这片森林的边缘，林中净是高大的乔木状植物，我们一走入它那阔大的拱形枝干下面，首先映入眼帘的是形状奇特的枝叶——迄今为止，我还没有见过。

　　林中地面，寸草不生，灌木上丛生的枝丫没有一根向外蔓延。所有的植物都是向上长的，直冲着洋面。垂直线在这里支配着一切。

　　一排排植虫动物，上面有花一般开放的弯曲条纹的脑纹状珊瑚，触须透明的黑黄色石竹珊瑚，草地般丛生的石花珊瑚，还有像成群结队的蜂鸟一样的蝇鱼，正从这一枝飞到另一枝，而那类两肋耸起，鳞甲尖利的黄色蠹虫鱼、飞鱼、单鳍鱼等，正在我们脚下跳跃着。

　　将近1点，尼摩船长发出了休息信号，我们便在一个海草华盖下面躺下来。这片刻的休息令我感觉惬意，美中不足的是我们彼此之间不能交谈。我只好把我那笨重的铜头挨近康塞尔的头部位置。这诚实的年轻人眼里闪现出兴奋之光，还扭动着身体，做出最为滑稽可笑的怪样子。

这般漫游了 4 小时之后，我很奇怪自己没有强烈的食欲，却感觉到一种不可抑制的思睡欲望，我陷入了昏睡之中，尼摩船长和他强壮的同伴，在给我们做出睡眠的示范。

我醒来时，太阳正在西下，尼摩船长早就起来了。在距离我们几步之遥的地方，有一只一米高的巨形海蜘蛛，斜眼注视着我，正要向我扑来，我禁不住打了一个寒噤。康塞尔和"鹦鹉螺号"的水手也都醒过来了。尼摩船长向他同伴指了指那只可怕的甲壳动物，他的同伴即时给了它一枪，这怪物非常难看的脚爪猛烈地抽搐，拼命挣扎。

这次遭遇使我想到，一定还有别的更可怕的动物，我决心时刻保持警觉。尼摩船长继续他那大胆的海底远足。

快到 3 点时，我们来到了一个狭小的海谷，位于 150 米深处的海底。黑暗笼罩着四周，10 步之外什么也看不清，尼摩船长打开了他的探照灯。我转动螺丝，让线圈与玻璃弯管接通，大海便置于我们四盏探照灯的照射之下，周围 25 米内一片光明。

尼摩船长继续朝森林中幽深的地带深入，灌木随之愈见稀少。我发觉这里植物要比动物寿命短些。深海植物已经放弃这片有些变得荒凉的土地，而为数甚多的动物仍然比比皆是。

终于，4 点左右，这令人惊奇的海底徒步旅行结束了。我们面前，矗立着一座壮观的由一大堆岩石组成的高墙，这里就是克利斯波岛的边缘，这是陆地。

尼摩船长突然停下来，向我们做了一个停止的手势，我们开始往回走。我们并不是顺着原路返回"鹦鹉螺号"，这条新路很陡峭，却能让我们很快接近海面。返回到海水上层不可过于突然，这样才不至于使压力的减缓来得太快。不然，就可能在我们机体内引起严重的机能紊乱，并引起致命的内伤。

水下 10 米深处，我们行走在一大群各种各样的小鱼中间，船长迅速将枪抵住肩膀，准备射击，枪响了，一只动物便在离我们几步之遥的地方应声倒下。

这是一只漂亮的海獭，长 1.5 米，柔软精细、光滑漂亮的皮毛决定了它的价值至少也得 2 000 法郎。这稀奇的哺乳类动物，溜圆的脑袋，长有一副短耳朵，眼睛圆圆的，髭须纯白，像猫一样，脚呈掌形，带有趾甲，尾巴蓬松一团。由于渔人的追猎围捕，这种珍贵的食肉类动物已经变得十分稀少。

我亲眼目睹了一次最为漂亮的射击。一只大鸟，张开两翼飞翔而来。尼摩船长的同伴看到大鸟在离水波仅仅几米之上，他便瞄准它开枪。大鸟被击中了，直落至这位身手矫健的猎人近旁，他一把抓住了它。这是一只最美的信天翁。

在两小时当中，我们时而沿着细沙平原行进，时而顺着苔藓草地行走，横穿行动十分艰辛。这时，我看见半海里远的地方，一道朦胧的闪光撕破了海水的黑暗，那是"鹦鹉螺号"的舷灯亮闪着。要不了 20 分钟，我们就可以上船了。不过，我并没有把那一次使我们延误了片刻才回到船上的遭遇估计在内。

我走在尼摩船长身后约 20 步远，他突然转向我走过来，用他那强有力的手将我按倒在地上，他的同伴对康塞尔也是这般举动。我看见船长也躺在我的身旁，一动不动，我的心也就安定下来了。

我躺在地上，正好躲在苔藓丛后面，当我抬起头时，我发觉有一些巨大的躯体在喧闹着走过来，同时泛抛出一些磷光。

我的血都在我的血管中凝固了！我认出了威胁着我们的是那类凶猛异常的角鲨。这是一对火鲛，尾巴巨大，目光暗淡无神，鼻口周围有一些孔洞，分泌出闪光的磷质。它们的铁牙床可将人整个嚼成肉泥！我不晓得康塞尔是不是正忙着将它们分类，而我呢，却在观察着它们那银白色的肚腹和那满是利齿、令人可怕的大嘴。然而，我是用很不科学的观点来观察的，与其说是站在生物学家的角度，不如说是以行将遇难者的身份。

非常走运，这对狼吞虎咽般的贪食动物，它们的眼力此时此地显得不太好。它们没有发现我们就游过去了，它们那淡褐色的鱼鳍擦了我们一下，我们就这样躲过了危险。

半小时后，在那道电光的导引下，我们到达了"鹦鹉螺号"。外面的门仍旧敞开着，待我进入第一间小房间后，尼摩船长便将门关上了。紧接着，他按了下电钮，我听到船上的抽水机转起来，我感觉到周围的水位低了下去，过了一会儿，小房间里的水就完全排干了。里面那道门打开了，我们走进了储衣室。

在储衣室，我们脱下了潜水服，我回到了我的房间，饥饿和瞌睡已经将我弄得筋疲力尽，虽然这时我觉得自己快要晕倒了，但我完全沉湎于这次惊人的海底徒步旅行之中。

阅读鉴赏

作者运用了各种修辞方法，非常细致地描写了他们的所见所闻，比如船长的猎物——海獭，还有遭遇的角鲨，都详细描写了它们的外表和活动。还有对人物的神态和动作描写，体现了这次海底旅行的不同寻常。

拓展阅读

海 蜘 蛛

海蜘蛛又叫皆足虫，外形类似蜘蛛，所以人们称它为海蜘蛛。它们栖息在海滨，常匍匐在海藻上或岩石下。几乎各大洋中都有它们的存在。

海蜘蛛看起来就像一只普通的"盲蛛"，它们有细细的长腿和短小的躯干。虽然它们看起来好像与陆地上的蜘蛛有着某种联系，但是海蜘蛛却另外具有一些独有的解剖学特征。英国牛津大学的古生物学家发现了迄今为止最为古老和完整的海蜘蛛化石，表明海蜘蛛作为一种独特的生物在大约 4.5 亿年前就已经出现了。

第十八章
太平洋下四千里

导 读

　　潜艇出来透气的时候，"我"观看了平静的海洋，还看到了二十几个不同国籍的水手捕鱼的情形，尼摩船长用人做比喻，讲述了大海也是有生命的，另外"我们"还看到了大海恐怖的一面，沉船和死人，这到底是怎么回事？

　　第二天是 11 月 18 日，我走到平台上，"鹦鹉螺号"的大副正在说出他每日必说的那句话。我想，它的意思也许是："我们什么都望不见。"

　　洋面上空无一物。海洋把三棱镜分出的其他颜色都吸收了，只把蓝色向四面八方反射出去，好像一幅条纹宽阔的蓝毛布，在层叠的波涛上有规律地摊开（用比喻的手法，让读者看到大海平静的一面，也为后面沉船的出现做铺垫）。

　　这时，尼摩船长出来了，开始他的一连串天文观察。

　　又有 20 名左右的水手走到平台上来，来收昨晚撒在船后的渔网。我认出其中有爱尔兰人、法国人，好几个斯拉夫人、一个希腊人或克里特岛人。

　　渔网被拉上来。这是拖网，一根浮在水上的横木和一条串起下层网眼的链索把网口在水中支开。这些口袋似的网挂在铁框上，拉在船后，像笤帚在海底扫刷一般，一路上，经过的鱼无一幸免，全被打捞上来。

这一天打到了许多新奇的鱼，有海蛙鱼、喋喋鱼、弯箭鱼、弯月形鲅鱼、八目鳗、海豹鱼、旋毛鱼、纹翅鱼、鳖鱼、虾虎鱼、加郎鱼、鲤鱼、金枪鱼等。我估计这回的鱼超过 500 千克，这些海产被送到食物储藏室，有些要趁新鲜食用，有些要保存起来。

当我正准备回房时，尼摩船长向我回转身来，对我说："您看这海洋，它不是赋有真实的生命吗？它不是具有愤怒和温情吗？昨天，它跟我们一样安静地睡着，现在，它又动起来了，要过它的日间生活了！观察它有机生活的变化，实在是很有趣的学术研究呢。它有脉搏、有血管、有起伏，海洋跟动物身上的血液循环一样，有真正的循环功能（对比手法，描写海的生命，也表达了船长对大海的热爱）。"

尼摩船长说话，与其说是对着我，不如说是对着他自己（选择句式的运用，更突出了尼摩船长说话时的自信神态）。

"是的，"他接着说，"海洋有真正的循环功能，要引起这功能，单由造物者在海中增加热、盐和微生动物就成了。热力造成海水的不同密度，使海中形成许多顺流和逆流。此外，我又注意过那些由上而下和由下而上的水流，形成真正的海洋呼吸作用。我看见海水的分子在水面上受到热力，沉入很深的地方，至零下 2 摄氏度时，密度到了最大，然后，温度再降低，它的重量减轻，又浮上来。您将在极圈地方看到这种现象所产生的结果，您将了解到，冰冻作用之所以只在水面上发生，就是由于有远见的大自然的这个规律。"

一会儿他又说起话来：

"教授，海水中盐的分量是多到了不得的，如果您把溶解在海水中的盐提取出来，您可以造一个 450 万立方法里（法国旧时所用长度单位，1 法里 ≈ 4 千米）的盐堆，在地球上摊开来，可以铺 10 米厚的一层（列出具体数字来说明海里盐量数量之大，很有说服力）。盐质使海永不易蒸发，使海风不能将分量过多的水汽带走，不然的话，水汽重转化为水，简直就要把温带地方全淹没了。这真是无比巨大的作用，是调节全球的力量，使其保持平衡的伟大作用！"

尼摩船长接着说："至于那些原生纤毛虫，那些一滴水中便有百万数量的微生物，它们的作用也同样重要。它们吸收了海中的盐，消化了水中的固体物质，它们制造了珊瑚和水螅，是真正石灰质陆地的缔造者。这滴水，当它的矿物质被吸去时，它就变轻了，又浮到水面上来，在水面吸收了由于蒸发作用而被抛弃的盐质，变重了，又沉下去，重新给那些微生物带来可吸收的新物质。因此而发生上下循环不已的潮流，永远不停地运动，永远是不断的生命。生命力，比在陆地上更强大的生命力，在海洋的所有部分更丰富地、更无穷地尽量发展。

人们说，海洋是人类致命的地方，但对无数的动物——和对我，它是真正生命的所在！"

为后来出现的沉船事件做了铺垫。

他又说："所以，海洋中才有真正的生活！我打算建设水中的城市，像'鹦鹉螺号'一般，每天早晨浮上水面来呼吸。如果成功的话，那一定是自由自在的城市，独立自主的城市！不过，又有谁知道，不会有些专制魔王……"

尼摩船长做个激烈的手势结束了他的话。他问我："您知道海洋有多深吗？"

"船长，我知道北大西洋的平均深度为 8 200 米，地中海为 2 500 米。在南大西洋，南纬 35 度的地方，探测结果有的是 12 000 米，有的是 14 091 米，有的又是 15 149 米，如果把海底平均起来，它的平均深度可能是 7 000 米左右。"

"好，"尼摩船长答，"我希望可以给您说些更确切的数字。就是我们目前所在的太平洋这一部分的平均深度仅为 4 000 米。"

好几周过去了，我只在十分少有的机会才看见尼摩船长。

康塞尔把我们在海底散步的所见告诉了加拿大人，他很后悔没跟我们一道去（前面说尼德·兰没有去打猎，这里交代了他没去的想法，使故事情节完整），但我希望以后还会有游历海底森林的机会。

"鹦鹉螺号"一直朝东南方行驶。11 月 26 日，凌晨 3 点，"鹦鹉螺号"在西经172度越过了北回归线，远远可以望见夏威夷群岛了，这是有名的航海家库克被杀死的地方。

自出发以来，我们已经走了1 309海里。这天早晨，我看见了夏威夷岛，它是形成这群岛的7座岛中最大的一座。我清楚地看到它的已经开发地带的边缘，跟海岸线平行的各列山脉和火山群，高耸的摩那罗亚火山。

12月1日，"鹦鹉螺号"在西经142度越过赤道线。4日，我们望见了马贵斯群岛。相距3海里远，在南纬8度57分，西经139度32分，我看见奴加衣瓦岛的马丁岬头，这是法属马贵斯群岛中最重要的一座岛（通过"鹦鹉螺号"具体位置的表达，表现其速度之快）。

从12月4日至11日，"鹦鹉螺号"共走了1 000海里左右。途中碰见了一大群枪乌贼，很奇异的软体动物，跟墨鱼很像。法国渔人称它们为水黄蜂，属于头足纲，双鳃目。

就在12月9日和10日夜间，"鹦鹉螺号"碰见一大群喜欢夜游的软

体动物。它们的数目不止百万，从温带地方转移到较暖的水域去。透过水晶玻璃，我们看见它们正以极快的速度倒游着，运用它们的运动唧筒活动，追赶鱼类和软体动物，吃小鱼或被大鱼吃掉。它们头上天生的 10 只腿脚在胡乱抓爬，好像小孩玩的蛇形吹气管子。

12 月 11 日，我整天都在客厅中看书。尼德·兰和康塞尔通过打开的嵌板注视明亮的海水。"鹦鹉螺号"停在水深 1 000 米的地方，这里很少有生物居留，只有大鱼偶尔出现。

我正在读让·马西著的一本很有趣的书——《胃口的奴仆》，突然被康塞尔打断了。

"先生，请来一下行吗？"他带着很惊异的声音对我说。

"什么事，康塞尔？"

我站起来，电光照耀中，我看见一团巨大的黑东西，静止不动，悬在海水中。我喊道："一只船！"

"是的，"加拿大人回答，"一只触礁的沉船！"

没错。我们面前是一只船，断了的护桅索仍挂在链上，船壳看来还很好，沉船不过是几小时前的事。3 根断桅从甲板上两英尺高的地方砍下来，表明这遇难的船不得不把桅樯牺牲了。船侧躺着，装得很满，向左舷倾斜。这种残骸的景象，实在凄惨，更为凄惨的，是甲板上还有尸体！我看见 4 具男尸，还有一个年轻妇人和手中抱着小孩。她做最后的努力，把小孩举在头上，这可怜的小生命的两只小手正抱着妈妈的脖子呢！ 4 个水手的姿态非常吓人，他们的身躯抽搐得不成样子，他们摆脱了缠住他们的绳索，才死去。唯有那个舵手，比较镇定，面貌清楚、严肃，灰白的头发贴在前额，痉挛的手放在舵轮上，他好像还在驾驶他的三桅船（对船上几具尸体的描写，侧面烘托大海的恐怖）。多么可怕的场面！我们默不作声，我们的心跳得厉害。一些巨大的角鲨，眼睛冒火，被这人肉所吸引，正在向前游来。

"鹦鹉螺号"绕过沉船，我看见写在船尾牌子上的船名：佛罗里达号，山德兰港。

阅读鉴赏

在潜水艇出来透气的时候，"我"看到了大海平静宽广的一面，看到二十几个不同国籍的水手捕鱼的情景，听尼摩船长讲述了大海的生命，它像所有动物一样有脉搏、血液和循环，海水里所含盐分和各种纤毛虫、软体动物都起着维持大海生命的作用。

接下来的几天，尼摩船长没有出现，"我"在图书馆看书，记日记，康塞尔和尼德·兰通过打开的嵌板，看明亮的海水。被康塞尔叫过去，"我们"看到了一艘沉船，船上还有几具尸体。

作者运用了打比方、列数字等说明方法生动地描写了大海的生命力，对船上几具尸体的描写很细致，文中也有好多意蕴丰富的铺垫，并且注意了前后照应，构成了完整的情节，推动故事向前发展。

拓展阅读

盐

盐在化学中，是指一类金属离子或铵根离子与酸根离子或非金属离子结合的化合物。如食盐氯化钠，硝酸钙，硫酸亚铁和乙酸铵等。"盐"又多为"食用盐"的简称、俗语，盐较食用盐意义更广博，如硫酸钙、氯化铜、醋酸钠。盐还分为单盐和合盐，单盐分为正盐、酸式盐、碱式盐，合盐分为复盐和络盐。人们日常生活中说的盐多指食盐，主要成分是氯化钠、碘酸钾。

第十九章
瓦尼科罗群岛

导　读

　　作者讲述了岩石、礁石、小岛和岛屿的形成，让读者见识了海底微生物的惊人杰作。海底微生物是如何建筑了如此之多的群岛的？这又需要多长时间才能完成？那些探险者的遇难情况又是怎样的呢？

　　上面那般可怕景象拉开了这样的序幕，"鹦鹉螺号"以后可能会遇见一连串的海洋灾难。

　　其间，我们总是被"鹦鹉螺号"牵引着前进，在船上过着封闭式的生活。12月11日，我们望见了帕摩图群岛，位于南纬13度30分和23度50分之间，西经125度30分和151度30分之间。群岛面积为370平方法里，由60多个岛屿组成，全是珊瑚石灰质岛。珊瑚虫所起的作用使得地面缓慢地、连续地上升，有朝一日将使这些岛屿连成一片。之后，将会展延出第五大洲。

　　这时，"鹦鹉螺号"正巧朝克莱蒙—托耐尔岛开去。这是"米涅娃号"船长贝尔于1822年发现的。于是，我得以研究此小岛所构成的石珊瑚系列。

　　石珊瑚的纤维组织上覆盖有一层石灰质表皮，表皮构造的变化导致我著名的导师麦尔纳·爱德华先生将之分为 5 组类别。这些以其分泌物累积成珊瑚骨的微生物，成亿地生活在细胞之中。它们分泌的石灰质的累积，形成了岩石、礁石、小岛、岛屿。

沿着克莱蒙—托耐尔岛的暗礁轮廓才走了几百米，我便对这些微生物劳工所完成的巨大工程表现出赞赏。这些高墙主要是由称为千孔珊瑚、滨珊瑚、星珊瑚以及脑形珊瑚之石珊瑚创造的杰作。这些水下建筑是从上层开始渐渐往下深入的。

康塞尔向我提了一个有关这些巨大的屏障堆积起来所需时间的问题，我对他说，学者们断言，堆积 1/8 寸（1寸≈3.33厘米）厚度的珊瑚墙要一个世纪。

"这么说，建造这些高墙，"他问我，"需要多少时间……"

"需要 192 000 年。此外，煤的形成，就是说，被洪水冲积的森林的矿化作用，还需要更长的时间。"

当"鹦鹉螺号"回到海面上时，我可以将这个克莱蒙—托耐尔岛一览无余。岛上的石珊瑚礁由于旋风和暴风雨的冲刷，变成了沃土。不知哪一天，草木慢慢生成，动物繁衍起来了，人类也出现在岛上了。这些岛屿是微生动物的惊人杰作。

傍晚时候，克莱蒙—托耐尔岛在远处消失了，"鹦鹉螺号"的航路发生了变化。在西经 135 度与南回归线交汇后，船又溯流而上到了两回归线相交的海域，向西北偏西方向驶去。

12 月 15 日，我们在东边掠过迷人的社会群岛和作为太平洋王后婀娜多姿的塔希提岛。

"鹦鹉螺号"行驶了 8 100 海里。当它穿过汤加—塔布群岛和航海家岛屿之间时，测程器的读数上升到 9 720 海里。

汤加—塔布群岛从南向北延伸 100 法里长，从东到西宽阔 90 法里，位于南纬 6 度至 2 度，西经 174 度至 179 度之间。是塔斯曼在 1643 年发现的，是杜蒙·居维尔 1827 年的到来，才使此处群岛的地理形势得以澄清。

"鹦鹉螺号"又驶进了魏利亚湾，这个海湾为我们提供了许许多多的美味牡蛎。魏利亚湾想必正是由于盛产牡蛎而出名的，要是没有种种毁灭性原因，这些成群结队的牡蛎定会充斥这一带海湾的，因为单是一只牡蛎所产的卵就多达 200 万个。

　　牡蛎是唯一不会导致消化不良的食物。要提供一个人每日营养所需的 315 克含氮物质，只需 200 个左右这类无头软体动物。

　　12 月 25 日，"鹦鹉螺号"正行驶在新赫布里底群岛中间，该群岛是由居洛斯于 1606 年发现的。1773 年，库克给它起了现在这个名字。这处群岛由 9 个大岛组成，在南纬 15 度至 2 度，西经 164 度至 168 度之间形成一道由西北偏北至东南偏南的 120 里的海洋边岸。

　　我有一个星期没见过尼摩船长了，27 日早晨，他走进客厅，总是带着一副同你分手不过 5 分钟那般的神情。我正在平面图上查看"鹦鹉螺号"行经的路线。船长走过来，指着航海图上的一点，只说了一个词：

　　"瓦尼科罗群岛。"

　　这正是拉·贝鲁斯的船只失踪的那片群岛的名字。瓦尼科罗群岛位于南纬 16 度 4 分，以及东经 164 度 32 分之间。

　　"鹦鹉螺号"经由一段狭窄的水道，来到瓦尼科罗岛防波堤的内里。几个土人，对我们的船只驶近表现出极大的惊奇。他们会不会以为是某种应该加以防范的可怕的鲸类动物呢？

尼摩船长向我打听拉·贝鲁斯的遇难情况，我向他讲述了杜蒙·居维尔最近著作中有关这事的情况。

拉·贝鲁斯和他的副手郎格尔船长，于1785年受路易十六的委派，做环绕地球的航行。他们登上了"罗盘仪号"和"星盘号"两艘轻型巡航舰，之后就杳无音信了。

1791年，法国政府装备了两艘大型运输舰，"搜索号"和"希望号"，由布鲁尼·当特加斯托指挥，于9月28日驶离雷斯特港。当特加斯托的搜寻毫无结果。

1827年7月7日，迪荣船长指挥的"搜索号"在瓦尼科罗群岛搜集了遇难船只的许多遗物。1828年2月26日，"星盘号"船长杜蒙·居维尔在瓦尼科罗群岛找到了失事船只的遗物，在一丛红树下造了一座衣冠冢，纪念那位著名的航海家及其同伴们。

"这么说来，"船长对我说，"瓦尼科罗群岛上的遇难者所造的第三只船在什么地方沉没的，仍没有人知道。"

"没人知道。"

尼摩船长没有作答，而是示意我跟他到客厅去。"鹦鹉螺号"潜入到水中的几米以下深度处，盖板敞开着。

我急急忙忙朝玻璃隔板前走去，透过成千上万的可爱的鱼类，我认出了一些捞网无法捞起的残骸。

这时，尼摩船长以严肃的口吻对我说："拉·贝鲁斯船长，于1785年12月7日，率'罗盘仪号'和'星盘号'出发。他最初停泊在植物湾，造访过友爱群岛、新喀里多尼亚岛，向圣克鲁斯群岛驶进，停在那摩加岛前。接着，他的船开到了瓦尼科罗群岛中那些不为人知的礁石上面。走在前面的'罗盘仪号'撞在南边海岸的礁石上。'星盘号'前来救援，也触礁了。当地土著对遇难船员给予了相当好的款待，这些遇难船员被安顿在岛上，同时用两艘大船的残骸建造了一只较小的船。有几名水手自愿留在瓦尼科罗群岛。别的船员都随同拉·贝鲁斯一起离开了。他们朝着所罗门群岛开去，他们的身体和财物连同船只一起，在这群岛中主岛的西部海岸，在失望岬和满意岬之间沉没了。"

"您怎么会知道呢？"我呼喊道。

"瞧，这就是我在那最后遇难地点所找到的东西。"

尼摩船长向我出示了一个白铁盒，上面印有法国国徽，整个盒子都被盐水腐蚀了。他将铁盒打开，我看见一沓发黄的纸，纸上的字迹仍清晰可辨。

正是法国海军大臣给拉·贝鲁斯船长的训令，页边还有路易十六的亲笔批语。

"啊！对于一个海员来说，这真是壮烈的死！"尼摩船长说，"这珊瑚墓地实在是太幽静了！但愿老天让我的同伴和我不要葬身别处！"

阅读鉴赏

海底微生物分泌的石灰质形成了岩石、礁石、小岛和岛屿，珊瑚虫可以使海底地面缓慢但又连续地上升，但是堆积一个1/8寸厚度的珊瑚墙却要一个世纪的时间，让读者见识海底微生物的惊人杰作的同时，似乎也预示了海底资源的形成是多么不易，提醒我们使用自然资源的时候应该珍惜。"鹦鹉螺号"行驶到瓦尼科罗群岛的时候，"我"想到了拉·贝鲁斯船长的船失踪的事故，于是与尼摩船长谈起了当时船只失踪和政府船只进行搜寻等情况。而尼摩船长向"我"讲述了一些人们所不知道的事情。

拓展阅读

牡蛎

牡蛎，属牡蛎科或燕蛤科，身体呈卵圆形，有两面壳，是一种生活在浅海泥沙中的双壳类软体动物，分布于温带和热带各大洋沿岸水域。它肉味鲜美，壳烧成石灰可入药。

第二十章

托里斯海峡

导　读

不知不觉，"我们"在"鹦鹉螺号"上迎来了新年。在新的一年康塞尔和尼德·兰的想法如何？"鹦鹉螺号"在穿过地球上最危险的海峡口时，意外搁浅，尼摩船长有没有办法让潜水艇摆脱困境？

12月27日至28日夜间，"鹦鹉螺号"超速急行，离开了瓦尼科罗群岛海面。它向西北方航行，3天之内，就走过了从拉·贝鲁斯群岛至巴布亚群岛东南尖角的750法里。

1868年1月1日，清早，康塞尔在平台上向我走来，对我说："先生，我给您拜年，祝您一年顺利！"

"我接受你的祝贺，我感谢你。不过我要问你，在目前情况下，你说的一年顺利是什么意思。这是将结束我们因禁的一年呢？还是仍然继续这奇异旅行的一年呢（提出质疑说明"我"开始有了离开潜艇，返回陆地的想法）？"

"我的天，"康塞尔回答，"我不知道怎样说才好。两个月来，我们一点没感到厌烦。长此以往，我真不知道将来怎样结局。可是我觉得我们永远找不到这种机会了。"

"永远找不到了，康塞尔。"

"此外尼摩先生，正如他的拉丁语名字所表示的一样，好像并无其人，一点也不碍事。"

"康塞尔，你的意思是什么呢？"

"我想顺利的一年，就是可以让我们看见一切的一年……"

"尼德·兰的想法又怎样呢？"

"恰好跟我相反，"康塞尔回答，"他是很实际的人，同时食量很大。没有酒、面包和肉，对一个真正的萨克逊人来说，是不舒服的。我想留下，尼德·兰却想逃走，所以，新的一年，如果对我是不顺的，那么对他将是顺利的；反之亦然。我们两人中总有一个人满意。最后我敬祝先生随心顺意（从康塞尔的话可以看出，潜艇上的生活不一定适合每一个人）。"

"谢谢，康塞尔。"

1月2日，自从我们从日本海出发到现在，已经走了11 340海里，即5 250法里。现在"鹦鹉螺号"的冲角面前望见的，就是澳大利亚东北海岸珊瑚海的危险海面。我们的船在距离几海里远的地方，沿暗礁脉驶过去。1770年6月10日，库克率领的船几乎在这里沉没。

我很想看一看这条360法里长的暗礁脉，可是，"鹦鹉螺号"把我们带到水底很深的地方（尼摩船长指挥的"鹦鹉螺号"越来越不符合"我"的意愿，为下文做铺垫），我只看见我们的渔网所打到的各种不同的鱼类。有嘉蒙鱼、青花鲷鱼、锥角飞鱼，还有属于软体类和植虫类的翡翠虫、海胆、槌鱼、马刺鱼、罗盘鱼、樱子鱼、硝子鱼。植物类有海藻、刀片藻、大囊藻和胶质海藻。

走过珊瑚海两天后，1月4日，我们望见了巴布亚岛海岸。尼摩船长告诉我，他打算经托里斯海峡到印度洋去。尼德·兰很高兴，觉得这条路渐渐使他跟欧洲海面接近了。托里斯海峡之所以被认为是很危险的地带，不仅是有刺猬一般的暗礁，而且有住在这一带海岸的土人（用刺猬形容暗礁的锋利，形象生动地说明此处的危险性）。托里斯海峡把巴布亚岛（又名新几内亚岛）跟新荷兰岛分开了。

巴布亚岛长约 400 法里，宽约 130 法里，面积约 40 000 平方法里。它位于南纬 0 度 19 分和 10 度，西经 128 度 23 分和 146 度 15 分之间，是葡萄牙人佛朗西斯·薛郎诺于 1511 年发现的。

"鹦鹉螺号"驶到地球上最危险的海峡口上来了。这海峡，就是大胆的航海家也不敢冒险通过，现在，"鹦鹉螺号"也要来试试这珊瑚礁石群的厉害了。

托里斯海峡约有 34 法里宽，无数的小岛、岛屿、暗礁和岩石堵在里面，船只几乎无法前进。为了安全通过这海峡，"鹦鹉螺号"浮在水面上前进，它的推进器像鲸鱼的尾巴一般，慢慢地冲开海浪。

乘这个机会，我的两个同伴和我都走上平台。"鹦鹉螺号"周围，海水汹涌澎湃，翻滚沸腾。海浪从东南奔向西北，以 2.5 海里的速度冲在处处露出尖峰的珊瑚礁上。"真是凶恶的海！"尼德·兰对我说。

"对，可憎的海，"我回答，"像'鹦鹉螺号'这样的船都不好应付呢。"

<u>但"鹦鹉螺号"好像有了魔力，在这些凶险的暗礁中间安然滑过去了</u>（"魔力"一词描写了"鹦鹉螺号"很厉害，安然地渡过暗礁）。

下午 3 点。波浪汹涌，大海正在涨潮。鹦鹉螺号沿岛走了两里左右，突然碰上一座暗礁，搁浅（gē qiǎn，一般指船只进入浅水处，不能继续往前行驶）了。这里的潮水不高，对于"鹦鹉螺号"重回大海是很不利的。不过船只没有损坏。

"出了什么事故吗？"我问尼摩船长。

"不，是偶然事件。"他回答我。

我又说："但它或许要使您重新做您不愿意做的陆上居民呢！"

尼摩船长诧异地注视我，做了一个否定的手势。他对我说："阿龙纳斯先生，我们的海底旅行仅仅是一个开端呢，我很荣幸能够陪伴您，我不愿让旅行这样快就结束了。"

"尼摩船长，"我又说，"如果您不能把'鹦鹉螺号'浮起来——在我看来这是不可能的——那我就看不到它有什么法子能重回大海。"

"您说得对，"尼摩船长回答我，"但是托里斯海峡高潮和低潮之间仍然有1.5米的差别。今天是1月4日，过5天月就圆了。如果这个月球，不掀起足够的水量，不给我出一把力做我只想由它来做的这件好事，才怪呢（语言描写，表现了尼摩船长自信，甚至有些狂妄的个性）！"

说完了这话，尼摩船长和大副又回到船中。

"先生，怎么样呢？"尼德·兰走过来问我。

"我们要耐心等待9日潮水到来，那一天，好像月球会很乐意把我们送回大海（"我"的语气表现对尼摩船长的话有所怀疑）。"

"先生，"加拿大人又说，"您一定可以相信我，这堆铁块再也不能在海面上或海底下航行了。现在除了把它论斤卖掉外，没有别的用处了。我认为跟尼摩船长不辞而别①的时候到了。"

为了探一探当地的情形，我们向尼摩船长请求要到岛上去，完全出乎我意料，他居然答应了。

第二天，1月5日，我们三人带了电气枪和刀斧，划着小艇，向小岛前进。

尼德·兰不能抑制②他的快乐心情。"吃大肉！"他一再说，"我们要去吃大肉了，吃真正的野味！一块新鲜的野味，红火上烤起来，是可以好好地换换我们的口味了。"

"真馋嘴，"康塞尔回答，"说得我嘴里不停地流口水呢！"

加拿大人的牙齿磨得像刀一般尖利，他说："如果这岛上除了老虎外没有别的四足兽，那我要吃老虎，吃老虎的腰窝肉。"

"真是有点令人害怕呢。"康塞尔回答。"不管怎样，"尼德·兰又说，"所有没有羽毛的四足兽，或所有有羽毛的两脚鸟，一出来就将受到我第

---

① 不辞而别：没有告辞就离开了。或悄悄溜走了。

② 抑制：约束;压制。

一声枪响的敬礼。阿龙纳斯先生，不用害怕，请好好地划，用不了25分钟，我就可以照我的烹调法给您弄盘肉。"

8点半，小艇穿过了围绕格波罗尔岛的珊瑚石带，在沙滩上慢慢停下来了。

阅读鉴赏

"鹦鹉螺号"在尼摩船长的指挥下，来到了地球上最危险的托里斯海峡，那里到处是暗礁、岩石和小岛，海岸上还有土著人。威力很大的潜水艇在最危险的环境下，还是小心翼翼地走过了，但是最后，却由于遇到暗礁而搁浅了。

对于是否愿意继续在"鹦鹉螺号"上待下去和在船搁浅的时候逃走，作者运用了大量的语言描写，从不同的角度表现了不同的人物性格特点。还有细节描写和准确用词，把危险的环境表现得淋漓尽致。

拓展阅读

涨　潮

潮汐是海水周期性涨落而产生的现象。白天为朝，夜晚为夕，所以人们把白天出现的海水涨落称为"潮"，夜晚出现的海水涨落称为"汐"。东汉时期王充在他所著的《论衡》一书中则明确指出："涛之起也，随月升衰。"但是直到牛顿发现了万有引力定律，拉普拉斯才从数学上证明潮汐现象确实是由太阳和月球，主要是月球的引力造成的。

第二十一章

陆地上的几天

导　读

　　来到海岸，上了小岛，小岛上的情况如何呢？是不是有尼德·兰所期望的"大肉"？我们在小岛上会有哪些见闻和收获？"我"、康塞尔和尼德·兰有没有施展自己本领的机会呢？

　　我一接触到陆地，便产生了一种极其强烈的印象，尼德·兰用脚踹了踹土地，像是要占有它似的。然而，我们作为"鹦鹉螺号"的乘客，只不过才两个月的时间。

　　几分钟后，我们与海岸只有枪弹射程的距离。岛屿形成于太古时代，整个天际遮盖着一块令人赞叹的森林帷幕。

　　加拿大人见到一棵椰子树，打下几个椰子，劈开来，我们喝了椰汁，吃了椰肉，感到称心如意，这表示我们对于"鹦鹉螺号"的食物不满。

　　"兰师傅，"渔叉手又准备打另一棵树上的椰子了，我于是说道，"椰子是很美的东西，但在把小艇盛满之前，这岛上是否出产其他有用的东西呢？"

　　"先生说得在理，"康塞尔答道，"我建议将我们的小艇分成3个部分，一部分放水果，另一部分放蔬菜，还有一部分放猎物。可是，直到现在，我连猎物的影子都没见着呢！"

"康塞尔，对什么都不应该有所失望啊！"加拿大人应答着。

"我们继续前行吧，"我说，"不过，我们得戒备。虽然岛上看似无人居住，但也可能会有人来，他们对于猎物性质的看法想必没我们挑剔！"

"嘿，嘿！"尼德·兰喊了起来，还用牙床做出那种意义明显的动作。

"尼德，怎么啦？"康塞尔喊。

加拿大人回答："我现在开始懂得吃人肉的诱惑力了！"

"尼德！您在说什么哪？"康塞尔问，"您，吃人肉的家伙！那我与您同住一间舱房，连性命都不安全了。"

"康塞尔好朋友，我很喜欢你，但不到万不得已，我是不会吃你的。"

"这个，我可不敢相信，"康塞尔回答，"走，狩猎去！我一定要打到猎物以满足这食人肉者的意愿，不然的话，总会有一天早晨，先生只能见到他仆人的肉被一块一块地用来喂他了。"

当我们彼此说着笑话时，我们进入了森林中阴森的穹隆下，在两小时里，我们各个方向都走遍了。

出乎意料，我们寻求可食用的植物的愿望满足了，其中有面包树，这是热带地区最有用的产品，是大自然恩赐给不产小麦地区的有益植物，无须耕作，一年中有 8 个月结出果实。尼德·兰一看见这些果子，食欲就被引发了。

于是，他拿了透镜，往枯杆上点火。康塞尔和我选了树上最好的果子摘下来，这些果实没有果核。康塞尔递了 12 个给尼德·兰，他将它们切成厚片，放在炭火上，几分钟后，果子朝向炭火那一面完全烤热了。里面露出白白的面团，好像新鲜的面包心，它的味道让人想起了南瓜。

我们采摘完面包果，接近正午时分，我们摘到大量香蕉、树菠萝、芒果和菠萝。

康塞尔总是在留意尼德·兰，这位渔叉手走在前面，总能以熟练的手法采摘到美味的果子，这样，他所采得的食物便会不断充实起来。

到了下午5点，我们装载上所有得来的财富，离开了这个岛屿。半小时后，我们便停靠在"鹦鹉螺号"旁边。待食物搬上船去之后，我下到我的房间，吃了饭，便入睡了。

第二天，1月6日，我们决定再到格波罗尔岛上去。

我们来到一处小树林边，在浓密的树叶之下，一大群鹦鹉在飞来飞去，只要细心教它们，它们就能说人话。而此时，它们只是陪着那五颜六色的雌鹦鹉，叽叽喳喳地叫个不停。那些神情严肃的白鹦，像是在思考某个哲学问题；而大红色赤鹦，飞舞之时则犹如一块随风飘荡的薄纱，嘈嘈杂杂地一掠而过。在这类飞时鸣叫的加罗西鹦鹉之间，有天蓝色的、最美丽漂亮的巴布亚鹦鹉，以及各种各样的、美丽可爱的飞鸟，然而一般说来，这些鸟是不可食用的。

我们又到长着许多灌木丛的平原。我看到了有些漂亮的鸟儿正在空中飞翔，我毫不困难就认出了它们。

"极乐鸟！"我喊。

"燕雀目，直肠亚目。"康塞尔应答。

"鹩鸪属吗？"尼德·兰问。

"我想不是，兰师傅。不过，我指望着你用娴熟的技艺把这种可爱的热带产物打下一只来！"

"试试看吧，教授，尽管我使枪不像使渔叉那般自如。"

马来亚人靠这种鸟与中国人进行大宗贸易，他们用种种不同的方式来捕捉这些鸟。有时候，他们把罗网放置在极乐鸟喜欢栖息的高大树木的顶端上。而有时，他们用强力雀胶，把鸟黏住，动弹不得。甚至，他们在此鸟经常饮水的泉水中投放毒药。至于我们，眼前只能在它们飞行时射击，这种方法很少见效。

接近上午11点，康塞尔命中两枪，我们的午餐得到了保障。

走了一小时，我们来到了一处真正的西米森林。极乐鸟待我们一走近就飞走了，我无法捉到它们，很是失望。这时，走在前面的康塞尔拿着一只美丽的极乐鸟来到我身旁。极乐鸟被豆蔻汁迷醉了，变得软弱无力。

我十分希望把这只极乐鸟带回巴黎去，赠给植物园，目前，园里还没有一只这样的活鸟呢。

"这种鸟真的非常罕见吗？"加拿大人不是从艺术的角度去估价，而是带着猎人看待猎物的口吻发问道。

"十分罕见，就是死了，这些鸟仍然是重要的交易对象。因而土著们都在想方设法制造假的。东方季风起来时，假鸟制作者们将极乐鸟脱掉的副翼羽毛收集起来，巧妙地安插在预先被损坏了躯体的虎皮鹦鹉身上。然后，他们再将毛皮的缝合处粘贴好，给鸟身上涂釉，并将这些制作奇特的产品运送给欧洲的博物馆和那些喜爱鸟的人。"

"好，"尼德·兰说，"虽然这不是鸟的本体，但总是鸟的羽毛，如果鸟不是拿来食用，我想也没有什么坏处！"

尽管我的欲望由于捕捉到了这只极乐鸟而得到满足，但是加拿大狩猎人的愿望仍没有实现。到了两点左右，尼德·兰打中了一头肥大的野猪。

加拿大人先从猪身上剔下六根排骨，准备晚餐烤了吃。紧接着，他又将猪剥去皮毛，开膛破肚，清理干净。过了不久，狩猎行动又重新开始了。

这两个朋友在搜索灌木丛时，撵出了一群袋鼠，它们伸开富有弹性的腿爪，一蹦一跳地逃跑着。虽然跑得很快，仍然躲不过电气弹。

"啊！教授，"尼德·兰喊道，他此时打猎打得正在兴头上，"多么味美的猎物呀！尤其是焖了吃！这是'鹦鹉螺号'上多么难得的食品呀！一想到我们将要把所有这些肉吃掉，而船上的那些蠢人连一点肉渣也得不到，我可开心呢！"

这些动物是平腹哺乳类的第一目，康塞尔对我们说。它们身材短小，是"兔袋鼠"的一种，通常居住在树洞里，可跑动起来，速度极快，尽管它们不算太肥，但至少可给人们提供极其美味的肉食。

我们都非常满意这次狩猎的成果。快乐的尼德·兰提议第二天再到这迷人的岛上来，他想要打尽这岛上所有可食用的四足兽。可是，他没有想到会出事。

下午 6 点，我们回到海滩，尼德·兰立即忙起了晚餐。晚餐实在太美妙了，山鸠、白鸽、西米粉、面包果、芒果、菠萝，以及一种椰子核肉酿成的饮料，我们吃得很快活。

"要是我们今晚不回'鹦鹉螺号'上去，行吗？"康塞尔说道。

"要是我们永远都不回去呢？"尼德·兰进一步说。

就在这时，一块石头落在我们脚旁，打断了渔叉手的提议。

阅读鉴赏

本章对话描写很多，尤其是康塞尔和尼德·兰之间的对话。体现了离开大陆，在"鹦鹉螺号"做客的两个月里，大家在欣喜之余也有很多无奈，似乎暗示了人类终究是离不开陆地的。

拓展阅读

极 乐 鸟

极乐鸟是世界上著名的观赏鸟。主要分布于巴布亚新几内亚及其附近岛屿，仅有少数种类见于澳大利亚北部和马鲁古群岛。极乐鸟体长 17 至 120 厘米，鸣声粗哑，嘴脚强健又喜欢顶风飞行。以各种果实为食，也吃昆虫、蛙、蜥蜴等。多在树枝上营巢，用细枝筑成巨大的盆状物。大多数种类的雄鸟有特殊饰羽和色彩鲜艳的羽毛，体态华丽绝美，人们又称其为"天堂鸟""太阳鸟""女神鸟"等。

第二十二章
尼摩船长的雷电

导 读

  原来石头是巴布亚岛上的土人扔过来的，而且土人越聚集越多，后来"我们"划着小艇逃回了"鹦鹉螺号"，土人有没有追来？"鹦鹉螺号"是如何击退土人的？

  康塞尔说："一块石头不能从天上掉下来，否则就该叫它陨石了。"

  第二块石头，加工的圆石，又落下来，把康塞尔手中的一块鸽子腿肉打落了。

  我们三人全站起来，把枪扛在肩上，准备回应这次突袭。

  "是猿猴吗？"尼德·兰喊。

  "可以说是，"康塞尔回答，"是野蛮人。"

  "回小艇去。"我边说边向海边走。

  果然，二十来个土人拿着弓箭和投石器，在右方丛林边缘出现了。

  土人慢慢走来，做出种种表示敌意的动作，石块和弓箭像雨点般打来。尼德·兰不愿意放弃食物，他一边拿野猪，一边拿袋鼠，快速地把食物收拾起来。

  两分钟后，我们就到了海滩，把食物和武器放在小艇里，将小艇推入海中。我们还没有划到 200 米远，100 多个土人就大喊大叫，指手画脚地一直追到水深至腰的海水中。20 分钟后，我们回到了"鹦鹉螺号"。

我走入客厅，尼摩船长正弹着管风琴，沉浸在音乐中。

我告诉船长，我们打猎颇有收获，不幸的是，带来了一群两条腿的动物，一些野蛮人。

"一些野蛮人！"尼摩船长带着讥讽的语气说，"教授，您脚一踏在这陆地上便碰见野蛮人，您觉得奇怪吗？您叫他们为野蛮人，一定比其他的人还坏吗？我到处都碰见野蛮人。"

我回答："您最好还是小心点，我估计他们至少有 100 人。"

尼摩船长停下弹奏，说："就是巴布亚所有的土人都集结起来，'鹦鹉螺号'也不怕！"船长的指头又在风琴键盘上奔驰了。

我回到平台上，黑夜已经来临，我看不清那格波罗尔岛，海滩上闪耀着许多火光，这些土人仍守在那里。

1 月 8 日，早晨 6 点，我又走上平台。土人仍守在那里，约有五六百人。

其中一个头领走到相当接近"鹦鹉螺号"的地方，很细心地观察这只船。他好像是一个高级"马多"(意为头领)，因为他披着一条香蕉树叶编的围巾，边上织成花样，并染了鲜明的颜色。

在低潮期，这些土人在"鹦鹉螺号"周围转来转去，并不大声喧闹。我常听到他们说"阿喜"这句话，从他们的手势来看，他是要我到岛上去，但我想还是谢绝的好。

这一天，小艇没有离开大船。尼德·兰很失望，他不可能补足他所要的食物了。那些土人，在早晨 11 点左右涨潮时，都回到岸上去了，但他们在海滩上的人数大量增加了。

我决定打捞海产，无意中，我找到一件珍品，发出贝类学家的喊声，也就是人类喉咙可以发出的最尖锐的喊声。康塞尔还以为我被咬了呢。

我正欣幸我们的博物馆又多了一件珍品，忽然，一个土人投来一颗石子，把康塞尔手中的珍品打碎了。

我发出绝望的喊声。康塞尔拿起我的枪，对准 10 米外挥动投石机的土人射击，打碎了土人胳膊上的护身灵镯。

这时，20 多只独木舟围着"鹦鹉螺号"。这种独木舟是中空的树身做的，很长、很窄。为了便于行驶，配上两条浮在水面的竹制长杆，使舟身可以保持平衡。独木舟由半光着身体、巧妙使用自由桨板的土人驾着，逼近"鹦鹉螺号"，一阵一阵的箭落在船身上。

我赶紧通知尼摩船长，船长命令船员把嵌板关上。我担心巴布亚人占据了平台，"鹦鹉螺号"明天就无法换气了。

船长说："让他们上来好了。这些巴布亚人很可怜，我在访问格波罗尔岛的过程中，就是只牺牲一个这样苦命人的生命，我也不愿意！"

船长还说："明天，下午 2 点 40 分，'鹦鹉螺号'将浮在海上，毫无损伤地离开托里斯海峡。"

我回我的房中，睡下，但我睡不着。我听到土人的声响，他们发出震耳的叫喊，在平台上不停地踩踏，船员们不予理睬，这些土人在他们面前，他们一点也没感到不安，就像守在铁甲堡垒中的兵士全不留心在铁甲上奔跑的蚂蚁一样。

下午两点半，10 分钟内，海潮就要达到最高点了。如果尼摩船长的诺言不假，那么"鹦鹉螺号"就要脱离礁石了。

不久，就可感觉到船身上那作为前奏的抖颤。我听到珊瑚石上石灰质形成的不平表面在船边摩擦，沙沙作响。

2 点 35 分，尼摩船长出现在客厅里。

"我们要开行了。"他说，"我下了命令，要打开嵌板。"

"那些巴布亚人不是要走进'鹦鹉螺号'里面来吗？"

"阿龙纳斯先生，"尼摩船长安静地回答，"人们不能这样随便从嵌板进来，就是它们开着也不能。"

船员把嵌板打开，疯狂可怕的大叫声在外面震天作响。可怕的 20 副脸孔出现了。但第一个把手放在铁梯扶手上的土人，马上被一种看不见的神秘力量推到后面，他发出怕人的叫喊，跳跃着逃跑了。他的 10 个同伴陆续前来，也得到相同的命运。

康塞尔乐得发狂，尼德·兰跑到楼梯上。当他两手抓住扶手时，也被击倒了。

"有鬼！"他喊，"我被雷打了！"

那并不是扶手，是一根铁索，通了船上的电流直达平台。谁碰到它，就会受到一种可怕的震动。如果尼摩船长把他机器中的所有电流都放到这导体中去，这种震动就是致命的力量。

这时，"鹦鹉螺号"被最后的海浪掀动，在船长指定的 2 点 40 分，离开了珊瑚石床，安全无恙地把托里斯海峡的危险水道抛在后面。

阅读鉴赏

作者描写了巴布亚岛上土人的外貌形态，通过尼摩船长的语言，体现了他是一个内心善良的人。

拓展阅读

雷　电

雷电是伴有闪电和雷鸣的一种雄伟壮观又令人生畏的放电现象。

雷电一般产生于对流发展旺盛的积雨云中，因此常伴有强烈的阵风和暴雨，有时还伴有冰雹和龙卷风。积雨云顶部一般较高，可达 20 千米，云的上部常有冰晶。空气对流等过程，使云中产生电荷。云中电荷的分布较复杂，但总体而言，云的上部以正电荷为主，下部以负电荷为主。因此，云的上、下部之间形成一个电位差。当电位差达到一定程度后就会产生放电，这就是我们常见的闪电现象。一个中等强度雷电的功率可达一千万瓦，相当于一座小型核电站的输出功率。放电过程中，由于闪电通道中温度骤增，使空气体积急剧膨胀，从而产生冲击波，导致强烈的雷鸣。

导　读

　　"鹦鹉螺号"摆脱了困境，恢复了正常的行驶。在潜水艇里，大家又恢复了平静的生活。1月18日，"鹦鹉螺号"处在东经105度和南纬15度之间的海面时，大副和船长表现很反常，到底发生了什么事情呢?

　　翌日，1月10日，"鹦鹉螺号"又开始航行了，它的速度快得出奇，起码得有时速35海里。

　　我在想着那神奇的电动力，它给了"鹦鹉螺号"以动力、热量，以及亮光，还保护船只免遭外界的攻击。这电动力将"鹦鹉螺号"变成了一艘神圣的船，任何进犯者碰着它都遭到雷电的劈击。我的赞美没了止境，而且从赞美机器本身转而赞誉曾经制造这船的工程师。

　　我们一直朝西行驶，1月11日，我们绕走了位于东经135度和南纬10度的韦塞尔岬。"鹦鹉螺号"很容易地避开了其左舷处的莫耐礁石，以及右舷的维多利亚暗礁群。

　　1月13日，我们到了帝汶海。帝汶岛由印度王公统治，王公们自称是鳄鱼的子孙，因此，在岛上河流中生衍繁殖的那些带有鳞甲的祖先便成了人们特别崇拜的对象。外来人胆敢碰一碰这些神圣的蜥蜴类动物，那他就惹祸了。

"鹦鹉螺号"的方向，在纬度上偏向了西南方，朝印度洋航行。1月14日，我们就已经看不见陆地了。

在这次航行期间，尼摩船长对于各层海水的不同温度进行了令人感兴趣的试验。

1月15日，早上，船长把他观测到的结果告诉我："您知道，教授，海水比淡水密度大，但海水的密度却不是统一的。比方，我用'一'代表淡水的密度，那么，大西洋海水的密度就是一又千分之二十八，太平洋的是一又千分之二十六，地中海的是一又千分之三十，爱奥尼亚海海水密度是一又千分之十八，亚得里亚海的是一又千分之二十九。"

好几天，我们都在做各种各样的实验。这些实验同各个水层的含盐量，同海水的感电作用、海水的染色作用、海水透明度有关。尼摩船长处处显示出他的创造力，也显示出他对我的好感。

1月16日，我的同伴和我亲眼目睹了一种奇异景象。

"鹦鹉螺号"漂浮在一层磷光中，在这片阴暗的海里，磷火变得格外灿烂夺目。它是由无数的会发光的微生动物产生的，当它们溜过金属板的船身时，光亮变得更强。我突然看到一些闪光，这闪光有如从炽热的熔炉中熔化出来的铝块，抑或是烧至白热的金属块中泛出的那红白亮光，由于位置上的相对关系，这亮光中的某些明亮的部分也变为暗淡了，然而在这种环境下，所有的阴影近乎都应该是不存在的。

一连几个小时，"鹦鹉螺号"都是在这一片闪烁生辉的波涛中漂浮。这光彩夺目的景象真是一种奇观哪！或许是这环境中的某些条件变化使这种现象强度有增无减起来呢？抑或是海面上有某种风暴掀动的缘故？

我们就是这样行驶着，不断为某些新奇景象所陶醉。康塞尔在观察，对他的植虫类、节肢类、软体类、鱼类等进行分类。尼德·兰想方设法将船上的日常伙食变换花样。

1月18日，"鹦鹉螺号"处在东经105度和南纬15度之间的海面。

在大副来测量时角之前，我先登上了平台，等待他每日都要说的那句话。可是，这句话却被另一句同样听不懂的话代替了。

尼摩船长几乎马上走了出来，眼睛对着望远镜，朝天际望去。一会儿，他放下望远镜，跟大副交谈。大副情绪激动，无法抑制。尼摩船长比较能自持，不动声色。

大副又拿起望远镜来，固执地搜索着天际，他来回走动，还不住跺脚，他神经质的冲动与船长正好形成对照。

这个奥秘必须弄清楚，而且得快。我拿来了我常用的高倍望远镜，打算将天际和海面的所有景象来个一览无遗。但是，我一只眼睛还没挨上目镜，望远镜就被一只大手猛地夺走了。

我转过身来，尼摩船长站在我面前，我简直不认得他了。他的面容完全变了。他那眼睛闪着阴森的光，从紧蹙的睫毛下显得有些塌陷，他的牙齿半露着，他身体挺直，双拳紧攥，脑袋缩在两个肩膀之间，说明他的全身充满一种正待发出的强烈仇恨。

不！我并不是这仇恨的对象，因为，他没有直盯着我，仍旧固执地注视着远处天际那难于捉摸的一点。终于，尼摩船长又控制了自己。他朝我转过身来，说必须将我和我的同伴关起来，直到他觉得可以让我恢复自由时为止。我只得照办。

我将船长的决定告诉尼德·兰和康塞尔，读者可以想象，加拿大人得知这个消息的反应。四个船员等在门口，将我们领到我们曾经在"鹦鹉螺号"上度过了第一个晚上的那间小牢房里。

我把事情的经过告诉了我的同伴们，他们也同我一样感到惊奇，一样摸不着头脑。

于是，我便竭尽全力地思索着，沉迷在最荒诞不经的种种假设之中，此时，午餐送来了。这顿饭吃得很沉闷，我几乎没有吃什么，康塞尔勉强吃了一点，尼德·兰可是吃了个嘴不停。午餐一吃完，我们便各自斜靠在一个角落里头。

这时，照亮牢房的光球熄灭了，我们处在一团漆黑之中。尼德·兰不一会儿就睡着了，康塞尔也昏昏入睡了。我的头脑充满了一种沉重的麻木感，我的眼睛，不由自主地闭拢上了。很明显，一些安眠药掺进了我们刚吃过的食物里。为了不让我们知道尼摩船长的秘密，把我们关起来仍不够，还必须让我们尽快地入睡呢！

我听到嵌板又被关上了，海洋波动也停息了，"鹦鹉螺号"离开洋面了吗？它回到静止不动的水层中了？

一种病态的、充满着幻觉的困意摄住了我的整个身心。我进入一种十足的筋疲力尽的境地。

阅读鉴赏

本章对尼摩船长和大副突如其来的神情变化描写得很到位，另外还有很多承上启下的句子，伏笔设置引发读者的阅读兴趣，用词精练。

拓展阅读

鳄鱼

鳄鱼一般是指广泛分布在世界各地的鳄目类动物。代表性主体鳄鱼是鳄形目鳄科的一种，又称湾鳄或海鳄，主要分布于东南亚沿海直到澳大利亚北部。全长6至7米，重约1吨，最长达10米，是现存最大的爬行动物。它们生活在海湾里或远洋中。鳄鱼是迄今发现活着的最早和最原始的爬行动物，它由两栖类进化而来，延续至今仍是半水生生性凶猛的水陆爬行动物，它和恐龙是同时代的动物，鳄鱼的存在证明了它强大的生命力。

导　读

"我们"昏昏沉沉地睡去了，第二天，"我们"都醒了，但什么都不知道。后来尼摩船长来找"我"，他的面容疲惫、忧愁、痛苦，船长为什么会这样？

第二天，我醒来，吃惊的是，我竟在我的房中。我来到平台上，尼德·兰和康塞尔在等着我，他们什么都不知道。"鹦鹉螺号"还跟往常一样，很安静、很神秘。

两点左右，我在客厅整理笔记，尼摩船长进来了。他面容好像很疲乏，眼睛发红，脸色显出深深的忧愁，真实的苦痛。他走来走去，坐下去，站起来，拿起书，又放下，好像一刻都不能安静下来（沉稳自信的尼摩船长，突然出现这一系列动作，一定有重要的事情发生）。他问我："阿龙纳斯先生，您是医生吗？"

"不错，"我说，"我是大夫。到博物馆当教授之前，我曾行医好几年。"

"很好，您愿意治疗我的一个船员吗？"我答应了。

我得承认，我这时心跳很快。我不知道为什么，在这个船员的疾病和昨晚的事件之间我觉得有某一种关联，这个秘密至少跟那个病人一样，盘踞在我心中。

尼摩船长带我到"鹦鹉螺号"的后部，走进挨着水手住所的一间舱室。

房中床上躺着一个40岁左右的人，外貌坚强有力，是真正盎格鲁—萨克逊人的典型。

我弯下身去看他。他不仅有病，而且受了伤。他的头部包裹着血淋淋的纱布，躺在两个枕头上。我把包布解开，伤处很吓人。头盖骨被冲击的器械打碎，脑子露出来。脑子上凝结着一块一块血痕，颜色像酒槽。脑子被打伤又受震动。伤员的呼吸很缓慢，肌肉痉挛着，脸孔抖动着，大脑完全发炎了，因此思想和动作都麻木不灵了（直接描写了船员伤势的严重性，从侧面反映了昨天一定发生了很大的事情）。我按了按病人的脉搏，时有时无。身体各处，手指脚趾已经冰冷，死已临头，没法救治了。

我包扎好病人，转过身问尼摩船长："哪来的伤痕呢？"

船长掩饰地回答："'鹦鹉螺号'受到冲撞，弄断了机器上的杠杆，打中了这个人。船副正在他旁边，奋身上前顶受了这打击……兄弟为自己的兄弟牺牲，朋友为自己的朋友牺牲，再没有更简单的了！这是'鹦鹉螺号'全体船员共同遵守的规律！您对他的病情究竟怎样看？"

我最后看一下伤员，然后回答："这人在两小时内就要死了。"

尼摩船长的手抖起来，几滴眼泪从他眼中流出来，从前我以为他是不会哭的。

我回到我的房中，情绪很激动。一整天，我心中都有种不祥的预感，十分不安。我夜间睡得不好，睡梦中时常惊醒，觉得听到了远远传来的悲叹和唱丧歌的声音。这是对死者的悼词，用那种我不能懂的语言说出来的悼词吗？

"我"情绪激动不安，有对伤员的担心，还有对未知事情的发展趋势担心。

第二天早晨，我又到了平台上，尼摩船长邀请我和我的同伴做一次海底散步，我答应了。

早上8点半，我们穿好了潜水衣，带上探照灯和呼吸器，尼摩船长和十来个船员一齐出来，我们到了水下约25米深的地面，这里是珊瑚王国（对水下约25米深的地方的环境进行描写）。在植虫动物门、翡翠纲、矾花目中，包含矾花、木贼和珊瑚三科。珊瑚属于珊瑚科，曾先后被分入矿物、植物和动物类。在古代它是治病的药方，在近代是装饰的珍宝，直到1694年，马赛人皮桑尼尔才明确地把它们分入动物类。

珊瑚是一群聚集在易碎的和石质伪珊瑚树上的微生物的总体。珊瑚虫有独特的繁殖力像枝芽滋生一样，它们有自己本身的生命，又有共同的生命。所以这种情形好像是一种自然的社会主义。

灯光在色彩鲜艳的枝叶间照来照去，生出迷人的景象。我好像看见薄膜一般的和圆筒形的细管在海波下颤动。我要去采它们的带有纤维触须的新鲜花瓣（有的刚开，有的刚露头）时，花丛中立即发出警报，于是雪白的花瓣缩入它们的朱红匣中去了，花朵消失了，珊瑚丛随即变为一大团石圆丘（整个珊瑚丛一同应对外来的侵扰，它们是十分团结的）。

这种植虫动物的一些最宝贵的品种摆在我面前，其中最美的几种被赋予"血花"和"血沫"这样诗意的名字，它们的鲜艳颜色证明这是有道理的。这种珊瑚一直卖到500法郎一千克，这一带海水里实在是蕴藏有无数打捞珊瑚人的财富呢。

尼摩船长走入一条长廊般的黑暗过道，我们到了100米深的地方。我又看到一些新奇古怪的珊瑚树，海虮形珊瑚，节肢蝶形珊瑚，有些团聚成堆的珊瑚，有的青，有的红，像铺在石灰地上的海藻，这些珊瑚堆，已明确地被列入植物中。但一位思想家指出，"它们或者就是生命刚从无知觉的沉睡中挣扎起来，还没有完全脱离矿物的物性"。

我们到了900米深的地方，这里是广大的森林，巨大的矿物草木，粗大的石树。我们脚下有管状珊瑚、脑形贝、星状贝、菌状贝、石竹形珊瑚，形成一条花卉织成的地毯，现出光辉夺目的颜色。

实在是难以形容和描绘的景象。为什么我们被关在这金属玻璃的圆盔中，彼此不能说话？

尼摩船长站住了，船员们做半圆形围绕着他。我看到其中有 4 个人肩上抬着一件长方形的东西。

我心想，我要参加一个离奇的场面了。在空地中间的石头基础上，竖起一副珊瑚十字架，两边横出两条长胳膊，简直使人要认为是石质的血制成的呢。

一个船员走上来，在距十字架几英尺远的地方，开始用铁锹挖坑。

我完全明白了！这空地是墓地，这坑是坟穴，这长形的东西是昨夜死去的人的尸体！尼摩船长和他的船员们来到这隔绝人世的海底，埋葬他们的同伴。

坟穴填好了，尼摩船长和他的船员都站起来，走到坟前，大家屈膝、伸手，做最后告别的姿势。然后，这队送葬的队伍沿着原路，回到"鹦鹉螺号"。

我走上平台，心中正受着可怕思想的缠绕。尼摩船长走到我面前，我对他说："就是跟我预料的一般，那人在夜间死了吗？"

"是的，阿龙纳斯先生。"尼摩船长答，"他现在长眠在他的同伴身边，在那珊瑚墓地中。"

船长突然用他痉挛的手把脸孔遮住，他没法抑制他发出的呻吟，随后他说："那里，海波下面几百英尺深的地方，就是我们的安静的墓地！"

"至少，您的死去的同伴们可以在那里安静地长眠，不受鲨鱼的欺负。"

"是的，先生，"尼摩船长很严肃地回答，"不受鲨鱼和人的欺负。"

阅读鉴赏

第二天，"我"、康塞尔和尼德·兰什么也不知道，他们继续在平台上观看，"我"去客厅整理笔记，但是尼摩船长神态异常地来找"我"去给他受伤的船员看病。伤员已经伤及大脑，无法救治。

夜里，情绪激动的"我"听到了不懂的悼词，第二天船长邀请"我"与康塞尔和尼德·兰去海底散步，其实是去埋葬那个死去的船员。

海底散步的时候，作者通过对珊瑚虫的描写暗示了"鹦鹉螺号"上全体船员的团结，还有他们在遇到侵犯时所形成的坚固整体。另外，好几处对尼摩船长的反常动作和神态进行了描写，让读者看到了尼摩船长善良和充满人情味的一面。

拓展阅读

珊 瑚 虫

珊瑚虫是腔肠动物，身体呈圆筒状，有8个或8个以上的触手，触手中央有口。它们多群居，结合成一个群体，形状像树枝。骨骼叫珊瑚。产在热带海中。珊瑚虫种类很多，是海底花园的建设者之一。它的建筑材料是它外胚层的细胞所分泌的石灰质物质，建造的各种各样美丽的建筑物则是珊瑚虫身体的一个组成部分——外骨骼。平时能看到的珊瑚便是珊瑚虫死后留下的骨骼。

第二十五章

印度洋

导 读

在对"鹦鹉螺号"逐渐了解的过程中，尼摩船长却成了一个谜，对于他，"我们"的猜想又如何？海底旅行的第一阶段结束了，现在开始了第二阶段的旅行。"我"、康塞尔和尼德·兰将如何度过每一天的时光呢？

珊瑚墓地那感人的一幕深深地烙在我的脑海，这次海底旅行的第一阶段结束了。现在开始第二阶段的旅行了。

对人类社会，这位船长总是流露出那种一直无法改变的不信任和愤懑的情绪。

至于我，我再也不能满足于康塞尔那引以为傲的种种猜测。康塞尔坚持认为："鹦鹉螺号"的指挥官是被埋没的学者，他用蔑视的态度看待人世间的世态炎凉；他还是一位不为人所理解的奇才，对陆地上的一切非常失望，才不得已逃避到这个世人难以到达但却可以使他的本性得以自由发挥的地方。但依我看来，这种猜测只能解释船长性格的一个方面。

尼摩船长不只是在逃避人类。他那神奇的装备不仅是为他追求自由的天性服务，而且可能用于满足一种可怕的报复念头。

我们仅仅是礼貌上的客人，而实际上，是俘虏或者说是囚徒。总之，是该憎恨这个人呢，还是该赞美他呢？在永远离开他之前，我想完成这次海底旅行，它的开始是那么奇妙。我想观察这一系列藏匿在这个星球海底的奇观，即使要我以生命为代价来满足我强烈的求知欲，我也会这样做的！可是，我们在太平洋底只走了6 000海里，至今我发现了什么？没有，或者说几乎没有。

1868年1月21日中午，大副出来测量太阳的高度，我也登上平台，一名水手过来清洗探照灯玻璃。于是，我仔细观察起这台灯的构造。灯里有一些凸状镜片，像灯塔的玻璃那样放置着，把灯光聚集在一个有效的面上，使亮度骤增百倍。电灯设计得如此尽善尽美，使它的照明功能发挥得淋漓尽致。事实上，灯光是产生在真空中的，确保了它的稳定性和强度。而且，真空可以减少石墨的消耗，灯的弧光正是从两根石墨棒之间产生的。

我们在印度洋5.5亿公顷的广阔水面前进，好几天来，我们看到了大量的水鸟、蹼足类动物、大海鸟和海鸥。

"鹦鹉螺号"的渔网还捞起了好几种海龟。它们的背部隆起，龟甲十分珍贵。这类善于潜水的爬行类动物翕上鼻腔外孔的肉阀，就能长时间待在水里。这些海龟中有几只被捉住时，还缩在龟壳里睡觉呢，但它们这一招可以抵御海里动物的袭击。总的来说，海龟的肉吃起来马马虎虎，但它们的蛋却是可口的佳肴。

至于鱼类，我注意到好几类从没见过的鱼。

我特别要提到的是红海、印度洋和赤道上美洲那一带海域里盛产的牡蛎。这类海底动物身上披有一层真正骨质的护甲。甲壳有立体三边形的，也有立体四边形的。在立体三边形甲壳的牡蛎中，我可以举出其中几个种类，它们身长半分米，肉富有营养，美味可口，尾部棕色，鳍部黄色。我还看到一些立体四边形的，背部长有4个粗节的牡蛎；一些身体下部有花白斑点；一些身上的骨质甲壳突出成刺的三角牡蛎，叫声呼噜呼噜的，因此又被称为"海猪"；还有一些肉很丰厚、堆成锥形的单峰牡蛎，肉粗而硬，相当难啃。

从康塞尔的日记中，我还可以列举出他记录下的这一带海域中特有的单鼻鲀类动物，如红背鱼、白腹针鱼、电鱼、卵鱼、鱼虎、海马、海蛾鱼、鸽子鱼……

1月21日至23日，"鹦鹉螺号"每天走540海里，时速为22海里。24日清晨，在南纬12度5分，东经94度33分，我们望到了一座长满可可树的珊瑚岛——奇林岛，达尔文先生和菲特兹华船长曾到这里考察过。然后，"鹦鹉螺号"向西北方向的印度半岛尖端驶去。

"这是一片开化的陆地，"尼德·兰对我说："与野人多过狍子的巴布亚岛相比，这里好多了！难道这不是与尼摩船长撕破脸皮告辞的时机吗？"

"不，尼德，"我口气坚决地说，"就像你们水手说的，让我们继续上路吧。'鹦鹉螺号'总有一天会回到欧洲的，我们再见机行事。"

1月25日，洋面一片荒凉，"鹦鹉螺号"在海面上行驶了一整天。下午4点左右，一艘长长的蒸汽轮朝西迎面而来，我清楚地看到蒸汽轮的桅杆，蒸汽轮却察觉不到贴着水面行驶的"鹦鹉螺号"。

下午5点，海上出现了一种奇妙的景观，康塞尔和我都对此赞叹不已。

那是一种可爱的动物。按古人的说法，遇上它就意味着好运。亚里士多德、阿德尼、普林、奥彼恩曾经研究过这种动物的嗜好，并用意大利学者和希腊学者诗篇中所有富有诗意的言辞来形容它，称它为"鹦鹉螺"和"旁比里斯"，但现在的科普书称这种软体动物为船蛸（chuán shāo）。

软体动物又分为5纲。第一纲头足纲动物，它们有的有介壳，有的没介壳；头足纲动物按鳃的数目分为两鳃和4鳃两个科；两鳃科又分船蛸、枪乌贼、墨鱼3属，4鳃科则只有鹦鹉螺一属。

当时有一群船蛸正在海面上漂游着，它们属于长有介壳的那类，是印度洋特有的。这些动作优美的软体动物吸进一管水，再把水射出来，借助水的反作用力向后游动。它们有 8 条触须，细长的 6 条漂浮在水面，另外 2 条竖起弯成掌状，像风帆一样迎风舒展。我清晰地看到它们螺旋状的波纹介壳，当地称它们为"精巧的小舟"。船蛸用分泌液做出自己的外壳，它不把外壳黏在身上，可外壳却时刻装载着船蛸。

"船蛸本来可以自由地离开介壳，"我对康塞尔说，"但它从没离开过。"

"尼摩船长就是这样的，"康塞尔说得对极了，"所以他觉得最好把自己的船叫作'鹦鹉螺号'。"

1 月 26 日，在子午线处，我们穿过了赤道，又回到北半球。

一群令人生畏的角鲨紧紧尾随着我们。烟色角鲨背部褐色，腹部灰白，武装着 11 排尖牙；"眼睛"角鲨在颈部有一大块被白色圈起的黑斑，看上去就像一只眼睛；灰黄色角鲨的喙部显圆形，身上布满暗斑。尼德·兰真想冲到水面去，用渔叉射击这些庞然大物。"鹦鹉螺号"加快马力，轻松地把这些速度最快的鲨鱼远远地抛在后面。

1 月 27 日，在孟加拉湾出口处，我们好几次见到印度城市中的死尸，被恒河水冲入大海。秃鹫没能把这些尸体狼吞虎咽完，但角鲨来帮它们完成了收尸工作。

晚上 7 点左右，"鹦鹉螺号"半浸在乳白色的海水中行驶着。一眼望去，海水好像牛奶似的。

康塞尔一点也不敢相信自己的眼睛，他问我这种奇特现象的原因。

"这就是人们所说的'乳白色的海'，"我对他说，"这让你惊讶的白色是因为水中有成千上万条细小发光的纤毛虫。这些虫胶质无色，像一根头发那么细，长不到 1/5 毫米。这些纤毛虫相互黏在一起，延伸在好几海里的海面上。"

临近午夜，大海突然恢复了它平常的颜色。

阅读鉴赏

第一阶段的海底旅行结束了，第二阶段的海底旅行又开始了，对于尼摩船长，我们有更多的猜想：是不得志的学者、不被理解的奇才，还是有着对人类社会重大报复的阴谋者？不管如何，教授毅然决定继续他的海底探秘之旅。康塞尔还在做着他的笔记，"我"依然在观察和研究，尼德·兰还会时不时地策划着逃跑计划。"鹦鹉螺号"一路航行，还是可以看到很多以前没有见过也叫不上名字的海底物种：海龟、肉又硬又粗的牡蛎、船蛸还有各种鱼类。同时，见到了恐怖的鲨鱼和漂在海中被鲨鱼吃掉的尸体。

作者运用了很多比喻，来形容海中生物的丰富和美丽。通过他们对尼摩船长的猜测，不仅推动故事情节的发展，而且也提高读者的好奇心。

拓展阅读

船　蛸

船蛸是一种雌雄异形的软体动物。口的周围有八只腕，两行吸盘。雌性体大，第一对腕极膨大，具有很宽的腺质膜，用以分泌和抱持介壳，雄性体小没有介壳。

船蛸是喜暖水性种类，在热带或亚热带海洋中均有分布。中国南海和台湾岛附近海域常见的有两种，分别为扁船蛸和阔船蛸。

这种软体海底栖生物，雄性通常栖息在大洋或深海海底，主要用腕匍匐而行，也能借漏斗以喷水方式在水中游泳。雌性以喷水方式游泳时，壳顶向下，腕部伸出，顶端呈翼状的背腕颇像一张船帆，而其扁壳则很像一叶微形的小舟，雌性船蛸卧于其中，则可以说是乘舟在海上航行，遇到外敌则埋入壳中沉入海底。而这壳的主要功用却不是给自己住的，那是它生育后代用的卵匣。

导　读

　　"鹦鹉螺号"航行到了锡兰岛，尼摩船长邀请"我们"去采珠场参观，"我"与尼摩船长很愉快地讨论着采珠方法和采珠人的艰苦。尼摩船长后来说会有鲨鱼，这样的情况，"我"会害怕吗？

　　这天是1月28日正午，"鹦鹉螺号"处于北纬9度4分，我们来到锡兰岛前，它是挂在印度半岛下的一颗宝珠。

　　我在图书室找到西尔所写的名为《锡兰和锡兰人》这本书。回到客厅，我首先记下锡兰（斯里兰卡的旧称，印度洋上的岛国）的位置是在北纬5度55分和9度49分、东经79度42分和82度4分之间，岛长275英里，最宽的地方150英里，周围900英里，面积24 448平方英里。

　　这时，尼摩船长和他的副手走进来。船长对我说："锡兰岛以采珍珠而闻名，阿龙纳斯先生，您乐意去参观采珠场吗？"

　　"船长，当然乐意。"

　　"好，我吩咐船驶到马纳尔湾，夜间就可以到达。"

　　我在锡兰岛的西北海岸，纬度9度上找到了马纳尔湾。这个海湾由马纳尔小岛的延长海岸线所形成。要到那里，必须穿越锡兰岛整个西部海岸。

"教授，"尼摩船长说，"在孟加拉湾、印度洋、中国海域和日本海等地，都有人采珍珠，但质地最优良的是在锡兰岛。每年 3 月，采珠人齐集马纳尔湾，整整 30 天，他们的 300 只船一齐采珠，每只船有 10 个划船手和 10 个采珠人。采珠人分成两组，彼此轮流潜入水中，他们两脚夹着一块很重的石头，用一根长绳把他们自己系在船上，他们下至 12 米深的地方采珠。"

我问："他们总是用这种原始方法吗？"

"是的，"尼摩船长回答，"虽然这些采珠场属于地球上最灵巧的人民——英国人——因为 1802 年的《阿米恩条约》把采珠场转让给他们了。"

"不过，我觉得您使用的那种潜水衣对采珠可大有用处。"

"是的，我认为他们可以留在水里的平均时间为 30 秒，在这 30 秒内，他们得赶快把采得的珠贝塞在一个小网中。一般来说，这些采珠人不能活得很久，他们的眼力很早就衰退，眼睛发生溃疡，身上有许多创伤，有时甚至在水下就中风了。"

"这是一种凄惨的职业，"我接着问，"一只船一整天可以采得多少珠贝呢？"

"4 万至 5 万。"

我又问："这些采珠人可以得到足够的工资吗？"

"肯定不能，在巴拿马，他们每星期只得一美元。"

"这些可怜人，使他们的东家发了财，自己只能在采到一颗有珠子的贝时才得到一分钱。真可恨！"

尼摩船长对我说："您跟您的同伴们一同去参观马纳尔的礁石岩脉，如果有早来的采珠人，我们就看看他们采珍珠。您怕鲨鱼吗？"

"船长，老实说，我不习惯跟这类鱼打交道。"

"我们已经很习惯了，"尼摩船长回答，"过些时候，你们也会习惯的。我们是带着武器的，我们或者可以猎得一条鲨鱼。那是很有兴趣的打猎。

那么，教授，明天清早再会吧。"尼摩船长说完，离开了客厅。

我于是幻想着鲨鱼，想到它阔大的、有一排一排尖利牙齿的牙床，一下就可以把人咬为两段，我腰上已经感到有点痛了。尼摩船长提出这次令人为难的邀请时，那满不在乎的样子，我简直猜不透。人们不要以为这就等于要到树下去捉一只不咬人的狐狸那样容易。我想，康塞尔一定不愿参加，这样我就可以有借口不去了。至于尼德·兰，我觉得不管多大的危险，对于他总有一种诱惑力。

这时，康塞尔和尼德·兰神情安静而快活地走进来。

"好哇，"尼德·兰对我说，"先生，尼摩船长——一个怪物——向我们讲了一个很客气的提议。"

康塞尔接着说："'鹦鹉螺号'船长请我们明天跟先生一齐去参观锡兰岛很好看的采珠场，他说的话很漂亮，简直是一位地道的绅士。"

"他对你们没说别的吗？或者很危险呢！"我用暗示的语气又加上一句。

"很危险？"尼德·兰回答，"到珍珠贝礁石上走一走！"

一定是尼摩船长认为没有必要让我的同伴想到鲨鱼，所以没对他们说。我有些慌张地注视他们，好像他们的肢体已经被咬走了一部分似的。我应该事先通知他们吗？当然应该的，不过我不知道怎样跟他们说才好。

康塞尔对我说："先生愿意给我们讲一些关于采珍珠的情形吗？"

"好吧。对诗人来说，珍珠是大海的眼泪；对东方人来说，它是一滴固体化的露水；对妇女们来说，它是她们戴在手指上、脖子上或耳朵上的，长圆形、透明、螺釉质的饰物；对化学家来说，它是带了些胶质的磷酸盐和碳酸钙的混合物；对生物学家来说，它不过是某种双壳类动物产生螺釉质的器官的病态分泌物。"

"软体门，"康塞尔说，"无头纲，甲壳属。"

我又说："在体内能凝结成珍珠的最好软体动物，就是珍珠贝，乳白珠贝，宝贵的小纹贝。珍珠不过是成为圆形的螺釉体的凝结物。它或者黏在珠贝的壳上，或者嵌在动物本身的皱褶上。在介壳上的是固定的，在肉上的是活动自由的。珍珠总由一个小小的固体物，或石卵，或细沙，作为它的核心，螺釉质在好几年间连续不停地、薄薄一层地环绕着这个核心累积起来。"

"人们可以在同一个贝中找到好几颗珍珠吗？"康塞尔问。

"可以的。有些小纹贝，简直就是一个珍珠筐。"

"有人甚至说，一个珍珠贝里面含有不下于150个鲨鱼。"

"150个鲨鱼！"尼德·兰喊。

"我是说鲨鱼吗？"我急忙喊道，"我是说150颗珍珠。"

"把珍珠取出来有好几种方法，"我接着说，"珍珠黏在壳上时，采珠人就用钳子把它夹出来。最平常的办法是把小纹贝摊在海岸边的草席上等它们死去10天后，就把它们浸在海水池沼里，打开并洗刷它们。然后进行双重的刮削工作。首先，把商业中称为'真银白''混杂白'和'混杂黑'的螺釉片分开，盛在125千克到150千克的箱子里。然后把珍珠贝的腺组织取开，把它煎煮，用筛子筛，把最小的珍珠都取出来。"

"珍珠的价格是看它们的大小吗？"康塞尔问。

"不仅看大小，"我回答，"并且看形状、颜色和透明度。最美丽的珍珠称为童贞珠或模范珠，它们在软体动物的纤维上独自长成，是白色的，通常不透明，但有的是蛋白的透明，最常见的形状是球形或梨形，球形的做手镯，梨形的做耳环，论粒卖。其他的珍珠黏在贝壳上，形状不规则，就论重量卖。小珍珠是低级的一类，称为小粒，论堆卖。"

康塞尔说："采珍珠很危险吗？"

"这种职业有什么冒险的呢？"尼德·兰说，"顶多喝几口海水罢了！"

"就是跟你说的那样，"我也用尼摩船长满不在乎的语气来说，"我问你，你怕鲨鱼吗？"

"我，怕？"加拿大人回答，"职业的渔叉手！捕捉它们是我的本行！鲨鱼的形态是天生有缺点的。它们要咬人的话，先得把肚子翻转，倒过身子来，在这个时候……"尼德·兰带着某种口气说出这个"咬"字，简直使人脊背都发凉。

"康塞尔，你呢？"

"我对先生总是坦白的。如果先生去攻打鲨鱼，"康塞尔说，"您的助手有什么理由不跟您一起去呢？"

阅读鉴赏

本章作者运用了多种描写手法和表达方式，表现了他们对鲨鱼的恐惧。另外通过对"我"和尼摩船长的对话，康塞尔和尼德·兰的对话描写，生动形象地体现了每个人的性格特点。

拓展阅读

鲨　鱼

鲨鱼被认为是海洋中最凶猛的动物。鲨鱼以小型海洋生物为食物，和须鲸差不多。由于食物具有某种相似性，经过漫长的生物演化，它们长得和须鲸很相似，这个叫作"趋同进化"。于是"鲸鲨"的名字就理所当然形成了。当然，鲸鲨是现存鲨鱼中最大的，也是已知鱼类中最大的动物。

世界上约有380种鲨鱼，约有30种会主动攻击人，有7种可能会致人死亡，还有27种因为体形和习性的关系，具有危险性。根据化石考察和科学家推算得知，鲨鱼早在3亿多年前就已经存在，至今外形都没有多大改变，说明它的生存能力极强，人称海洋"猎手"。

第二十七章 一颗价值千万法郎的珍珠

导　读

　　1月29日凌晨4点，尼摩船长便吩咐服务员叫醒了"我"，然后"我们"划着小艇来到了陆地和马那阿尔岛之间的海湾西侧，尼摩船长先带"我们"参观了价值千万法郎的珍珠。

　　夜深了，我上床睡觉，可睡得很不安稳。鲨鱼在我的睡梦里扮演着主角。

　　1月29日凌晨4点，尼摩船长吩咐服务员叫醒我。我起床，穿上衣服来到客厅。

　　尼摩船长领我走向中央扶梯，尼德·兰和康塞尔已经在那儿了，他们为要进行的"有趣游戏"雀跃不已。"鹦鹉螺号"的5个水手拿着桨，在停在船甲板上的小艇里等着我们。

　　夜间，"鹦鹉螺号"沿着锡兰岛的西海岸上溯，已到了海湾西侧，更确切地说，是在陆地和马那阿尔岛之间的海湾西侧。

　　小艇朝南划去，5点半左右，天色初曙，海岸上的轮廓更清晰地展现出来。海岸东边比较平坦，向南则有些起伏。深深的孤寂笼罩着这片采珠人将要云集的地方（对海岸周围环境的描写，表达了作者对采珠人疾苦的同情）。正如尼摩船长事先提醒过的：我们早了一个月来到了这片海滩。

6点，天色忽地亮了，这是热带地区特有的快速的白天黑夜交替。我清晰地看到树木星星点点的陆地。

"我们到了，阿龙纳斯先生，"尼摩船长说，"这片港湾很利于采珠，它可以避强风，海面波涛又不大，这样的条件对于潜水工作相当合适。我们现在就穿上潜水服，开始水下漫步吧。"

我向船长提出灯的问题，"灯对我们没用的，"船长回答，"我们下潜的深度不大，阳光能绰绰有余地为你照明。再说，灯的光亮会意外招惹来这一带水域中觅食的危险动物。"

我问船长："我们的枪呢？" "带枪！有什么用？你们山里人不是手握匕首去打熊吗？钢刀不是比铅弹更有用吗？这有一把刺刀，别在您的腰间，我们走吧（语言描写，说明了"我们"与鲨鱼的相遇将会是近距离的，很危险）。"

我看了看我的同伴，他们也和我们一样装束，尼德·兰还挥动一把大渔叉。

艇上的水手把我们一个个放入水中，在一米半深的水里，我们踩到了沙子。我们紧随着尼摩船长，消失在水波中。

太阳已经把水底照得光亮，连最小的东西也可以看得清清楚楚。走了10分钟，我们来到5米的深水处，地面相当平坦。

我们脚到之处，一群群单鳍属的、除了尾鳍外没有别的鳍的奇怪鱼类，像一群群扇尾沙雉一样，惊得一拥而起。

> 用扇尾沙雉来对比描写海底的奇怪鱼类。

7点左右，我们终于到达小纹贝暗礁，成千上万只珠母在这一带繁殖。

尼摩船长用手指着一大堆小纹贝给我看。我明白，这是一片真正取之不竭的矿产，毕竟大自然的创造力比人类天生的破坏力强多了。极具这种破坏本性的尼德·兰，正不断地往他带在身侧的小网袋里拼命塞进一些最漂亮的珠贝。

这时，我们脚前出现了一个巨大的洞口。尼摩船长走了进去，我们尾随着他。不久，尼摩船长停下来，用手指给我们看一个我还没来得及发现的东西。

那是一个巨大的珠贝，一个庞大无比的砗磲，简直可以盛下一个圣水缸里的圣水。这个大"盛水池"长超过2米，比"鹦鹉螺号"客厅里摆的那只珠贝还大。

它被足丝缠在一张石桌上，在这岩洞平静的海水中孤单地生长着。我估计这只砗磲有300千克重，应有15千克重的肉。

砗磲的双壳半张着。船长走过去用匕首顶在两片贝壳中间，以防它合上。然后，他用手把这只动物的外套——流苏状膜揭开。

在叶状的皱褶里，我看见一颗大如椰子核、自由挪动的珍珠。珠子如圆球状，晶莹剔透、光泽鲜艳，那是一颗无价的瑰宝。我伸出手想抓起它，但船长止住我，并迅速抽出匕首，贝壳一下子就合上了。

我于是明白了尼摩船长的用意：把珍珠放在砗磲里，让它不知不觉

地长大。每年，只有船长知道在这个洞穴中，有一颗天然的无法比拟的果实正在成熟。因此可以说，这位船长培植这颗珍珠，只是为了某一天把它摆到他那珍贵的陈列室里。和我在船长陈列室看到的那颗珍珠相比，这颗至少价值 1 000 万法郎。

参观珍珠的活动结束了，尼摩船长带着我们离开了岩洞，又回到小纹贝礁脉那片清澈的海水中。

10 分钟之后，尼摩船长突然停下来。他做了个手势，让我们紧挨着他蹲在一个大海坑里。在距我们 5 米处，一个影子出现了，一直潜到水底。

那影子无疑是一个人，一个活生生的人，一个印度人，一个黑人，一个采珠人，也是一个可怜人（排比的修辞手法，把影子的形象活生生地展现在读者面前）。他提前来采珠了。

这位潜水者没有发现我们。我聚精会神地看着他，慢慢熟悉了这种有意思的采珠场面。突然，印度人跪下的那一瞬间，做了一个恐惧的动作，然后站起来，拼命地往上游。

一个庞大的影子出现在这个可怜人的上方，那是一条巨鲨，它斜冲过来，目光贪婪，张牙舞爪。

那骇人的动物，一个猛子冲过来，朝印度人直扑过去。印度人本能地往旁边一闪，躲过了鲨鱼的大口，但没躲过它的尾巴。鲨鱼的尾巴朝他当胸一扫，他一下子摔倒在海底。

鲨鱼掉过头，翻转身子，正准备把印度人咬成两段。尼摩船长倏地站起来（"倏"说明船长上前救人的时候并没有犹豫，而且动作非常迅速），手持匕首，朝鲨鱼直冲过去，鲨鱼把身子翻转回来，朝船长快速冲来。

船长曲着腿，严阵以待。当鲨鱼向他扑来时，船长敏捷地闪到一边，朝鲨鱼肚皮上刺了一刀。鲨鱼吼叫着，鲜血从它的伤口喷出来，海水被染红了。

勇敢的船长抓住鲨鱼的一只鳍，把匕首往其肚子上扎了好几下，但没扎中鲨鱼的心脏。鲨鱼挣扎着，发疯般搅动着海水，被搅起的旋涡差点把我掀倒在海底。

不久，肉搏战的形势发生了变化。鲨鱼张开它的大口，朝船长迎面冲过去，把他掀倒在地，这时，尼德·兰冲上去，把手中的渔叉投向鲨鱼（描写与鲨鱼肉搏的场面，突出情况的凶险与尼德·兰的勇敢）。

顿时，水中涌出一大团血。鲨鱼难以形容地疯狂地拍打着海水，海水动荡起来，鲨鱼被击中了心脏，它喘息着，可怕地抽搐着、挣扎着。

尼德·兰找到了船长，船长没有受伤就站起来走向印度人，并把印度人抱在怀里，纵身一跃，浮出水面。

我们三个人也跟着浮上去，登上了采珠人的船。

经过康塞尔和船长的按摩，溺水者恢复了知觉，看到四个铜盔俯在他身上，他很是惊讶。

尼摩船长从口袋里掏出一包珍珠，塞进他手里。印度人双手发抖地接过这位水中人对印度贫民的慷慨施舍。他那惊疑的眼神说明了他不知道是何方神圣救了他的命，又让他发了财。

我们又跳入水中回到小纹贝暗礁上，沿着原路往回走。我们爬上了小艇，脱下了铜盔。

尼摩船长开口的第一句话是："谢谢您，兰师傅。"

"那是对您恩惠的回报，船长。"尼德·兰说。

我们看见了浮在水面上的那条鲨鱼尸体。我认出，这是一条印度洋中可怕的黑鲨，长度超过25英尺，巨大的嘴巴占了身长的1/3，它的6排牙齿呈等边三角形分布在上颌上，那是一条成年鲨（对鲨鱼尸体的描写从侧面烘托了船长的勇敢善良以及尼德·兰的勇猛）。康塞尔用一种科学的眼光看着那条鲨鱼，他又会按道理把这条鲨鱼列入软骨动物支里的恒腮软骨科，横口亚科角鲨属。

8点半，我们回到了"鹦鹉螺号"。

我回想起这次马那阿尔岛历险的过程。有两点很明确：一是，尼摩船长那无以匹敌的勇敢；二是，他作为逃到海底的人类种族代表之一，而对人类表现出了无私的献身精神。

当我向他指出这一点时，他语气略带激动地说："这个印度人是一个被蹂躏的国家的人民，我的心是向着那个国家的。而且，只要我还有最后一口气，我还会向着那个国家。"

阅读鉴赏

船长很早便吩咐服务员叫醒了"我"，然后大家一起出发了，来到海湾西侧，穿了潜水服，带了匕首和刺刀下水了。船长带"我们"观赏了一颗价值千万法郎的珍珠。这时与人们采珍珠的季节还差一个月，但是水底还是来了一个采珠人，一个印度人。他遭到了鲨鱼的袭击，船长奋不顾身地与鲨鱼搏斗，在危急关头，尼德·兰伸手相助，并拿出渔叉杀死了鲨鱼。尼摩船长不光救了采珠人的性命，还给了采珠人一包珍珠。

作者通过描写海底珍珠的多和昂贵，表明了大自然的力量是无穷的，通过描写与鲨鱼的搏斗，让读者见识了尼摩船长的勇敢与善良，也见识了小说一开始就提到的渔叉王尼德·兰的厉害。多处准确的用词，充分体现了人物的性格特点。

拓展阅读

扇尾沙锥

扇尾沙锥，别名扇尾鹬、田鹬。常出现于沼泽地，隐蔽于水草或芦苇间，食物为昆虫、蠕虫、小虾等。沙锥为中型涉禽，体长多在30厘米左右，双腿较短，体形矮胖，色彩斑驳，体表具有黄褐色、黑色、白色相互交织的斑纹，形成绝佳的保护色。除了丘鹬等少数种类栖息在潮湿的森林以外，大部分种类的沙锥居住在河岸、湿地草甸、水田、泥塘等湿地环境中。喙部纤长且触觉灵敏，常将长喙频繁插入淤泥中，靠触觉捕获蠕虫、蚯蚓等小型无脊椎动物。

第
二
十
八
章

红
海

导　读

　　"鹦鹉螺号"在2月7日的中午驶入了红海，在这里"我"与康塞尔观察到了很多的海绵并讨论了它们的相关知识，与尼摩船长谈论了红海的来源。

　　这天是 1 月 29 日，"鹦鹉螺号"驶入把马尔代夫群岛和拉克代夫群岛分开的水道中。它又沿吉檀岛行驶，吉檀岛是 1499 年法斯科·德·嘉马发现的，为拉克代夫群岛的 19 座主要岛屿之一，位于北纬 10 度和 14 度 30 分之间，东经 69 度和 50 度 72 分之间。

　　我们从日本海出发以来，已经走了 16 220 海里，即 7 500 法里。

　　第二天，"鹦鹉螺号"对着西北偏北方向，向阿曼海驶去，阿曼海位于阿拉伯和印度岛之间，是波斯湾的出口。

　　在四天内，直至 2 月 3 日，"鹦鹉螺号"在不同速度和不同深度下走过了阿曼海。船好像是随意行驶，不过它从不越过北回归线。

　　离开阿曼海时，我们认识了马斯喀特城，它是阿曼地区最重要的城市。我很赞美它的奇异外表。

　　"鹦鹉螺号"在距海岸 6 海里的海面，沿着马拉和哈达拉毛一带的阿拉伯海岸行驶，海岸线上有起伏的山岭间有一些古代遗迹。2月5日，我们进入亚丁湾，这是巴布厄尔曼特长颈形海峡的真正漏斗，把印度洋的水倒流入红海中。

2月7日，我们走进巴布厄尔曼特海峡，这个名字照阿拉伯语是"泪门"的意思。海峡宽20海里，长只有52千米。"鹦鹉螺号"开足马力行驶过去，中午，我们就到达红海了。

红海是《圣经》传说中的名湖，没有大河流入，过度的蒸发使水量不断消失，平均每年要消失1.5平方米的水面呢！要是一般的湖沼早就完全干涸了。

2月8日早晨，摩卡港出现在我们面前。

我在客厅的玻璃窗边，不知度过了多少惬意的时光！我在电光探照灯下，不知欣赏了多少海底下的动植物新品种！

特别值得一提的是海绵。水螅类的第一纲是海绵纲，正如现在有些生物学家承认的那样，海绵不是植物而是动物，是最低一目的动物，是比珊瑚更低的水螅丛。关于海绵的机体组织，生物学家还没有一致的意见。有的说海绵是水螅丛；有的如爱德华先生认为，它是独立、单一的个体。

海绵纲约有300种，大多数生活在海中，生活在淡水里的被称为"河水海绵"。在地中海、希腊半岛、叙利亚海岸和红海一带，海绵繁殖很快，每块价值达150法郎，如叙利亚的金色海绵，巴巴利亚的坚韧海绵等。

当"鹦鹉螺号"在平均8至9米的水层，慢慢溜过这些东部海岸的美丽岩石时，我叫康塞尔到我身边来一起观察海绵。

在这一带海水里，生长着各种形状的海绵，脚形海绵、卅状海绵、球形海绵、指形海绵。渔人们给它们起了美妙而恰当的名字，如花篮、花枣、羚羊角、狮子蹄、孔雀尾、海王手套等。从它们附有半液体胶质的纤维组织中不断流出线一样的水，这线水把生命带进了每一个细胞中，随后被收缩运动排除出来。这种半液体胶质在水螅死后便不再分泌，它腐烂并发出阿摩尼亚气体，只剩下那日用海绵所有的角质纤维或胶质纤维了。日用海绵是茶褐色，根据它的弹力、渗透力或抵抗浸渍力的程度，可以有各种不同的用途。

这些水螅丛附在岩石上、软体动物的介壳上、蛇婆茎上，把最轻微的凹凸都铺平了。有的摆开来，有的竖起或垂下，像珊瑚形成的瘤一样。我告诉康塞尔，海绵可用两种方法来采取，或用打捞机，或用手。后一种方法要用潜水的采绵人，因为不会损伤水螅丛的纤维，可以保留很高的使用价值，所以这种方法比较好。

2月9日，"鹦鹉螺号"浮在红海最宽阔的一部分海面上，西岸是苏阿京，东岸是光享达，直径190海里。

这天中午，在平台上，尼摩船长很礼貌地送我一支雪茄，对我说："教授，您喜欢红海吗？您曾充分观察它所蕴藏的奇异东西吗？它的鱼类和它的植虫类，它的海绵花坛和它的珊瑚森林吗？您曾望见散在海边的城市吗？"

"是的，尼摩船长，"我回答，"'鹦鹉螺号'是奇妙的最便于做这种研究的。啊！真是一只有智慧的船！"

"不错，先生，聪明又大胆，不会受损伤！它不怕红海的厉害风暴、汹涌波涛、危险暗礁。"

"是的，"我说，"红海常被称为最厉害多风浪的海，那是因为这些历史学家没有在'鹦鹉螺号'上航行过。"

"是的，"船长带着微笑回答，"近代人并不比古代人进步。谁知道在一百年后，是否将有第二艘'鹦鹉螺号'出现呢？进步是很慢的呢！"

我回答："您的船比它的时代进步了一个世纪，或者好几个世纪。这样一个秘密要跟它的发明人一同消逝，是多么不幸。"

尼摩船长并不回答我的话。

静默了几分钟后，我问："船长，您知道红海这名字的来源吗？"

"一个14世纪的史学家认为，'红海'是在以色列人走过这海之后才有的，当时法老军队追赶他们到海上，海听到摩西的声音就涌上来，把法老军队淹没了。为表示这种神奇，变成鲜红的海，之后除了'红海'的称呼再不能叫它别的名字了。照我的意思，要把'红海'看作希伯来语'爱德龙'一词的转译，由于这海水有一种特殊颜色，完全红色的，像血湖一样。那是被称为'三棱藻'的细小植物所产生的朱红色的黏性物质，4万个这种植物，才占1平方厘米的面积。"

我说："希望考古学家赶快进行发掘工作，因为苏伊士运河开通后，许多新的城市就要建设起来。对于'鹦鹉螺号'来说，这条运河实在没什么用处！"

"不错，不过对全世界很有用。"船长回答，"古时的人明白，在红海与地中海之间建立交通，对他们的商业大有好处，可是他们没想到发掘一条直通的运河，而要利用尼罗河来做居间。传说这条连接尼罗河和红海的运河，很可能在薛索斯土利斯王朝就有了。公元前615年，尼哥斯引尼罗河水，穿过与阿拉伯相望的埃及平原，开凿这条运河。工程由伊他斯比的儿子大流士继续进行，大约在蒲图连美二世时代完工，史杜拉宾看见了这河做航行使用。直到安敦难时代，这运河一直做商业贸易之用。后来，由于'哈里发'峨默尔命令把运河放弃，运河就淤塞了，随后又修复起来。761年或762年，'哈里发'阿利·蒙索尔要阻止粮食运到反抗他的穆罕默德·宾·阿比多拉那里，这运河便完全被填平了。"

"船长，古代不敢开凿的、把两个海连接起来并使加的斯到印度的航程缩短9 000千米的这条运河，现在由德·勒赛普干起来了，不久，就要把非洲变为一个巨大的海岛了。"

"很可惜，"他又说，"我不能带您穿过苏伊士运河，但后天，我们在地中海时，您可以望见塞得港的长堤。"

我很吃惊，因为"鹦鹉螺号"经好望角，绕非洲一周，后天到达地中海，必定要以惊人的速度航行。

然而船长告诉我，我们不用绕非洲一周，可以走一条他称之为"阿拉伯海底隧道"的捷径。

他说："使我发现这条只有我一人认识的海底隧道的，是一个生物学家的简单推理。我曾经注意到，在红海和在地中海中有某些完全相同的鱼类，在这两个海中间是不是有交通路线的存在？为此我在苏伊士附近捕了很多鱼，我把铜圈套在鱼尾上，把鱼放入海中。几个月后，在叙利亚海岸，我找到了一些我从前放走的尾上有铜圈的鱼。因此两海之间有路可通的想法就得到了证明。我利用'鹦鹉螺号'发现了它，我也冒险走过去了。不久，您也要通过我的阿拉伯海底隧道。"

阅读鉴赏

本章作者通过"我"与康塞尔、尼摩船长的对话，介绍了很多科学知识，海绵的生长和采集，红海来源的各种说法，苏伊士运河的历史，还包括一些传说和故事，生物知识等。

拓展阅读

红 海

红海位于非洲大陆与阿拉伯半岛之间，为印度洋的附属海。红海像一条张着大口的鳄鱼，从西北向东南，斜卧在那里。它长 2 253 多千米，最大宽度为 306 千米，面积约 45 万平方千米。北段通过苏伊士运河与地中海相通，南端有曼德海峡与亚丁湾相通。海内的红藻会季节性地大量繁殖，使整个海水变成红褐色，有时连天空、海岸都被映得红艳艳的，故称"红海"。在通常情况下，红海海水呈蓝绿色。

第二十九章

阿拉伯海底隧道

导 读

两天后能到地中海，尼德·兰和康塞尔对此看法不同。"鹦鹉螺号"上浮的时候，在平台上，"我们"看到了海马，尼德·兰猎人的本性大发，想要猎杀它，大家各自持何种态度？猎杀的结果又如何呢？

当天，当我告诉康塞尔和尼德·兰两天后我们就会到达地中海时，康塞尔拍起手来，而尼德·兰耸耸肩并喊道："一条海底隧道！"接着自问："谁听说过？"

康塞尔说："您听说过'鹦鹉螺号'吗？没有！可它确实存在。不要轻易地耸肩，不要借口您没有听说过，就否认那些存在的事实。"

"我们走着瞧吧！"尼德·兰摇摇头反诘说，"我还巴不得相信他的通道呢，愿上帝真的把我们带回地中海。"

当晚，在北纬21度30分的海面上，我望见了吉达港——埃及、叙利亚、土耳其和印度之间的重要商埠。

第二天中午，"鹦鹉螺号"又上浮到露出了浮标线。我坐在平台上，尼德·兰和康塞尔陪着我。尼德·兰用手指着海上的一点，对我说："教授，您看到那边的东西了吗？"

"没有，尼德，"我回答，"我的眼睛没您好。"

"仔细看看，"尼德又说，"那边，右舷前面，在探照灯的差不多同一高度上。""真的，"我仔细看了之后说，"我看到了水面上好像有一个灰黑色的长物体。"

"另一艘'鹦鹉螺号'？"康塞尔问。

"不，"尼德·兰回答，"要不是我搞错了，要不那就是只海底动物。"

"红海里有鲸吗？"康塞尔问。

"有，"我回答，"人们能偶尔见到。"

"那根本不是鲸，"尼德·兰目不转睛地盯着那东西，说，"鲸和我是老相识，它们的样子我不会搞错的。"

"等一等，"康塞尔说，"'鹦鹉螺号'朝它开去呢，一会儿我们就知道了。"

"啊！它走动了！它潜水了！"尼德·兰叫起来，"见鬼！那会是什么动物呢？它没有长须鲸和抹香鲸那样分叉的尾巴，而它的鳍就像是~~截去一段的四肢。它把肚皮翻过来了，乳房朝空中挺起来了~~（通过与鲸的对比，突出了这只海底动物外形的怪异）。"

"那是美人鱼！"康塞尔叫道。

"美人鱼"这个名字使我茅塞顿开。"不，"我对康塞尔说，"不是美人鱼，是一种海马。"

"人鱼目，鱼形类，单官哺乳亚纲，哺乳纲，脊椎动物支。"康塞尔回答。

"哦！先生，"他用激动得发抖的声音对我说，"我还从没杀过这种东西。"渔叉手尼德·兰的全部心思都包含在这句话中。

这时，尼摩船长出现在平台上。他看到了海马，明白了尼德·兰的态度。

"兰师傅，您可以试一试。只是，"船长说，"我建议您最好抓到这只动物。"

"抓海马有危险吗？"我问。

"是的，有时候会有危险，"船长回答，"这种动物会掉过头来反攻，把捕捉它的渔船掀翻。我叮嘱①他别放过这条海马，是因为人们把它视为一道美味猎物，我知道兰师傅是不会讨厌有大块的好肉的。马来西亚人把它用于王孙公子的餐桌上，所以人们对待这种动物就像对待它的同类海牛一样，大量捕捉，这类动物日益稀少了。"

"那么，船长，"康塞尔严肃地说，"假如这只动物刚好是这一种类中的最后一只，从有利于科学的角度上讲，放过它不是更好吗？"

"可能是，"尼德·兰揶揄②着，"但从有利于膳食的角度上讲，最好是抓住它。"

"干吧，兰师傅。"尼摩船长回答。

这时，船上的7个船员走上了平台。一个人手里拿着渔叉和一根像

---

① 叮嘱：再三嘱咐。

② 揶揄：耍笑、嘲弄、戏弄、侮辱之意；是对人的一种戏弄，嘲笑时用语。

是猎鲸鱼用的鱼竿。小艇被解开，放到海里。尼德、康塞尔和我坐到后面。6个桨手划着小艇，朝浮在距"鹦鹉螺号"两海里处的海马疾驶过去。

在距离那动物几百米时，小艇放慢速度。尼德·兰手握渔叉，站在小艇前端。

我站起来仔细观察尼德·兰的对手。这只海马，也称儒艮，很像海牛。它长形的身体后面拖着一条长尾巴，两侧的鳍端长着真正意义上的指头。它与海牛不同之处，在于它的上颌两段分别长有一根尖长的、有不同防御作用的牙齿。

这只海马身形庞大，长度至少7米。它一动不动地，像是睡在海面上，在这种情况下抓它就更容易了。

小艇谨慎③地向海马划近了几寸。尼德·兰的身体稍稍向后仰，一只手熟练地投出渔叉。

只听到嗖的一声，突然海马不见了。

"鬼东西！"尼德·兰气愤地叫道，"我没击中。"

"不！"我说，"那动物受伤了，瞧这是它的血。"

渔叉被捞上来后，小艇就开始搜寻那只海马。

那海马不时浮出水面换气。它飞疾地游动着，看来受伤并没有使它衰竭。小艇沿着海马的行踪穷追不舍。

我们追捕了一小时。这时，这只海马突然产生了使它后来追悔莫及的报复心理（拟人手法，体现了一个生物学家对待动物的观察之细）。它转过身，向小艇发起攻击。

小艇没能躲过它的撞击，艇身倾斜了一半，一两吨海水灌了进来。尼德·兰死死抱着艏柱，用渔叉往那庞然大物身上乱戳。那动物像狮子叼着一只狍子一样，用牙齿咬住船舷，把小艇衔了起来（用狮子叼狍子来形容海马衔着小艇的情形，生动形象）。顿时，我们一个个东倒西歪，如果不是一直在猛

---

③ 谨慎：指对外界事物或自己言行密切注意，以免发生不利或不幸的事情。

击这只畜生的尼德·兰最后终于用渔叉刺中了它的心脏，我真不知这场冒险将如何收场。

我听到牙齿在铁皮上发出的嘎吱声，海马不见了，渔叉也被拖走了。没一会儿，动物的尸体仰面朝天地浮上来。小艇划过去，把那动物拉上来，返回了"鹦鹉螺号"。

这只海马重5 000千克，必须用大功率滑轮才能把它拉上平台。当天晚餐时，侍者给我端上来几片厨子精心制作的海马肉，我觉得味道好极了。

2月11日，"鹦鹉螺号"在慢悠悠地前进。随着我们向苏伊士运河靠近，红海海水的咸味就越来越淡。

9点15分，我登上平台。在黑暗中，我看到一丝苍白的灯火在距我们一海里外闪烁着。

"一座漂浮的灯塔。"有人在我身旁说。

我转过身，认出是船长。

"那是苏伊士的漂浮灯火，"他又说，"我们就要到达隧道口了。"

"进去不太容易吧？"

"不容易，先生。所以我按老习惯亲自领航。现在，请您下来，'鹦鹉螺号'就要进入水中了。通过'阿拉伯隧道'后，它才会浮出水面。"

我跟着尼摩船长走下平台，船潜入10多米深的水中。

"教授先生，"他对我说，"您愿意和我一起到领航舱吗？"

"求之不得。"我回答（准确的用词，说明"我"对这条隧道很好奇）。

"那么请吧，您可以看看这次既在地下又是在海底的航行。"

领航舱每面墙宽6英尺，中间有一台垂直放置的轮机在运转着，板壁上装着4个透镜舷窗，以便让舵手看清各个方位的情况。

"现在，"尼摩船长说，"让我们找找我们的通道吧。"

我默默地注视着此刻我们正在通过的陡峭的高石壁，这是海岸上泥沙高地的坚固地基。我们这样行驶了一小时，只走了几米。尼摩船长目不转睛地盯着悬挂在舱内的一个有两个同心圆的罗盘。船长每做一个简单手势，领航员就立刻改变"鹦鹉螺号"的航向。

10点15分，尼摩船长亲自把舵，我们面前出现了一条宽阔的、又黑又深的长廊，"鹦鹉螺号"果敢地开了进去（表现了船长的勇敢自信）。船的两侧传来一种不正常的声音，这是因为隧道的斜坡把红海的海水灌向地中海时发出的。

在通道狭窄的石壁上，我只看到由于高速而摩擦出的点点火星、笔直的痕迹和火痕。我的心怦怦跳着，我用手压住胸口。

10点30分，尼摩船长松开舵，转身对我说："地中海。"

不到20分钟，激流就拥着"鹦鹉螺号"通过了苏伊士地峡。

阅读鉴赏

两天后可以到达地中海，尼德·兰不相信，但是康塞尔觉得连"鹦鹉螺号"都存在，其他的皆有可能。2月10日，"我们"在平台上发现了海马。尼德·兰有猎杀的兴趣，康塞尔说这是稀有动物，似乎该放过它，在尼摩船长怂恿下，尼德·兰拿着渔叉，大显身手，经过一番搏斗，猎物变成了盘中餐，确实很美味。2月11日，尼摩船长说要通过隧道，他需要亲自领航，并邀请"我"一起进入领航舱，"我"欣然接受，也跟着"鹦鹉螺号"经历了一次惊心动魄的海底航行。

作者通过对不同人物的语言描写，对事物进行了各个方面的介绍，表现了每个人的不同性格和事物发展的状态。另外，对猎杀海马的场面描写也很精彩。

拓展阅读
海 牛

海牛外形呈纺锤形，体长 2.5 至 4 米，体重达 360 千克左右。海牛皮下储存着大量脂肪，能在海水中保持正常体温；前肢退化呈桨状鳍肢，没有后肢，但仍保留着一个退化的骨盆，眼小，视觉不佳，但听觉良好。

导　读

当康塞尔和尼德·兰知道"鹦鹉螺号"已经来到了地中海时，尼德·兰再一次提到逃走，康塞尔弃权，"我"不想放弃这个绝好的研究机会，最后三个人将如何决定？

这天是 2 月 12 日，天一亮，"鹦鹉螺号"就浮出水面。我立即跑到平台上，南边 3 海里的地方隐约现出北路斯城的侧影。一道急流把我们从这一个海带到另一个海来了。

7 点左右，尼德·兰和康塞尔也上来了，他们安静地睡了一觉，没有留心"鹦鹉螺号"所完成的大胆事业。

听了我的证词，又望见了伸出在海中的塞得港长堤，尼德·兰才相信我们现在就在地中海。接着，他再次要求离开"鹦鹉螺号"。

我不想妨碍我的同伴们得到自由，同时我自己又完全没有离开尼摩船长的愿望。由于尼摩船长和他的船，我日复一日地完成了我的海底研究，把我这部关于海底宝藏的书重写出来。我还能再得到机会来观察海洋的秘密吗？当然不可能！所以我就不可能在我们的周期考察完成之前就离开"鹦鹉螺号"。

"尼德朋友，"我说，"您在这船上觉得厌烦无聊吗？您很悔恨命运把您送到尼摩船长手中来吗？"

尼德·兰停了一刻，交叉着两手说："坦白说，我并不悔恨这次海底旅行。我很高兴做了这件事，但是必须做完才能算数。但在什么地方和什么时候做完呢？"

"什么地方？什么时候？我不知道。我假定旅行是要结束的，在这个世界上，有始必定有终。"

"我跟先生的想法一样，"康塞尔回答，"很可能走遍了地球的所有海洋后，尼摩船长让我们3个人全体自由。"

我说："我们一点也不用怕尼摩船长，但我也不同意康塞尔的说法。我们获得'鹦鹉螺号'的秘密，它的主人就是恢复我们自由，也不能任我们把这些秘密随便在陆地上到处宣传。希望有一些我们可以利用，并且应该利用，譬如在6个月后，像现在一样的环境。"

"阿龙纳斯先生，"尼德·兰回答说，"您总是爱说将来，而我说的是现在。我们现在在这里，就要利用这个机会。"

我被尼德·兰的推理紧紧逼住了，在这个场合上我输了，我找不出对我更有利的论证来。

"康塞尔朋友，你怎样想呢？"尼德·兰问。

这个老实人安静地回答："康塞尔朋友没有什么可说的，他是绝对无所谓的。他很遗憾，人们不能把他算作一票。现在只有两个人出席，一边是先生，一边是尼德·兰。"

我看见康塞尔完全取消了自己的资格，不能不发出微笑。尼德·兰看到他不反对自己，也应该很高兴。

尼德·兰说："先生，既然康塞尔'不存在'，我俩来讨论这问题吧。您听到我的话，您还有什么要说的吗？"

我说："尼德朋友，您反对我，您对，我的论证站不住脚。我们不能指望尼摩船长恢复我们自由。我们要小心谨慎地利用第一次机会，脱离'鹦鹉螺号'。不过，第一次逃走计划一定要成功。否则，我们就找不到再来一次的机会了，尼摩船长也不会原谅我们了。"

"您这些话很正确，现在，这个好机会来了，就是在黑夜里，'鹦鹉螺号'很挨近欧洲的某一处海岸的时候。如果我们离海岸相当近，船又浮在水面，我们就逃走。如果我们离岸很远，船又在水底航行，我们就留下。我想办法夺到那只小艇，浮上水面，逃走。"

"好，尼德，您小心侦察这个好机会吧，但您不要忘记，如果失败，我们就完了。"

"那么，我想——我不说我希望——这个好机会不会到来。因为尼摩船长不可能看不到，我们并没有抛弃恢复自由的希望，他一定会小心警惕，特别在这一带接近欧洲海岸的海洋中。"

"我们瞧着办吧。"尼德·兰回答，很坚决地点点头。

这次谈话到这里就结束了，后来发生了很严重的后果。

事实好像是证实了我的预见，弄得尼德·兰很失望。船经常在水底走，或距海岸很远的海面行驶；或者"鹦鹉螺号"浮出来，只让领航舱浮在水面；或者就潜到很深的水底下去。所以，我只能从维吉尔的诗句中认识斯波拉群岛之一的嘉巴托斯岛，这诗句是尼摩船长给我念的：

在嘉巴托斯上面住着海王涅豆尼的能预言的海神哥留列斯·蒲罗台……

2月14日，我决定花几小时来研究希腊群岛的鱼类，但船上嵌板都紧紧闭着。

在海水中，现出一个人，腰间系了皮带的潜水人。船长走向前靠着玻璃。那人也挨近前来，面孔贴着嵌板，注视我们。尼摩船长对那人点点头。潜水人做个手势回答他，立即回到海面上去了。

尼摩船长从一个橱里取出一根根金条，摆在小柜中。我估计小柜中共有 1 000 千克重的金子，总值 500 万法郎。

一会儿，4 个船员把小柜推出客厅外，用滑车把它拉到铁梯上。

我想在那个潜水人的出现和满满放着黄金的那个小柜之间找到一种关系。

2月15日下午5点，我在客厅，觉得十分热。尼摩船长进来，看了一下温度表，对我说："42摄氏度。"

嵌板打开，我看见"鹦鹉螺号"周围的海全是白的。一阵硫黄质的水蒸气在水流中间升起，水流像火锅中的水一般沸腾。我把手放在玻璃上，热得厉害，我赶快把手缩回来。

"我们在什么地方？"我问。

"教授，"船长回答我，"我们现在在桑多林岛附近，就是在尼亚—加孟宜小岛和巴列亚—加孟宜小岛分开的那条水道中。我想给您看看海底喷火的新奇景象。"

"我原以为，"我说，"这些新岛屿的形成早就停止了。"

"在火山区域的海中没有什么是停止的，"尼摩船长回答，"地球总是受地下火力的煎熬。根据嘉西奥多尔和蒲林尼的话，19年，已经有一个新岛名叫'铁那女神'，在新近形成的那些小岛上出现。不久这岛沉下去，到69年后又浮出来，以后又沉下去一次。自那时到现在，海中的浮沉工作停止了。但是，1866年2月3日，一个新的名为佐治岛的小岛在硫黄质的水蒸气中，近尼亚—加孟宜小岛的地方浮了出来，2月6日，它同尼亚—加孟宜合并，7天后，阿夫罗沙小岛出现，在它和尼亚—加孟宜中间让开一条宽10米的水道。这件事发生时，我正在这一带海中，可以观察岛屿形成的所有阶段。阿夫罗沙小岛是圆圈形，直径300英尺，高30英尺，为黑色的和玻璃质的火山石，同时夹杂了长石碎片。8月10日，又有一个更小的名为列卡岛的小岛，在近尼亚—加孟宜小岛的地方出现，此后，这3个小岛并在一起，形成了一个大岛。"

"目前我们所在的水道在哪里呢？"我问。

"这不是吗，"尼摩船长指着一张希腊群岛的地图回答我，"我把新出现的小岛都加上去了。"

"这水道有一天要填平吗？"

"很可能。因为自 1866 年以来，有 8 个火山石的小岛在巴列亚—加孟宜小岛的圣尼古拉港对面浮出来了。显然，在近期，尼亚和巴列亚两小岛就要连接起来。"

我回到玻璃窗边，热气愈来愈令人不能忍受。海水本来是白的，由于铁盐发生染色作用，现在变为红色。虽然客厅关得很严密，但一种令人吃不消的硫黄气味送了进来，我又望见了赤红色的火焰，辉煌灿烂，把电灯的光辉都掩盖下去了。我全身湿透，喘不过气来，好像就要被煮熟了。

尼摩船长发出命令，"鹦鹉螺号"离开了这座熔炉，一刻钟后，我们又在海面上呼吸了。

如果尼德·兰选择这一带海域来实行我们的逃走计划，我们恐怕是不能活着走出这火海的。

2 月 16 日，我们离开了大海沟——它在罗得岛和亚历山大港之间，深度有 3 000 米。"鹦鹉螺号"扔下希腊群岛，行驶在雪利哥海面，绕过马达邦角。

阅读鉴赏

作者用海岛频繁升降沉浮的实例，向读者展示了地球强有力的自我塑造能力，说明地球的巨大威力是不可估量的。

拓展阅读

海底火山

海底火山，就是形成于浅海和大洋底部的各种火山。包括死火山和活火山。地球上的火山活动主要集中在板块边界处，而海底火山大多分布于大洋中脊与大洋边缘的岛弧处。板块内部有时也有一些火山活动，但数量非常少。

第三十一章

地中海四十八小时

导 读

　　"鹦鹉螺号"在地中海匆匆而过，没有过多停留，"我"猜想尼摩船长可能是故意在逃避什么。但是，在潜水艇匆匆行驶的时候，"我"与康塞尔依然观察到了哪些景象呢？

　　地中海，海水蓝得出奇，它是希伯来人的"大海"，希腊人的"海"，罗马人的"我们的海"。它的周围种着橘子树、芦荟、仙人掌、海松，弥漫着香桃木的芳香，四周陡峭的群山环抱，充满着清新的空气。但是，这里不断地受到战火的蹂躏，米什莱说，就是那里，海岸上，海面上，是地球上人类相互杀戮最激烈的地方之一。

　　尽管地中海很美，但对于这个面积 200 万平方千米的海，我只留下了匆匆一瞥。依我看，尼摩船长很明显不喜欢这个夹在他想躲避的两块大陆间的地中海。它的水波和海风不是给他带来太多的悔恨，就是给他带来太多的回忆。因此，我们的船速高达每小时 25 海里。尼德·兰不得不放弃逃跑的机会，他非常苦恼。因为在速度为每秒 12 至 13 米的情况下，利用那只小艇离开"鹦鹉螺号"，就相当于从一列快速行驶的列车上往下跳，这是极不明智的。再说，我们的船到晚上才浮出水面换气。

我们猫在"鹦鹉螺号"客厅的玻璃窗前观察各种各样的鱼类，我们当时的记录对于我现在修正地中海鱼类学大有裨益。

被灯光照得通明的海水中，有长鳃鳗、尖嘴鱼、鸢鲨、海狸、扁鱼、鲟鱼。当"鹦鹉螺号"贴近水面时，我最能有效观察到的，是骨质鱼纲的第63属。那是脊背蓝黑，腹部有银甲，背上发出道道金色微光的鲭鲕鱼。它们素来喜欢跟着船走，在热带的骄阳下寻得一处凉爽的阴影。它们也不例外地跟着"鹦鹉螺号"，就像以前跟着拉·贝鲁斯的船只行走一样。我当然不会放过欣赏这些有着赛跑天赋的动物的机会。

我还要列举那些我和康塞尔只是一眼瞟到的地中海鱼类：拳状电鳗、康吉鳗海鳝、海鳕鱼、带条鱼、鲂、燕子笛鱼、金著鲷、芦葵鱼、大菱鲆、海绯鲷。

至于海洋哺乳动物，我想经过亚得里亚海口时，我看到了抹香鲸、圆球头属海豚，还有海豹。

至于康塞尔，他好像看到了一只6英尺宽、长着3条纵向凸起的脊骨的海龟。我很后悔没看见这只爬行动物，因为据康塞尔的描述，我认为这是一种相当罕见的棱皮龟。

至于植虫动物，我欣赏到了一种美丽的唇形水螅，可惜的是，我不能捞到这种标本。而且假如16日晚上，"鹦鹉螺号"没特意放慢速度的话，地中海里的其他植虫动物恐怕就不会进入我的视野了。当时的情形是：我们正从西西里岛和突尼斯海岸之间经过。在**邦角**（推卜角的旧称）和墨西拿海峡的狭窄空间里，海底突然上升，形成了一条海脊，离海面仅17米，而海脊两侧的水却深达170米。

在地中海地图上，我把那条长暗礁的位置指给康塞尔看。

康塞尔说："这像是一条连接欧洲和非洲的真正地峡。"

"是的，"我回答，"它完全填住了利比亚海峡。在地质时期，直布罗陀和叙达之间存在着类似的海障，把地中海完全封闭起来了。"

康塞尔说："要是哪天某座火山喷发，把这两道水上栅栏毁掉就好了。"

"这不可能，地下的能量在不断减少。地球初期那么多火山，现在渐渐休眠了。地球内部的热能也减弱了，地球底层的温度以每世纪不可估量的速度下降，这对我们的星球很不利，因为热量是它的生命。"

"可是，太阳……"

"太阳的能量是不够的，它能让一具尸体变热吗？"

"我知道，不能。"

"地球总有一天会成为那具冰冷的尸体的。地球将会变得像月球一样不能居住。"

"地球在多少个世纪后会这样呢？"

"数百万年后，小伙子。"

"那么，"康塞尔回答，"只要尼德·兰不捣乱，我们还是有时间完成我们的旅行的。"

于是康塞尔放下心来，开始研究这凸起的海底。

在那里的火山岩土中，长满了各种各样鲜艳的植物，像海绵、海参、海胆、海带、海水仙、可食用海胆以及青色海菟葵。

康塞尔尤其忙碌于观察软体动物和节肢动物，虽然分类术语有些枯燥无味，但我不想有负于这位老实的小伙子，把他个人的观察省略掉。

在软体动物门中，他记录了：栉形扇贝、海菊蛤、水叶甲、三齿硝子贝、腹脚贝、卵形贝、腹足贝、铲形贝、无触角贝、伞贝、海耳贝等。

至于节肢动物，康塞尔在笔记上准确地把它们分为六纲，其中三纲属于海底纲，分别是甲壳纲、蔓足纲和环节纲。

甲壳纲分九目，第一目包括十足类动物，康塞尔按我们的导师米尔·爱德华的方法，把十足类动物分为短尾组、长尾组和无尾组。这些名字有点粗俗，但恰如其分。在短尾组中，康塞尔记录了阿马第蟹、蝎子蟹、棍状海蜘蛛和刺状海蜘蛛等。长尾组分为装甲科、掘足科、无定位科、长臂虾科和足目科五科。康塞尔记录了龙虾、熊虾或海蝉、河虾和各类食用虾。最后是无尾组，康塞尔看到了托西纳蟹、同源蟹、寄居蟹和宝贝蟹等。

2月16日晚到17日，我们进入了地中海的第二个水域，海水的最深处达3000米。

在那里，尽管缺少自然景观，但海流带来了一幕幕活生生的、可怕的景象，让我大开眼界。我们当时实际上正从地中海中最容易发生海难的地方穿过。我看见了多少沉没于海底的失事船只残骸，有些已经被珊瑚胶黏住，有些只是生了一层锈，有些是撞沉的，有些是触礁的。当"鹦鹉螺号"在它们之间穿行，灯光照着它们时，这些船只好像在向"鹦鹉螺号"挥旗致意，发口令呢！然而不是，在这灾难之地，只有寂静和死亡！

随着"鹦鹉螺号"向直布罗陀海峡靠近，我发现地中海海底堆积的船只残骸越来越多。我看到了无数铁质船身，一些汽轮的古怪的残骸，横躺的，直立的，好像一些庞大的动物。有一条船，船帮都被撞开了，烟囱弯曲，机轮只剩下框架，舵和艉柱分开但仍被铁链系着，后板被海盐侵蚀了，构成了一幅可怕的画面。

然而，"鹦鹉螺号"对此无动于衷，它仍然开足马力穿行于这些残骸之间。2月18日凌晨3点，它出现在直布罗陀海峡的出口处。

在直布罗陀海峡的出口处有两股海流：一股是已深为人知的上层水流，它把大西洋的海水引入地中海；另一股是下层水流，现在的推理已证明了它的存在。原本以为，由于大西洋水和河流的注入，地中海海水的总量每年会不断增加。然而，实际上并非如此。由于蒸发量不能保持与注入量平衡，地中海海平面并没有逐年上升。于是，人们自然认为存在一股下层水流，使地中海中多余的海水流回大西洋。

确实如此。"鹦鹉螺号"正是利用了这股逆流，迅速地从这个狭窄的出口通过。那一瞬间，我瞥见了普林尼和阿维纽斯说过的沉没海底的著名的赫尔克斯庙，以及它坐落的下沉的岛屿。几分钟后，我们就浮在大西洋的洋面上了。

阅读鉴赏

"鹦鹉螺号"在地中海上匆匆行驶而过，"我"猜测尼摩船长可能是为了逃避仇恨和回忆。就在潜水艇匆匆穿过地中海的时候，"我"观察到了很多的海底生物，还有很多顾不过来看的，但幸亏有康塞尔这个助手，帮"我"记住了很多稀有的海底生物。在观察地形的时候，作者通过"我"与康塞尔的对话，让人们知道地球也是有生命的。潜水艇到达地中海的第二个海域时，"我们"看到海底有很多的船只残骸，画面非常恐怖。

本章作者开头指出尼摩船长似乎在逃避对地中海的仇恨和回忆，这个猜测勾起了读者的好奇，也为后面的叙述埋下了伏笔。潜水艇开得很快，所以没有详细地介绍某种海洋生物，只是对众多的海洋生物进行列举和分类。

拓展阅读

地 中 海

地中海西部通过直布罗陀海峡与大西洋相接，东部通过土耳其海峡（达达尼尔海峡和博斯普鲁斯海峡、马尔马拉海）和黑海相连，被北面的欧洲大陆、南面的非洲大陆和东面的亚洲大陆包围着。

地中海东西共长约4000千米，南北最宽处大约为1800千米，面积（包括马尔马拉海，但不包括黑海）约为251万平方千米，是世界上最大的陆间海。平均深度1500米，最深处5 121米。盐度较高，最高达39.5‰。地中海有记录的最深点是希腊南面的伊奥尼亚海盆。

地中海是世界上最古老的海，历史比大西洋还要久远。

第三十二章

维哥湾

导 读

　　"鹦鹉螺号"到了大西洋，尼德·兰告诉"我"当晚要实施逃跑计划，"我"的态度如何？配合还是反对？面对逃跑计划，面对"鹦鹉螺号"还有尼摩船长，"我"的想法又如何？

　　大西洋：广阔的水面，面积有2 500万平方海里，长9 000海里，平均宽2 700海里。在古代除了迦太基人，几乎没有人知道这个海。一望无际的水面，往来船只隐蔽在世界上所有的旗帜下，西头终点为两个尖角，就是航海家所害怕的合恩角和暴风角！

　　在3个半月里，"鹦鹉螺号"走了近1万法里，现在在距船只12海里的地方，隐约显出圣文森特角，那是西班牙半岛最西南的尖角。

　　尼德·兰好像心中有事，跟着我来到我的房中。他坐下，不作声，望着我。我说了一番安慰的话，他不回答。他紧闭的嘴唇、紧蹙的眉头表示他心中有一个坚定的思想死死纠缠着他。最后，他张开嘴巴说："实行我的计划就在今夜9点。"

　　他对我说完他的计划，就退出去了，让我一人待在房中。尼德·兰很对，他现在要利用的，的确是个好机会。我可以反悔吗？我能为了个人的利益损害我的同伴们的将来吗？我负得了这种责任吗？

我留在房中，度过很愁闷的一天。一方面想走，恢复我的自由；另一方面又惋惜，丢开"鹦鹉螺号"就会使我的海底研究不能完成。我的小说刚翻完第一章就从手中掉下去了，我的梦正在最美好的时候就被打断了！有时看见自己跟同伴们安全地逃在陆地上，有时又希望阻止尼德·兰的计划不要实现！

我两次到客厅中去看罗盘，"鹦鹉螺号"总是在葡萄牙沿岸向北行驶。必须打定主意，准备逃走。我的行李并不重，只有我的笔记本。至于尼摩船长，他对于我们的逃走将怎样想，他有怎样的苦恼，或者对他会有多少损害，以及当我们逃走或被发觉或不成功的情况下，他将怎么办？

所有这些思想以及其他无数的想法，同时涌到我脑海中来，我感到一种难以忍受的不安。这一天的等待好像是无止境的，由于心中烦躁，时间过得很慢。我心中有事，晚饭吃得很马虎。

我 7 点离开餐桌。计算着距我要跟尼德·兰约定的时间还有 120 分钟，我便更激动了。

我的脉搏激烈跳动，不能静下来，我走来走去，希望运动可以把我心中的烦乱压制一下。一想到我们要在这次大胆逃亡中不幸死亡，我并不难过，但是，想到我们的计划在离开"鹦鹉螺号"之前就被发觉，想到我们被带到激怒的尼摩船长面前，或者更为糟糕——他因为我抛弃他而感到痛苦，我的心就怦怦直跳。

我要最后看一次客厅。我到了不知度过了多少快意和有益时间的那间陈列室，我盯着所有这些财富和宝藏，就像一个人要永远流亡，不再回来的前夜一样。这些自然界的神奇品，这些艺术杰作，这些日子里，我的生命力全部集中在它们那儿，现在我要永远抛开它们了。我要通过客厅的玻璃，让我的目光潜入大西洋的水底，可是嵌板紧闭着，一块铁板把我和我还不认识的这个大洋隔开了。

我走近门口，很惊异地发现船长舱室的门半开着。我推开门，房中还是朴实严肃的情景，隐士僧家的风格。这时，墙上挂着的几幅铜版画引起我的注意，那是历史上伟大人物的肖像画，他们永远忠诚于"献身人类"这个伟大思想。他们是：哥修斯哥、波查里斯、俄康乃尔、华盛顿、马宁、林肯以及约翰·布朗。这些英雄人物的心灵和尼摩船长的心灵有什么联系呢？从这一群肖像画中，我能找出他生平的秘密吗？他是被压迫人民的保护者，奴隶种族的解放者吗？他是现世纪最近政治或社会动荡中的一位人物吗？他是这次可悲的和永远是光荣的、美洲可怕内战中的一位英雄吗？……忽然大钟响了8下，把我从梦中吵醒，我全身抖起来，好像有一只无形的眼睛穿透我思想的最秘密的地方，我急急走出房间。

我做好了准备。差几分就要到9点了，我走到跟图书室相通的门前，等待尼德·兰的信号。

这时，"鹦鹉螺号"停在大洋底下的地上了，尼德·兰的信号还没发出，我很想去找他，要他改期执行他的计划。我感觉到，我们的航行不是在平常的情况中进行的……

这时，客厅的门开了，尼摩船长走进来。他看见我，便用亲热的语气说："啊！教授，我正在找您。您知道西班牙的历史吗？"

就算是一个很熟悉自己本国历史的人，此刻也会心中恍惚，头脑昏乱，是不可能说出一句话来的。

"知道得很少。"我回答。

船长说："那么，您请坐，我要告诉您这个国家历史上的一个新奇事件，它回答了您不能解决的一个问题。1702年，您的法国国王路易十四一定要西班牙人接受他的孙子——安如公爵，做他们的国王。这国王以菲力五世的称号，统治了西班牙，可是统治得不高明。他的外交政策有了问题，跟强大的敌人发生了争执。就在一年前，荷兰、奥地利和英国王室在海牙签订了同盟协定，要把菲力五世的王冠摘下来，戴在奥地利某亲王的头上，他们过早地又把查理三世的称号给了这位亲王。西班牙当然要抵抗这个同盟，可是它缺乏士兵和海员，不过金钱是有的。但是有一个条件，就是要装过美洲金银的船只才能够进入它的海港。就在1702年冬，西班牙政府正等着一队载有大量金钱的运输船，其由法国派23艘战舰护送，指挥官是夏都·雷诺大将。这队运输船本来要开到加的斯港，但法国海军司令接到英国舰队在这一带海域巡逻的情报，就决定把船开到法国的一个海港去。因为运输队的西班牙指挥人员反对，上将就把船开到了维哥湾。"

"1702年10月22日，英国舰队开进维哥湾，夏都·雷诺大将看到这些运输船的金银财富要落到敌人手中时，就放火烧毁并凿沉了这些船只。"

我明白了，在这里，尼摩船长把千百万金银装到"鹦鹉螺号"上。有人估计海底中的金银有200万吨。

"船长，您来打捞维哥湾金银的事，不过比跟您竞争的一个会社先走一步罢了。"

"什么会社呢？"

"是一个获得西班牙政府特许，来打捞这些沉没运输船只的会社。人们估计这些沉没的财宝有五亿的巨大价值呢！"

"五亿！"尼摩船长回答，"从前是在湾里，现在却不在了。"

"正是，"我说，"通常，赌博的人所最悔恨的，主要是他们的疯狂希望的毁灭，金钱的损失还在其次。不过，我并不惋惜这些股东，我想到的是千千万万的苦难人，把这么多的财富分配给他们将有多少的好处，可是现在这些财富对他们是没有用处了！"

我本来不想表示这个惋惜的意思，我感觉到这会伤了尼摩船长的感情。

"没有用处！"他激动地回答，"那么，您认为由我收集起来，这些财富是丢了吗？照您来看，我辛辛苦苦打捞这些财物是为了我自己吗？谁告诉您我不是好好地正当使用它们？您以为我不知道世上有无数受苦的人，有被压迫的种族吗？有无数要救济的穷人，要报仇的牺牲者吗……"

尼摩船长说到最后几句就停住了,是不是后悔说了过多的话?我猜对了。不论是什么动机,要他到海底下寻求独立自主,他首先还是一个人!我于是明白了,当"鹦鹉螺号"航行在起义反抗的克里特岛海中的时候,尼摩船长送出去的数百万金子是给谁的了!

阅读鉴赏

"我"四处参观了"鹦鹉螺号",猜测着船长的神秘身份。正当"我"焦急地等着尼德·兰的信号时,尼摩船长出现了,他居然说出了他巨额财富的来历。"我"同时也明白了第七章中所提到的金子的去向问题。

本章作者运用了大量的神态、语言和心理活动描写。尤其是对"我"的心理活动和情感描写,表达了"我"对"鹦鹉螺号"和尼摩船长的尊重,也慢慢地让读者了解了尼摩船长。

拓展阅读

约翰·布朗

美国南北战争前夕爆发了反奴隶制的起义。约翰·布朗是这次起义的领导人。

1800年,布朗出生于康涅狄格州一个白人农民家庭。其父为废奴主义者,布朗从小受反奴隶制思想的熏陶。成年后,他从人道主义出发,积极投身于美国废奴运动。1856年布朗参加了堪萨斯州争取自由州地位的武装斗争(堪萨斯内战),从此闻名遐迩。1857年,他开始筹划以解放南部黑奴为最终目的的武装起义。布朗为了筹措起义资金及争取黑人尤其是著名黑人废奴主义者的合作,多次奔走于美国北方和加拿大各地,得到当地一些废奴派人士道义上和经济上的支持。

第三十三章

沉没的大陆

导 读

　　"我们"的逃跑计划落空了，当"鹦鹉螺号"再次浮出水面的时候，"我"与尼德·兰同时发现逃跑已经不可能了。船长邀请"我"在黑暗的夜晚去参观海底，"我"欣然接受。在海底"我"又有什么发现呢？

　　这天是 2 月 19 日。早上，我看见尼德·兰走进我的房间。他神色沮丧。

　　"尼德，昨天真是机不逢时啊！"

　　"是啊！那个该下地狱的船长偏偏在我们想逃的时候停船。"

　　我向尼德·兰讲述了昨晚发生的事，尼德·兰对没能亲自到维哥湾战场走一趟后悔不已。"总之，"他说，"一切还没结束！只不过渔叉叉个空罢了！下一次我们一定会成功的，如果行的话，今晚……"

　　"'鹦鹉螺号'的航行如何？"我问。

　　"我不知道。"尼德回答。

　　"那好，中午，我们测定一下方位。"

　　尼德·兰回到康塞尔身边去。我走进客厅，罗盘并不太准，"鹦鹉螺号"的航向是西南偏南，我们是背向欧洲行驶的。

　　11 点半左右，"鹦鹉螺号"浮出水面。我快步走上平台，尼德·兰已经比我先到那里了。除了一片茫茫的大海，我们什么也没看见。

当我察看地图时，看到"鹦鹉螺号"的位置在西经 16 度 17 分，南纬 33 度 22 分，离最近的海岸有 150 法里。想逃跑是不可能的了。

晚上约 11 点，尼摩船长出人意料地来造访我。

"阿龙纳斯先生，我建议您做一次奇妙之旅。您愿意在黑暗的夜晚去参观海底吗？"

"非常愿意。"

"不过我得提醒您，走一趟会很累的。要爬山，路也不太好走。"

"船长，您说的这些更增加了我的好奇心。我准备跟您走一趟。"

"请来吧，我们要穿上潜水服。"

我们装备齐全，就下到 300 米深的大西洋中。

这时临近午夜，水里非常黑暗，尼摩船长给我指了指远处一团浅红色的东西，那是什么火呢？是靠什么物质燃烧的呢？为什么而且怎样在水中燃烧呢？我说不上来。

我们一前一后地朝那光亮走去。我们走得很慢，因为我们的脚经常陷入一种布满海藻和石块的淤泥里。

走着走着，我听到头上有一阵响声。有时很密集，像烧干柴发出的噼啪声。我明白了，是雨点猛烈地打在水面上发出的声音。我下意识地想，我被淋湿了。在水里，被水淋湿。对于这个古怪的念头，我忍不住笑出声来。

指引我们的那团浅红色的东西变得越来越大，甚至周围都被烧红了。在水里出现了火源，这使我疑惑到了极点。那是一种散电现象吗？还是一种不为地面上的学者所知的自然现象？或者它是被点燃的吗？

我们前进的路被照得越来越亮。白色的光亮是在一座高约 800 英尺的山峰上射出来的。但我所看见的只是水面反射过来的光线，而光点是在山的另一侧。

在大西洋底纵横交错的石头迷宫中，尼摩船长毫不迟疑地向前走，我信心十足地跟着他。我觉得他仿佛是一个海底精灵,当他走在我前面时,我欣赏着他那投射在明亮的天际背景上的黑色的高大身躯。

深夜1点,我们来到山峰的前几道斜坡。但要走上这几道斜坡,还须冒险穿过一片广阔的伐木林中难走的小径。

这是一片死森林,叶子干枯,没有树枝,都是一些受海水作用矿化了的树。这里简直是一座由树根支撑在凹陷的地面上的、站立着的煤矿,树叶像精致的黑剪纸一样清晰地刻画在海水这块天花板上。

尼摩船长一直往上攀,我大胆地跟着他走。有时我跃过裂缝——要是在陆地上的冰川间,这么深的裂缝恐怕是会把我吓退的;有时我冒险跨过横在两个深渊之间的树干,目不斜视,只顾欣赏着眼前这一地区荒野的景色。

离开"鹦鹉螺号"有两小时了,我们穿过了那条林带,在我们头顶100英尺处耸立着一座山峰。我们脚下之处,一群群鱼像高草丛里的惊鸟一样,一哄而起。当我发现一条巨大的触须横在路上,或者某只吓人的钳爪在黑暗的洞穴中发出略略声时,我的血液便直涌心头。在黑暗中,还闪烁着无数的亮点,那是缩在巢穴中的庞大的甲壳动物的眼睛。

尼摩船长已经熟悉了这些可怕的动物,对它们并不在意。当我们来到第一层高地时,还有另外一些让我惊奇的东西在等着我。那里屹立着一些生动别致的废墟,流露出人工的痕迹。

我们登上了比所有其他岩石堆高出10多米的峰顶。事实上,这是座火山。在峰巅下50英尺的地方,雨点般密密麻麻的石块和岩渣中,一个大火山口喷出急流般的岩溶,在海水中散落为火瀑布。火山像一支巨大的火把,照亮了整个水下平原,一直到水下地平线尽头。

我说过,水下的火山喷出来的是熔浆,不是火焰。火焰燃烧需要氧气,而在水里火焰是不可能燃烧的。但熔浆的流动本身就有白炽的可能,可以产生白色的火苗,与海水产生激烈的反应,把海水化为蒸汽。这些快速的流体夹杂着各种混合气体,随熔浆流直奔山脚下,就像维苏威火山的喷出物流入多尔·德尔·格莱哥海港一样。

的确，在我的眼皮底下，废墟、深渊、低堤，展现出一座被毁坏的城市。这一切犹如整个沉没水底的庞贝城，尼摩船长让它们都在我眼前复活了！

我在什么地方？我想知道，我想说话，我想把囚禁着我的脑袋的铜盔摘下。

但尼摩船长阻止我，他在一块玄武岩上写下了一个名字：大西洋城。

我心里豁然开朗。大西洋城——第奥庞普的梅罗比古城，柏拉图的大西洋城，这一片不为奥地热纳、波菲尔、让普利等人所认可的陆地，他们都把它的消失视为神话传说。而相反，波斯多尼斯、普林尼、阿米恩—马斯林等人却承认其存在的陆地，现在就在我的眼前，还带着证明它的灾难是不容置疑的证据。那么，这块沉没的陆地是不属于欧洲、亚洲或利比亚，而是处在海居尔山柱的上端。那里曾经居住着强悍的大西洋人，古希腊的前几次战争都是冲他们而发起的。

历史学家柏拉图本人就曾经把这段英雄时代的史迹写进自己的著作里。他的狄梅和克里提亚对话录，可以说，是受诗人和法学家梭伦的启发而写成的。

这些历史回忆就是尼摩船长写下的那个词在我脑海中激起的。我竟然脚踏在这块陆地的一个山头上！我居然用手抚摩着这些有 10 万年历史的、与地质时期同期的废墟！

啊！为什么我没有时间！我真想走遍这一整块广袤的、无疑连接着非洲和美洲的陆地，并参观那些诺亚时代的伟大城市。我想或许有一天，某种火山现象又会把这片沉没的废墟推出水面！

当我正浮想联翩时，尼摩船长却倚在一块长满青苔的石碑上，一动不动。他在想这些消失了的人类吗？他，一个不想过现代生活的人，想来这里重温古代生活的梦吗？我多么想知道他的想法，并与他一起探讨，以理解他的思想。

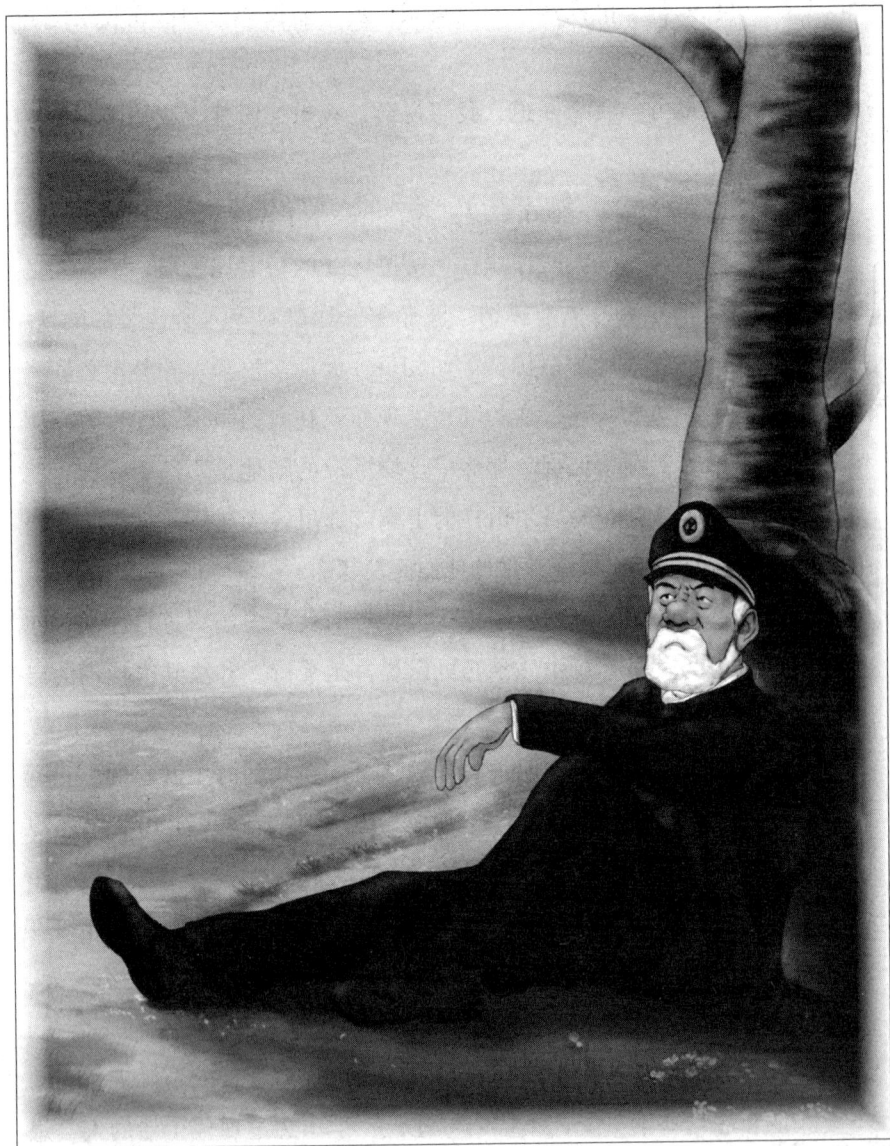

我们在那里整整待了一个小时，观赏着不时惊人地爆发的熔浆照耀下的大平原。

船长站起来，向我做了个手势，于是，我们迅速下山了。当我们登上"鹦鹉螺号"甲板时，黎明的第一丝曙光刚好穿透了海面。

阅读鉴赏

"我们"的逃跑计划失败了，当潜水艇露出海面的时候，"我"与尼德·兰发现逃跑已经不可能了。受尼摩船长的邀请，"我们"在黑暗的晚上穿上潜水衣来到海底参观。在这次参观中，"我"见到了海底火山喷发，看到了海底煤矿。更让人激动的是，"我们"见到了沉入海底的、有10万年历史的、传说中的大西洋城的废墟。

本章作者用了多种叙述方式，向读者讲了海底火山还有大西洋城的相关知识。对火山喷发的场面描写得很壮观，还有心理和情感描写很细腻，如对看到废墟后想摘下头盔的激动心情的描写。

拓展阅读

地质时期

地质时期指地球历史中有地层记录的一段漫长的时期。目前已经发现地球上最老的地层同位素年龄值约46亿年，因此，一般以46亿年为界限，将地球历史分为两大阶段，46亿年以前的阶段称为"天文时期"或"前地质时期"，46亿年以后的阶段称为"地质时期"。

第三十四章

海底煤矿

导　读

"鹦鹉螺号"驶进了大西洋底一处熄灭的火山中，原来这里是为"鹦鹉螺号"供应电力的原料基地。教授他们游览了这奇异的海底火山。

这天是 2 月 20 日，我醒得很迟。现在，"鹦鹉螺号"在仅距大西洋洲平原地面 10 米的水层行驶。它像一只在陆地草原上被风推送的气球一般飞跑，我们在厅中，就像在特别快车的车厢里。

我给康塞尔讲述大西洋人的历史，讲这些英雄人民的勇敢战争，可是康塞尔心不在焉，因为无数的鱼类吸引着他的目光，他潜入分类法的深渊中。

其实，大西洋的这些鱼类我们以前观察过。同时，我也不停地看大西洋洲的辽阔平原。有时，由于平原地面的崎岖不平，"鹦鹉螺号"的速度要慢些，于是，它像鲸鱼一样巧妙地溜进许多丘陵形成的狭窄曲折的水道里去了。如果这个五花八门的地带无从走出，它就跟氢气球一般浮上来，越过障碍后，再到深几米的海底下迅速行驶。真是使人钦佩和神迷的航行，让人联想起氢气球在空中飞行的情形，但有分别的是，"鹦鹉螺号"完全服从它的领航人。

第二天醒来，已经8点了。我上到嵌板边一看，四周一片漆黑。我们在哪里？现在还是黑夜吗？不！没有一颗星光照耀着。

这时，尼摩船长的声音告诉我，我们在地下。

"鹦鹉螺号"靠近作为码头的岸边，浮起它的海面是有高墙围起来的圆形的湖，直径约2海里，周长约6海里。它的水平面高度等于外海的水平面，这湖必然跟大海相通。周围的高墙，下部倾斜，上面是穹隆的圆顶，形状很像倒过来的漏斗，高度为500至600米。顶上有一个圆孔，从孔中能看到一些细微的光线。

船长告诉我："我们是在一座熄灭了的火山中心，由于地面震动，海水侵入火山内部，火熄灭了。这里是湖中停船的港口，是安全、方便、秘密、所有方位的风都可以躲开的港口。"

我问船长，顶上的是什么孔？船长说："那是喷火口，这喷火口从前充满火石、烟气和火焰，现在是我们呼吸空气的通路。"

"船长，我看见大自然随时随地都被您利用，给您方便。可是这港口有什么用呢？'鹦鹉螺号'并不需要停泊的地方。"

"但它需要电力发动，需要原料发电，需要钠产生电原料，需要煤制造钠，需要煤坑采掘煤炭。而正是在这里，海水淹没了森林，森林变为煤炭，它们是采不尽的矿藏。"

我接受船长的提议，请尼德和康塞尔一起周游这个咸水湖。

在山崖脚下和湖水之间，是一片沙堤，沿着这沙滩，我们可以很容易地环湖一周。但悬崖的下边，地势崎岖不平，上面垒积得很好看，堆着许多火山喷出的大块石头和巨大的火山浮石。所有这些大堆石头分解了，受地下火的力量，上面浮起一层光滑的釉质，一经探照灯的照射，发出辉煌的光彩。堤岸上云母石的微粒，在我们步行时扬起来，像一阵火红的浓云飞离地面，往上升。

我问他们："当这个漏斗里充满沸腾的火石，并且这种白热流质的水平面一直高到山的出口，像熔铁在熔炉里一样，那漏斗的情形是怎样的呢？"

"我完全可以想象这种情形，"康塞尔回答，"但先生是否可以告诉我，那位伟大的熔铸人为什么停止他的工作，那熔炉里面怎样又换了静静的湖水？"

"康塞尔，理由大概是海洋底下发生地形变化，造成了现在作为'鹦鹉螺号'的航道的出口，大西洋的海水于是流入火山内部来。当时水火两元素展开了猛烈的斗争，结果涅豆尼海王胜利。此后不知过了多少世纪，被水淹没的火山，就转变为安静平和的岩洞。"

我们继续往上走。石径越来越难走，越来越狭窄。我们跪下往前溜，我们俯身爬着走。有康塞尔和尼德·兰的帮助，一切阻碍都被克服了。

到了200英尺高，我们不能再上去了。内部穹隆又兀起斜出，往上走就转变为绕圈的行路。在山腰的这一层上，植物开始跟矿物斗争。有些小树和大树从山崖的凹凸处长出来。

我们到了一丛健壮的龙血树下，尼德·兰喊起来："啊！先生，一个蜂巢！"我不相信。

"不错！一个蜂巢，"尼德·兰重复说，"有好些蜂在周围飞鸣呢。"

这是真的。在龙血树洞中挖成的一个孔穴上，有无数勤劳智慧的蜂，它们在加纳里群岛上很常见，所产的蜂蜜被视为珍品。很自然，加拿大人要采蜂蜜。他用打火机燃起涂上硫黄的干草，拿火烟来熏，蜂鸣渐渐没有了。那蜂巢供应了我们好几斤香甜的蜜。尼德·兰对我们说："把蜂蜜跟面包树的粉和起来，我就可以请你们吃美味的糕点

了。"

在小径某处转过弯，整个湖的面貌都展现出来了。探照灯照在湖面上，十分平静，一点皱痕和波纹都没有。

这时，我们绕过前列岩石的最高尖峰，看到火山内部，一些蛰鸟在黑影中盘旋，或者从它们筑在石尖上的巢中飞出来。那是一类肚腹白色的鸥，以及鸣声刺耳的鹰。在斜坡上，又有高矫疾走的美丽又肥胖的鸨。可想而知，尼德·兰看见这美味的猎物是怎样的发馋，他很悔恨没带枪。他拿石头来替代铅弹，投了好几次都没成功，后来他居然打伤了一只美丽的鸟。我们要下堤岸了，在我们上面，那张开的火山口像阔大的井口一般现出来，从这里可以清楚地看到天空。西风吹送着一堆乱云，一直把云雾的细丝碎片带到这山峰上。

我们回到内层堤岸来了。岸上有那种海鸡冠草形成的大块地毯，这伞形花小草，泡起来很好吃，又称为钻石草、穿石草和海苗香，康塞尔采了好几束。至于动物，就是各种各样的甲壳类、龙虾、大盘蟹、长手蟹、苗虾、长脚虾、加拉蟹，以及数不清的大量蚌蛤、磁贝、岩贝、编笠贝。

在这个地方，现出一座高大的岩洞。我跟我的同伴们高兴地在洞中的细沙上躺下来。火光把釉质的焕发光泽的洞壁照亮了，洞壁上满是云母石的粉屑。尼德·兰用手拍打洞壁，探测壁很厚，我不禁笑起来。谈话于是集中在他那永久不能忘怀的逃走计划上，我给他希望，就是尼摩船长往南来，仅仅是为补充钠的储藏量。我希望尼摩船长又回到欧洲和美洲海岸去，这或者可以让尼德·兰把他没有完成的逃走计划更有可能成功地执行起来。

我们躺在这可爱的洞中有一个小时了，昏睡的感觉袭来，我就深深地睡了。

忽然，我被康塞尔的声音惊醒。这个老实人喊："警报！警报！水漫上来了！"

我立即站起来，海水像急流一般向我们藏身的地方冲来。几分钟后，我们安全地逃到了岩洞的顶上。

我解释说："大西洋在外面涨起，由于自然的平衡法则，湖中的水平面同样要上升，我们洗了半个澡，得回'鹦鹉螺号'换衣服去。"

3刻钟后，我们结束了环湖旅行，回到船上。船员已经把钠装载完毕。第二天，"鹦鹉螺号"离开它的港口，又在没有陆地的海面——大西洋水底下几米深的水层航行了。

阅读鉴赏

"鹦鹉螺号"驶入了一个由熄灭了的火山形成的湖里，而"鹦鹉螺号"需要停在火山口装备它的电力原料，因为这里是被海水淹没了的森林，现在变成了采不尽的煤矿。而"我"接受了尼摩船长的建议，请尼德·兰和康塞尔一起周游这个咸水湖。这里地形崎岖，在康塞尔和尼德·兰的帮助下都顺利走过了，有各种生长得不太好的花草类植物，有龙血树和蜂巢，还有各种鸟类，尼德·兰作为一个美食家，为"我们"弄来了蜂蜜，还打伤了一只美丽的鸟。岩洞里进水的时候，"我们"返回了"鹦鹉螺号"。

本章作者通过大量的景物描写，从上到下、从内到外、从低到高，从各个角度对熄灭的火山形成的咸水湖进行了描写。

拓展阅读

龙 血 树

龙血树，株形极为健美，叶片色彩斑斓，鲜艳美丽。有的品种叶片密生黄色斑点，被人们喜爱地称为星点木，有的品种叶片上有黄色的纵向条纹，能分泌出一种较淡的香味，人们称它为香龙血树，有的品种叶片上嵌有白色、乳白色、米黄色的条纹，人们又称之为三色龙血树。龙血树的茎干，能分泌出鲜红色的树脂，为之"龙血"，龙血树的美名便由此得来。

第
三
十
五
章

萨
尔
加
斯
海

导　读

　　3月13日的时候，"鹦鹉螺号"进行了一些勘察，那就是潜到最深的海底，以检验一些不同的探测数据。在下潜的过程中，会发生什么事？有什么样的见闻呢？

　　船的航向始终没有改变，返回到欧洲的希望暂时只能放弃了。那天，"鹦鹉螺号"通过了大西洋一片奇特的海域。一股名叫"海湾"的大暖流从佛罗里达湾出来，直逼迈尔斯堡。但在流进墨西哥湾之前，这股暖流在北纬44度左右分为两股：主流向挪威和爱尔兰流去，支流向南迂回流到阿索尔群岛；然后，受到非洲海岸的阻挡，划成一个长长的椭圆形，又流回安第列斯群岛（分别对两股暖流的位置做具体的描绘）。

　　这支分流的暖水圈把海洋这部分冰冷、平静、静止的水域包围起来，这个水域被称为萨尔加斯海。这是大西洋中的一个真正意义上的海，暖海流绕萨尔加斯海一周至少要3年。

　　此时，"鹦鹉螺号"漫游的海域的情况是：那有一片真正的草原，海藻、海带和热带海葡萄织出一条精致的毛毯，厚而结实，船只的冲角要费九牛二虎之力才能把它撕开（比喻手法，体现潜水艇前行的艰难，生动形象）。

"萨尔加斯"这个名字来自西班牙语"sar-gazzo"，意思是海藻。这种海藻、浮水藻或海湾藻，是这带海水中的主要藻类。为什么这些海产植物能聚集到大西洋这带平静的海域中来呢？《地球自然地理》的作者莫利说："我们能提出的解释，源于一种众所皆知的经验。如果把一些软木塞碎片或其他漂浮物体的碎片放在一盆水里，并让水做圆周运动，可观察到那些分散的碎片集中到水面中央，即运动最小的一点上。水盆代表大西洋，'海湾'暖流就是做圆周运动的水，而萨尔加斯海即是漂浮物体的集中点。"

承接前面莫利的话，也引起了下文，对这一现象更详细地解释。

我赞同莫利的观点，而且我能在这片船只很少行驶进去的特殊水域中观察到这一现象。在我们上面漂浮着各处漂来的物体，有安第斯山脉或落基山脉的树干、无数遇难船只的漂流物。总有一天，时间也会证明莫利的另一个观点，就是这样几个世纪累积下来的物质，在海水的作用下，将发生矿化，形成煤矿。

2月22日一整天，我们就泡在萨尔加斯海里。

从2月23日到3月12日，"鹦鹉螺号"都待在大西洋中，以每24小时100法里的恒速载着我们前进。我几乎见不到船长，他在工作。在图书室里，我时常看到他摊在那里的书籍，特别是自然历史书。我的海底著作，他翻阅过了，空白处注满了他的批注，有些看法与我的理论和体系背道而驰。有时，在夜晚，我听到他的管风琴发出的忧郁的琴声。

在这段时期，我和康塞尔观察到的鱼类和我们在别的纬度研究过的没多大差异。有几种可怕的软骨属鱼类品种，分为3个亚属，不下32种。其中主要是条纹角鲨和珠形角鲨。

这些天来，一群群优雅调皮的海豚陪伴着我们（拟人手法表达了"我"对大海及其中的生物世界的喜爱）。它们五六只一群，无声地猎食，它们一点也不比海狗吃得少。海豚，是已知的最小鲸类，身长超过24英尺。这些海豚家族有六属，我看见的那几条属逆戟属，特征是喙特别窄，它们身长3米，上面黑色，下面粉白色，散布着一些罕见的小斑点。

在这带海域，我也记录下棘鳍类和石首鱼科的鱼种。

最后，康塞尔对一大群飞鱼进行了分类，以此结束考察。

我们就是在这样的情况下继续兼程的，一直到 3 月 13 日。这天，"鹦鹉螺号"进行了一些勘测实验，引起我的兴趣。

我们所处的位置是南纬45度37分，西经37度53分。"莱哈尔号"曾做过14 000米深的探测，美国驱逐舰"议会号"做过15 140米深的探测，都没够到海底（介绍了当前最深的探测数据，为"鹦鹉螺号"后来的勘察做铺垫）。

尼摩船长决定让他的船潜到最深的海底，以检验这些不同的探测数据。我做好记录所有的实验结果的准备。

我们想，用储水器充水使船下潜的办法是行不通的。也许储水器不能使"鹦鹉螺号"的比重充分增大。再说，要浮上来，还必须排掉多余的水，水泵可能无法抵御外部强大的压力。

尼摩船长决定尝试一下船上的纵斜机板，他把纵斜机板调到与"鹦鹉螺号"吃水线成45度角的位置，再让"鹦鹉螺号"沿着这条对角线潜入海底。然后，推进器开到了最大速度，它的4层机叶以无法形容的强度激烈地拍打着水波（用"无法形容"一词来形容拍水的强度）。

"鹦鹉螺号"一会儿就超过了大部分鱼类生活的那层海层。

我问尼摩船长，他是否在更深的海层中发现过鱼类。

"鱼？"他回答，"很少。可按目前的科学水平，人们能预测到什么呢？又能知道什么呢？"

"船长，人们知道，越往海洋的底层，植物就比动物消失得越快；人们知道，在底层中还能碰到一些动物，而见不到任何一种海产植物；人们还知道，肩挂贝、牡蛎类是生活在2 000米深的海水中（强调句式的运用，加强语气，表示"我"对船长话语的不满），而两极海的探险英雄麦克·克林多克，曾在2 500米深处抓到一只星贝。人们甚至知道，皇家海军'猛犬号'的船员，曾在2 620英尺深水中，采到一个海星。您怎么能对我说人们什么都不知道呢？"

"教授，"船长回答，"我是不能这么不客气。可是，怎样解释这些生物能在这么深的水中生活呢？"

"有两个理由，"我回答，"第一，因为那些垂直运动的水流受海水的咸度和密度不同影响，产生了一种足以维持海百合类和海星的基本生活的运动。第二，溶解在海水中的氧气随着深度的增加而增加，而且底层的压力有利于对氧气进行压缩。"

"啊！你们知道这个？"尼摩船长口气略带吃惊地回答，"我还要补充一句，当鱼在水面被捕获时，鱼鳔里含的氮多于氧，而在深水中被捕获时，氧多于氮。这也为您的论点提供了论据。让我们继续我们的观察吧。"

"鹦鹉螺号"还是顶着巨大的水压，往更下层潜。<u>我感觉到嵌板螺丝衔接的地方都在颤动着，船栏铁条都弯成了弧形，舱壁在呻吟着，客厅的玻璃在水压下好像都快翘起来了</u>（拟人修辞表明潜水艇进行的活动很艰难、危险）。而这架牢固的机器，如果不是像船长说的那样，像一块实铁一样坚不可摧，恐怕早就被压扁了。

我们到达了 16 000 米，即 4 法里的深度，此时"鹦鹉螺号"的两侧承受着 1 600 个大气压的压力，即它表面每平方厘米承受着 1 600 千克的重量。

"这是怎样的情形啊！"我叫道，"穿过这片杳无人烟的区域，船长，看看那些形状奇妙的岩石，那些无人居住的岩洞，地球的最后几个藏身之处，但生命却不可能在此存活！多么不为人知的景象，为什么我们只能把它们保存在记忆中呢？""您愿意把它们保存得比记忆更好吗？我的意思是，没有比拍一张照片更简单的事了。"尼摩船长问我。

尼摩船长一声吩咐，一台仪器就被推到客厅里来了。船停住不动了，仪器对准海底的景色，几秒钟后，我们就得到了一些极清晰的底片。

我这里展示的是照片。在上面可以看到那些从未受到太阳光照射的基岩，那些形成地球坚实的基底的底层花岗岩，那些石堆中镂空的深岩洞，还有那些无比清晰的、镶在黑暗中的轮廓，就像出自于某些佛兰芒艺术家的手笔。接着，在上面，山的尽头，有一道漂亮的曲线，构成了这幅风景的背景。我无法描述这堆光滑、黝黑、光亮、不长苔藓、无一斑点、形状怪异的岩石堆，它们稳稳地站在反射着电光的沙毯上（"无法描述"，却又用了一连串的词语形容那些岩石堆，更加生动地描写了景色的美丽）。

尼摩船长结束了他的操作，"鹦鹉螺号"就升上了水面。

阅读鉴赏

本章作者运用了比喻、排比、拟人等多种修辞手法，描写了海底深处的美丽景色，并运用强调句式，加强语气，更生动地表达了人物的情感。

拓展阅读

海 藻

海藻是生长在海中的藻类，是植物界的隐花植物，藻类包括数种不同类以光合作用产生能量的生物。它们一般被认为是简单的植物，主要特征为：无维管束组织，没有真正根、茎、叶的分化现象。它不开花，无果实和种子。由于藻类的结构简单，所以有的植物学家将它跟菌类同归于低等植物的"叶状体植物群"。

第三十六章

抹香鲸和长须鲸

导　读

　　尼德·兰对这种无限期的囚禁已经忍耐到了极限，他又一次与"我"商量逃走的计策，这一次有没有结果？

　　这天是 3 月 13 日夜间，"鹦鹉螺号"的航向还是往南。它要到哪里去呢？到南极去吗？那真是疯了！船长的大胆狂妄足以证明尼德·兰的顾虑同恐惧是合理的。

　　3 月 14 日，康塞尔和尼德到我房中来，问我"鹦鹉螺号"上一共有多少人？

　　康塞尔向我提供了一种算法，我说："这种计算很容易，然而那只是一个很不确实的数字。每个人每小时消费 100 升空气中含有的氧，24 小时就消费 2 400 升含有的氧，可以求出'鹦鹉螺号'含有多少倍的 2 400 升空气来。'鹦鹉螺号'的容积是 1 500 吨，一吨的容积是 1 000 升，'鹦鹉螺号'含有 150 万升的空气，拿 2 400 来除……"我用铅笔很快地计算，"得数是 625。这就是说，'鹦鹉螺号'所有的空气可以供应 625 人在 24 小时内呼吸之用。"

"625人！"尼德·兰一再说。

"您要相信，"我又说，"乘客、水手和职员都算上，我们还不及这数字的1/10。"

"这对于3个人来说，还是过多了！"康塞尔低声说。

"可怜的尼德，我只能劝您忍耐了。"

"比忍耐还要进一步，"康塞尔回答，"只能听天由命了！"

显然，船上生活的单调，对于习惯自由和积极生活的尼德·兰来说是不可忍受的。海上事件能使他高兴的是很少。可是，这一天，一件偶然的意外使他恢复了从前当渔叉手时的最好日子。

早上11点，"鹦鹉螺号"航行在成群的鲸鱼中间。这些动物受人过度的追击都躲到两极边缘、高纬度的海水中来了。

这些纬度地区正给我们带来美丽的秋天。加拿大人指出东方天边有一条鲸鱼，它灰黑色的脊背在距"鹦鹉螺号"5海里的海面上，不停地浮起来、沉下去。

"啊！"尼德·兰喊，"如果我在捕鲸船上，现在会是一次痛快的遭遇。那是一条身躯巨大的鲸鱼。看它的鼻孔有多大的力气，喷出了混有气体的水柱！"

"看！"尼德·兰又喊，声音很激动，"它向我们冲来了！它侮辱我、玩弄我！它知道我现在不可能惩治它！"尼德双脚乱跺，手挥着一支空想的渔叉，在那里颤抖。

"啊！它到'鹦鹉螺号'的水圈中来了。啊！不是一条鲸鱼，是10条，20条，一整群呢！一点没办法，不能动！在这里脚和手都像被绑起来了一样。"

康塞尔说："您为什

么不要求尼摩船长准许您去追捕呢……"

康塞尔的话还没说完，尼德·兰已经跑去找船长。一会儿，两人都出现在平台上。

"先生，"尼德·兰问，"为了不使我忘记从前当过渔叉手，我可以追捕它们吗？"

"仅仅为消灭它们而追捕，有什么好处？"尼摩船长回答，"船上要这么多鲸鱼油没用。"

"可是，先生，"加拿大人又说，"在红海中，您却准许我们追捕海马！"

"那时是要给我们的船员们新鲜的肉，现在是为杀害而杀害。我知道这是人类的特权，不过我不允许做这类残害生命的消遣。您的同行就是这样把整个巴芬湾鲸鱼都弄没的，消灭了整个有用的一纲动物。不要跟这些不幸的鲸鱼类动物为难吧。就是你们不参加进去，它们也已经有不少天然敌人了，北方的抹香鲸、狗鲨鱼和锯鲛之类。先生，您看见那些正在行动的灰黑点了吗？那是抹香鲸，残酷有害的东西，消灭它们是对的。"

加拿大人听到最后一句话，急忙回过身子来。

"那么，船长，"我说，"现在还是时候，从鲸鱼本身的利益出发……"

"用不着去冒险，教授。'鹦鹉螺号'钢制的冲角足以驱散那些抹香鲸。我们要给您看一次您还没有看见过的追捕。"

抹香鲸的身躯大多超过25米，巨大的脑袋约占身长的1/3，有25枚粗牙，牙长20厘米，牙尖为圆筒形和圆锥形，每枚牙有两磅（1磅≈0.45千克）重。在那巨大脑袋的上部和由软骨片分开的大空洞里藏有三四百千克名为"鲸鱼白"的宝贵油。

抹香鲸看见了长须鲸，准备攻击。可以看出抹香鲸要取得胜利，不单是因为它们比敌手较结实、便于攻击，而且它们可以在水下留得较久，不用浮上来呼吸。

现在正是去援救长须鲸的时候。康塞尔、尼德·兰和我坐在客厅的玻璃窗户前，尼摩船长到领航人那边去，操纵他那台毁灭性机器。

抹香鲸和长须鲸的战斗已经开始了，好一场恶斗！就是尼德·兰，不久也兴高采烈起来，大拍其掌。"鹦鹉螺号"变成一支厉害的渔叉，由船长挥动着投向那些肉团，一直穿过去，留下那怪物的两半片蠕动的身躯。抹香鲸厉害的尾巴扑打船的侧边，冲撞船只，船没有丝毫感觉。"鹦鹉螺号"打死了一条大鲸，又跑去打另一条。抹香鲸沉入深水层，它就潜下去追；抹香鲸浮到水面，它也跟着上来；或正面打，或侧面刺，或切割，或撕裂，四面八方，纵横上下，它那可怕的冲角乱刺乱戳。

好一场屠杀！水面上何等热闹！这些可怕的动物发出尖锐的叫声，还有特有的鼾声。平常安静的水层，现在被搅成汹涌的波浪。

最后，这一大群抹香鲸四散了，海水又变为平静。我们又浮上洋面来，嵌板打开，我们立即跑上平台去。

海上满浮着稀烂的尸体，就是一次猛烈的爆炸恐怕也不可能更厉害地把这些巨大肉团分开。这些躯体是灰蓝色的脊背，灰白色的肚腹，全身都长着巨大的疙瘩，好几海里的海水都被染成了红色。

这时，"鹦鹉螺号"正要靠近一条没能逃避抹香鲸牙齿的长须鲸。这条不幸的鲸鱼侧面躺下，肚子上满是咬破的伤口，已经重伤致死了。在它受伤的鳍尖上，挂着一条它不能救护的小鲸。它的嘴张开着，流出水来，水像回潮一般，通过它的须，潺潺作响。

"鹦鹉螺号"开到这条鲸鱼的尸体旁，两名船员走到鲸鱼身上，把鲸鱼奶头里的奶水取出来，共有二三吨左右，我吃了一惊。

船长把一杯还带着热气的鲸奶送给我，向我保证这奶的味道很好，跟牛奶没什么不同。尝了这奶，我的意见跟他的一样。

自这一天起，我心中很不安地看出尼德·兰对尼摩船长的态度越来越坏了，我决心要密切注视尼德·兰的行动。

阅读鉴赏

　　尼德·兰越来越无法忍受在"鹦鹉螺号"上的生活，他再一次计划逃走，"我们"三个人甚至计算起了潜水艇上的人数。就在这时，远处过来的几十条长须鲸引起了尼德·兰的兴趣，他向尼摩船长请示去猎杀鲸鱼，但是尼摩船长没有同意。接下来，尼摩船长为了营救长须鲸，领航"鹦鹉螺号"与抹香鲸展开了一场惨烈的厮杀。

　　本章中作者描写了尼德·兰的行动和神态，把他的个性和心理描述得淋漓尽致。另外"鹦鹉螺号"与鲸鱼的战斗描写得很生动，场面宏大而惨烈。

拓展阅读

长 须 鲸

　　长须鲸是体形第二大的鲸鱼。长须鲸在 25 至 30 岁时才达到完全成熟的阶段，而长须鲸最长可活到 90 多岁。雌性长须鲸的体形一般比雄性大，体长可达 27 米，体重可达 80 吨。它们是大型鲸鱼中的游泳冠军，速度保持在 37 千米 / 小时，短时间内时速可突破 40 千米 / 小时。它们已被国际自然保护联盟（IUCN）列为濒危物种。

导　读

　　"鹦鹉螺号"逐渐驶向南极，海上出现了浮冰，"我"在感叹太阳光照射下浮冰构成的美丽世界，康塞尔在为浮冰分类。但是尼摩船长的鲁莽却让"鹦鹉螺号"陷入了困境，尼摩船长有没有把潜水艇带出绝境的办法？

　　船沿着西经50度一直向南疾驶。3月14日，我在南纬55度处发现了一些浮冰，一些20至25英尺的灰白色碎冰块，形成一块块暗礁。

　　不久，便出现了一些很大的冰块，它们的光芒随着云雾的任意变化而变化。这些大冰块中有几块呈现出绿色的纹理，就像硫酸铜在上面划下的波纹。有几块像巨大的紫水晶，光线可以穿透进去（把大冰块在太阳光的照射下的形态比喻成波纹和紫水晶，表现大冰块的美丽）。它们的无数个切面上反射出太阳的光线。而前面那些稍微带有石灰石的强烈反光的冰块，看上去足以建造出一整座大理石城。

　　尼摩船长熟练地指挥着他的"鹦鹉螺号"，灵巧地避开了大冰块的撞击。到了南纬60度上，连一条通道也没有了。但尼摩船长不久便找到几处狭窄的出口，他大胆地让"鹦鹉螺号"从那里滑过。

　　康塞尔把这些冰块分类为：冰山或冰峰，冰地或一望无垠的冰田，流冰或浮冰，层冰或碎冰，环形的叫冰圈，很长的块状则叫冰流。

温度相当低，外面的温度计指示在零下 3 至零下 2 摄氏度。但我们穿着暖暖的海豹皮和海熊皮衣。而且在"鹦鹉螺号"内，有电器设备恒温加热，再说，只要潜入水下几米，就能找到可以忍受的温度。

3 月 15 日，我们穿过新西兰岛和南奥克兰岛所在的纬度。

3月16日，早上约8点，"鹦鹉螺号"沿着西经55度穿过了南极圈。冰块把我们团团围住，海平线也被封住了。然而，尼摩船长却从一条通道向另一条通道一直向上走（转折句式，表现尼摩船长驾驭潜水艇的超强能力）。

老实说，这些新地区的美丽景观不知道让我多么惊叹不已[1]，多么无法描述，我承认我对这次冒险旅行一点不觉得烦。那些冰群气势磅礴（描写了冰群的雄伟和景观的壮阔）。在这边，它们构成了一座有无数清真寺尖塔和寺院的东方城市。在那边，则是一座像被地震推倒在地的坍塌城堡。在阳光的斜照下，这些景观不断地变换，要不就消失在暴风雪的灰蒙蒙的雾中。然后，到处是爆裂、崩塌、翻了几个大筋斗的冰山，像一幅透景画一样变换着布景。

3 月 16 日一整天，我们完全被封锁在冰田中。这一困难未能阻止尼摩船长前进，他开足马力冲破冰地，"鹦鹉螺号"像楔子一样插进这片易碎的冰中，把它轧得咔咔发响，冰屑被高高抛起，像雹子一样落在我们周围。

这些天里，我们饱受着强烈的冰屑的袭击[2]，加上大雾迷茫，在平台上，从一端看不到另一端。有时狂风突然大作，温度仅是零下5摄氏度。气压计总指示在低度，甚至降到73.5度。越走近不能与地球南部混为一谈的南磁极，罗盘颤动的指针就越指向相反的方向。的确，汉斯敦说过，磁极大概是在南纬70度，东经130度；而据杜贝莱观察，是在东经135

---

① 惊叹不已：形容因为惊奇敬佩而发出的感叹久久不止，感受至深。

② 袭击：趁其不备，偷偷地进攻。

度，南纬70度30分。因此，必须通过观察船上各个方位的罗盘仪，取其平均数，才能得到大概的方位。

3月18日，在二十几次徒劳的冲击后，"鹦鹉螺号"彻底无能为力了（这里设置伏笔，让读者继续往下看）。它陷入了一片由一座座冰山冻结起来的无穷无尽的、一动不动的冰栅里。

"大浮冰群！"尼德·兰对我说。

要是平时，如果潜艇不能前进，按原路退回去就行了。可在这里，后退和前进一样都是不可能的，因为我们一通过后，那些通口都封冻了。我不得不承认，尼摩船长的行为真是太不慎重了。

然而，尼摩船长告诉我，"鹦鹉螺号"要到南极点去，到那地球各条经线相交的不为人知的点上去。我禁不住做出一个不相信的动作。

我知道这个人大胆到鲁莽。但要战胜那些遍布南极的困难，到达比北极——连最大胆的航海家还未能去到的地方——根本不可能到达的南极，难道这不是一桩绝对荒谬的事情吗（过渡段，"鹦鹉螺号"被困困在冰田中，尼摩船长却说要去南极，这简直不可思议）？

于是，我突然问尼摩船长是否已经了解了这个开天辟地以来人类还未驻足的极点。

"不，先生，"他回答我，"我们一起去了解。在那里其他人都失败了，而我是不会失败的。"

"我愿意相信您，船长，"我用略带讽刺的口气回答，"如果这座冰山不滚开，我们就给'鹦鹉螺号'安上翅膀，让它从上面飞过吧！""从上面？教授先生，"尼摩船长平静地说，"不是从上面，而是从下面。"

船长的突然提示使我心里一亮。我明白了。

船长微笑地对我说："您已经模糊地预感到这个计划实施的可能性，可我认为它必是成功无疑的。如果冰山露出海面1英尺，那在水下就有3英尺。既然这些冰山在水上不超过100米，那它们藏在水下的部分就只有300米。300米对于'鹦鹉螺号'来说算得了什么？它甚至可以去更深的水层，寻找一片温度恒定的海水，在那里，我们将躲过海面上零下三四十度的低温。唯一的困难，是得潜在水里好几天，无法更新我们的储备空气。”

“不会吧？”我反问道，“'鹦鹉螺号'有巨大的储气罐，我们可以将它充满。”

“想得好，阿龙纳斯先生。”船长微笑着回答，“南极点可能有海，那里的海可能会完全被封冻住，我们就不能浮出水面。”

“先生，别忘了'鹦鹉螺号'装配有威力无比的冲角，我们不能沿着对角线向冰田冲去，把冰田撞裂吗？此外，船长，”我越说越激动，“为什么我们不可能像在北极一样，在南极碰到可自由通行的海呢？不论在南半球还是在北半球，寒极和陆地两极是不能混为一谈的。再说，在找到相反的证据之前，我们应该设想，在这两个极地，不是有陆地，就是有一片与冰分离开的海洋。”

“我也赞同这种想法。”尼摩船长回答。

接下来，为实施这个大胆计划的准备工作开始了。“鹦鹉螺号”的强力抽气泵用高压把空气压进了储气罐。十几个船员把船身周围的冰敲碎，船身便松开了。“鹦鹉螺号”潜下水中，一直潜到800米深。

晚上，新奇的环境使我和康塞尔一直留在客厅的玻璃窗前。海水在探照灯光的照射下闪闪发亮，但大海一片荒芜。

3月19日，凌晨5点，我又回到客厅的位子上。“鹦鹉螺号”的速度慢了下来，很谨慎地浮出水面。一声撞击声传来，“鹦鹉螺号”撞到了大浮冰的下表层。根据浑浊的声音，我判断出冰层仍然很厚。情况有些不妙。

“鹦鹉螺号”总是撞在它上面那层天花板般的冰墙上。现在冰层的厚度是“鹦鹉螺号”潜入水中时的两倍。

凌晨3点左右，我注意到大浮冰的下表层只是在50米的深度才会被碰到。这么说，我们离水面只有150英尺了。大浮冰逐渐变成了冰田，冰山又变成了冰原。

3月19日这一值得纪念的一天，凌晨6点，客厅的门打开了。尼摩船长出现了。

"自由海到了！"他对我说。

阅读鉴赏

"鹦鹉螺号"一直向南行驶，3月14日，在潜水艇的周围出现了很多的浮冰，浮冰在太阳光的照耀下，呈现出一派美丽景色。但是"鹦鹉螺号"的行驶却遇到了前所未有的困难，尽管尼摩船长指挥娴熟，躲过了很多冰块，最后还是被困在了冰田中，进退两难。

本章作者运用了排比、反问、比喻等修辞手法，对美丽景色进行了详细描写，其中也有情感和心理描写。不同句式的运用，起到增强语气，表达情感的作用。

拓展阅读

南 极 圈

南极圈即南纬66度34分纬线圈。这是南半球上发生极昼、极夜现象最北的界线。南极圈以南的区域，阳光斜射，虽然有一段时间太阳总在地平线上照射（极昼），但正午太阳高度角也很小，因而获得太阳热量很少，为南寒带。南极圈是南温带和南寒带的分界线。

第三十八章

南极

导　读

"鹦鹉螺号"来到了一个崭新的环境，这里有很多的贝类和鸟类等动植物。这到底是不是南极？怎么确定尼摩船长是第一个到达这里的人？

我飞跑到平台上去。是的！自由通行的海。近边只有一些散乱的冰块和浮动的冰层，远方是一片大海，空中是群鸟世界，水底下有千亿万的鱼类，水的颜色随深浅的不同现出从深浓的靛蓝至橄榄的青绿（作者从不同方位描绘了自由海周围的景色）。温度表指着3℃。

"我们是在南极吗？"我问船长，同时心跳不止。

"我不知道。"他回答我，"中午我没来测量方位。"

"鹦鹉螺号"怕搁浅，停在相距一座孤立小岛6米的滩前。上午10点，船长、两个船员、康塞尔和我一齐上小艇前往小岛。

我把第一次脚踩这陆地的光荣赠予船长。船长说："我所以毫不犹豫地脚踩这极圈的土地，是因为直到现在，还没有一个人在这陆地上留下他的脚迹（语言描写表现了尼摩船长不愿与陆地上的人交往）。"他轻快地跳在沙滩上，紧张激动的情绪使他的心跳得厉害。他好像取得这些南极地方的所有权了。随后，我也跳下小艇，后面跟着康塞尔。

土质在很大的空间上现出赭红色的凝灰岩，就像一层层的砖石构成的一样（用砖石形容凝灰岩，来表现大自然的巧夺天工）。火山的烧石，喷出的火石，浮石的石屑遍布地上。某些地方还有轻微的喷烟，发出硫黄气味，证明内部的火仍然保持着它伸张发展的力量。可是，我攀上一座高耸的悬崖，半径几海里的圆周内望不见火山。这荒凉大陆的植物极其有限，一些单条黑色的苔藓品种丛生，铺在黑色岩石上。某种微生草木，原始硅藻，在两片介壳中间聚起来的石英质的细胞植物、真红和猩红的黑角菜，紧贴在退潮送到岸上来的鱼类上。

沿岸有一些软体动物，小蚬、蛇类，心脏形的光滑贝、触须贝。植虫类有珊瑚树，属于海胞类的小翡翠珊瑚以及这一带特有的海燕和散布在地上的海星。

但生活丰富多彩的地方是在空中。无数种类不同的鸟类飞上飞下，鸣声嘈杂。另有其他鸟类拥挤在岩石上，它们一点不怕人类，看着我们

走过，反而很亲热地聚在我们脚边（用拟人的手法描写鸟类，表达了"我"对大自然的热爱）。那是企鹅，人们把它们和行动迅速的鲔鸟混同。

在鸟类中，我看见有涉水鸟科的南极水鸟，也有煤黑色的信天翁，还有弓形海燕和海棋鸟。最后，有一组海燕类，有的是灰白色，有的是蓝色，它们是南冰洋的特产。

我对康塞尔说："灰白色的一种油脂很多。在费罗哀群岛，人们在它们的腹部放上灯芯，就可以燃起来。"

走过半海里后，地上现出许多短翼潜水鸟的鸟巢。尼摩船长打了好几百只这种鸟，因为它们黑色的肉可以吃。它们发出像驴叫的声音。这些鸟像我一般的身材，身上是石板色，下面白色，颈上带柠檬色的花缘，就那样让人拿石子打死，并不想法逃走。

可是，云雾并不散开。我心中焦急，没有太阳，不可能做各种观察，怎样确定我们是到了南极呢（这个地方很特殊，但是到底是不是南极呢？为读者设置了悬念）？

尼摩船长默不作声，盯着天空，有些不耐烦，在生气。这个胆大又强有力的人不能照他命令海洋那样指挥太阳。"明天再来。"船长对我说。

当我们不在船上的时候，渔网放下海中去了，我很感兴趣地观察人们刚拉上船来的鱼类。有刺鳍鱼，软骨奇鱼。

3月20日，风雪停了，浓雾散开，小艇先把康塞尔和我送到陆地上。一齐领导这块土地的，除了无数鸟类，还有一大群海豹，它们用温和的眼光盯着我们。有的躺在地上，有的睡在倾斜的冰块上，有些又从海中上来，或回到海中去。它们看见我们近前，并不逃走（侧面烘托这个地方确实没有人类来过）。这里的海豹很多，可以装载好几百艘船。

"它们不是危险伤人的动物吗？"康塞尔问我。

"不，"我回答，"除非是人要攻击它们。当一条海豹保卫它的子女的时候，它愤怒得吓人，它把渔人的小船弄成碎片，并不是稀罕的事。"

再走两海里远，我们就被尖岬挡住了。尖岬靠海矗立，回潮打来，泡沫飞溅，岬外有隆隆的吼叫声发出，就像一群牛羊反刍类动物可能发出的声响那么厉害。

到了尖岬的高脊背上，我望见一片白色的广大平原，上面全是海马。这些海马正在成群玩耍，刚才听到的是它们快乐的声音。

正午到了，跟昨天一样，太阳没出来。如果明天观察不能完成，那测定我们所在方位的事情，只好放弃。

明天 3 月 21 日是春分，太阳就要没入水平线下，有 6 个月不能出来，极圈的长夜时期就开始了。我把自己的意见和顾虑告诉船长。

"我只是使用我的航海时计，"尼摩船长回答我，"如果明天 3 月 21 日，折光作用估计在内，太阳圈轮正好切在北方的水平线上，那我就是在南极点上了。明天再来吧。"

尼摩船长回船上去了。康塞尔和我留到 5 点，我拾得一个海鸟的蛋，蛋特别大，一个珍奇收藏家可能出 1 000 多法郎来收购它。它的浅黄颜色像用象形文字描绘在上面的线条和花纹，使它成为一件稀有的珍玩。我把它交给康塞尔，这个小心的孩子拿在手中，像珍贵的中国瓷器一样，完整地带到"鹦鹉螺号"，放在陈列室的一个玻璃橱中。

3 月 21 日早晨 5 点，尼摩船长决定到地上去做观察。

我看见南极特有的三种鲸：平直鲸，没有脊鳍；驼背鲸，腹部多褶皱，有宽大灰白色的鳍；鳍背鲸，黄褐色，最活泼的鲸科动物。这些强大动物发出的声音远远就使人听到了，它们正把混有气体的水柱射向高空，好像喷出阵阵的浓烟。南极海水现在是过度受猎人追逐的鲸科动物的避难所。

正午差一刻，单从折光作用看，太阳像金盘一样现出，它对这从没有人迹的海面，把它的最后光芒洒在荒凉的大陆上。

尼摩船长戴上网形线望远镜，这镜利用一个镜面可以改变折光作用，他观察那沿着一条拖拉得很长的对角线，渐渐沉入水平线下的太阳。我手拿着航海时计，心跳得厉害。

"正午！"我喊。

"南极！"尼摩船长用很严肃的声音回答，同时把望远镜给我，镜中显出的太阳正好在水平线上切成完全相等的两半。

尼摩船长对我说："先生，1600年，荷兰人叶里克到了南纬64度，发现南设得兰群岛。随后，库克、伯林哥生、布兰斯菲尔、莫列尔、包威尔等人都来到南极（通过举例，进行对比，说明尼摩船长的行为史无前例）。现在，我尼摩船长，1866年3月21日，在南纬90度到达了南极点，我占领了面积等于大陆1/6的这一部分地球上的土地。"

这时，尼摩船长展开一面黑旗，旗中间有一个金黄的"N"字。面对着最后光芒正射在大海水平线上的太阳，喊道："再见，太阳！沉下去吧，光辉的金球！你安息在这个自由的海底下吧，让6个月的长夜把它的阴影遮覆在我的新领土上吧！"

阅读鉴赏

"鹦鹉螺号"到了一个崭新的地方，这里有各种贝类、鱼类和鸟类等动植物，还有不怕人的企鹅，这一切都是南极特有的景物。但是在正午的时候，尼摩船长用网形线望远镜观察太阳，确定自己是在南纬90度，到达了南极。

本章通过侧面烘托、设置悬念等手法，对环境和景物进行描写，另外通过举例和科学论证，证明了尼摩船长是第一个来到南极圈的人。

拓展阅读

海　獭

海獭是一种生活在海洋里的哺乳动物，其个头不大，头脚较小，全身长有厚而密的毛，尾部有一条占体长1/4以上的尾巴。一般成年的雄性海獭体长1.47米左右，重约45千克，雌性海獭体长仅1.39米，重约33千克，它属于海洋哺乳动物中较小的一个种类。

第三十九章
意外还是事故

导 读

"鹦鹉螺号"带着"我们"到达了南极。这时,"鹦鹉螺号"却被融化掉下来的巨大冰块压住了,尼摩船长能不能带领"鹦鹉螺号"转危为安呢?接下来的航行是否依然顺利?

这天是 3 月 22 日,早上 6 点,我们准备出发了。这时温度计指在零下 12 摄氏度,寒风凛冽刺骨,漂流在海上的浮冰越来越多。在南极海冬季 6 个月的冰期内,这里是绝对无法通行的。当鸟类因为严寒迁徙到北方时,鲸鱼、海豹和海象就成了南极大陆的唯一主人。

"鹦鹉螺号"下沉到 1 000 英尺深度,以 15 海里的时速向北前进。到晚上,它已经来到大浮冰下面了。

凌晨 3 点,我被强烈的撞击声惊醒了,我突然被抛到房中央。"鹦鹉螺号"发生了碰撞,严重倾斜。

我走到客厅,里面的摆设都翻倒了。"鹦鹉螺号"是靠着右舷倒下的,而且完全动弹不了。

当我想离开客厅时,康塞尔和尼德·兰进来了。我们都不知道出了什么事。我们等了 20 分钟,尼摩船长走进来,告诉我们"鹦鹉螺号"触礁了，事故的原因是由于冰山下部的水温比较高而融化或由于受反复撞击而磨损，使重心上移，一块巨大的冰块完全翻转过来，撞到了浮在水中的"鹦鹉螺号"。然后，这块冰从船身滑下去，以无法抗拒的力量把船翻顶起来，推到浅水层里，然后冰块顶在船侧不动了。

"可是我们不能通过排空船上的储水器让船重新获得平衡吗？"

"我们正在试着。压力表的指针指示着'鹦鹉螺号'正在上浮，但冰块也跟着上浮。要等到有一个障碍物挡住冰块上浮，我们的处境才会好转。"

突然，我们感觉到船身有一阵轻微的颤动。"鹦鹉螺号"回正了一点儿，客厅里悬挂着的物品很明显地移到正常的位置上。没有人讲话，我们激动地观察着，感觉着船回正位置。10分钟后，我们脚下的地板又恢复了水平状态。

"我们站起来了！"我喊道。

"我们侥幸脱险了！"康塞尔说。

"要是完蛋才好呢！"尼德·兰说。

这时，嵌板打开了，外面的光线从玻璃窗透射进来。

我们正在水中。但在距"鹦鹉螺号"两侧10米的地方，矗立着一道道耀眼的冰墙。上方和下方也一样是冰墙。在上方，大浮冰的下层就像一块大天花板一样延伸着。在下方，渐渐下滑翻了筋斗的冰块保持着支在两侧的冰墙上。"鹦鹉螺号"被困在一条宽20米左右、充满着静水的真正的冰隧道里。因此，它只有向前走，或者向后走，然后往下走几百米，就很容易在大浮冰下找到一条自由的通道脱身。

这时，天花板上的灯关了，然而，客厅里却灯火通明。这是因为冰壁强大的反光作用把探照灯的光线强烈地反射进来。

"这多美啊！"康塞尔喊道。

"是的。"我说，"真是令人神迷的景象，不是吗，尼德？"

"哎！见鬼！是的，"尼德·兰答道，"无与伦比！但这景象对我们来说代价太高了。我们在这里看到的是上帝不想让人类看到的东西。"

尼德说得有理。

突然，康塞尔一声惊叫，让我闭上眼睛。原来，"鹦鹉螺号"全速前进，冰壁上所有平静的光亮霎时间变成了道道闪光。成千上万道钻石火光交织在一起，"鹦鹉螺号"在光芒的熔炉中前进。于是，客厅的嵌板重新关上了。我们把手挡在眼睛上，过了一会儿，又把手放下来。

"当我们重返地面时，"康塞尔说，"已经饱览了这么多自然奇观，我们对那贫乏的大陆和那些出于人工的小活计真不知道会怎么想呢！不，人类居住的世界已不值得我们注目了！"

这样的话出自于一位生性冷淡的佛兰芒人之口，说明了我们的狂热到了何等高涨的程度。但加拿大人仍不失对此泼一盆冷水。

"人类居住的世界，"他摇摇头说，"放心吧，康塞尔朋友，我们是回不去了！"

此时是早上 5 点。这时，"鹦鹉螺号"前部又发生了撞击。它的冲角又撞到了冰块上。我于是想，尼摩船长是在改变航线，绕过障碍物或沿着隧道的转弯处走。总之，前进的路是不会完全被堵住的。然而，出乎意料，"鹦鹉螺号"在往后退。

"我们往回走了？"康塞尔说。

"是的，"我回答，"隧道的这头应该是没有出口的。我们沿旧路退回去，从南边的出口走出去。"

"这会耽搁时间的。"尼德说。

"不论怎样，只要能出去就行了。"

"是的，"尼德·兰重复说，"只要能出去就行了。"

我从客厅到图书室来回踱了一阵子。我的同伴们，坐在那里，一声不吭。我扑倒在沙发上，拿起一本书，眼睛机械地浏览起来。

一刻钟后，康塞尔走近我，说："先生读的书很有趣吗？"

"太有趣了。"我回答。

"先生正在读自己写的书呢。"

的确，我手里拿着《海底探秘》。我合上书，又踱起步来。这时，康塞尔和尼德站起来想走。

"留下来吧，我的朋友，"我挽留他们，"我们一起待到走出这条死胡同吧。"

可是，几小时过去了，我不停地观察着挂在船壁上的仪器。压力表指出，"鹦鹉螺号"还停留在300米的深度，罗盘总是指向南，记速器记录的时速是20海里，在如此狭窄的空间里，这个速度真是太快了。

8点25分，第二次撞击出现了。这回是在后部。我的面色骤然苍白，我的同伴们走近我。我抓住康塞尔的手，我们用目光互相交流，这比用言语更直接。

阅读鉴赏

本章中，作者对探照灯照耀下的冰山美景进行了描写，另外也通过直接的语言描写烘托了景色的美丽。

拓展阅读

冰　山

冰山是一块大若山川的冰，脱离了冰川或冰架，在海洋里自由漂浮。自由漂浮的冰山约有90%的体积沉在海水表面以下。因此看着浮在水面上的冰山的形状并不能猜出水下的形状。冰山非常结实，加之极地的低温环境下金属的强度降低，很容易损坏金属板，因此冰山为极地海洋运输中的极端危险因素。

导 读

"鹦鹉螺号"被彻底困住了，"我们"要么被沉重的冰山压死，要么因为缺氧而被闷死，船长决定在储藏的空气用完之前，把围住潜水艇的冰墙凿开。凿开冰墙的工作进展顺利吗？

船的四周，都是不可通过的冰墙，我们是冰山的俘虏了。尼德·兰用粗大的拳头拍打着桌子，康塞尔沉默不言，我盯着船长。他的面容又恢复了平常的冷淡、严肃，他两手交叉着，在思考。

船长镇定地说："先生们，目前，我们有两种死的方式。第一种是被压死，第二种是被闷死（船长镇定地对生死存亡进行了预测，表现了船长的经验十足）。"他决定在储藏的空气用完之前，把围住我们的冰墙凿开。尼德·兰也加入了他们的工作。

在进行穿凿冰墙之前，尼摩船长先做了种种探测，保证工作是向顺利方面进行，结果是：他们大约需挖掘 6 500 立方米的冰。

工作立即开始，以十分坚持的顽强力来进行。铁锹有力地打进了坚硬的冰，一块一块的冰从冰场凿开来。由于体重的新奇作用，这些冰块没有水重，于是它们飞跑到冰山顶上去了。两小时后，他们疲倦不堪地

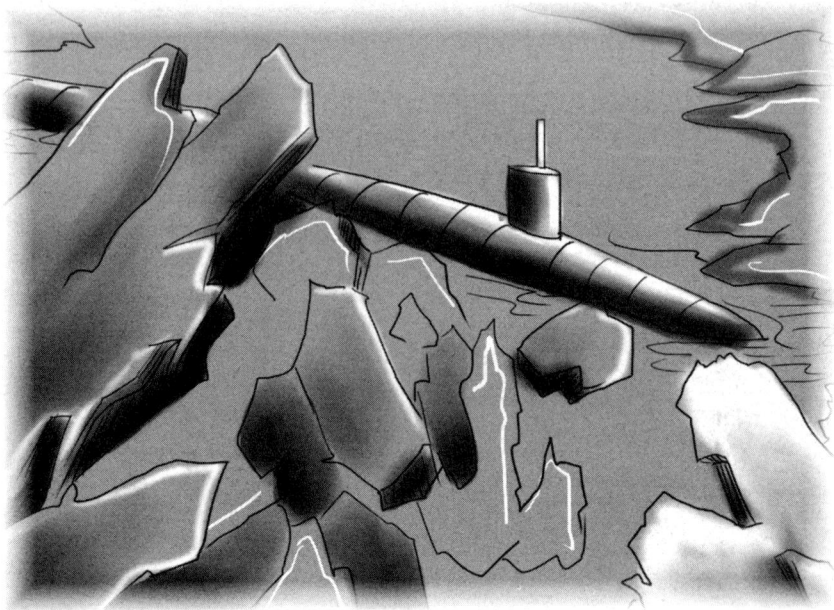

回来，换上了别的人员，康塞尔和我也加入了。

过了12小时，我们在划出的冰面上只挖去了厚一米即约600立方米的冰。那么把这个工作好好地完成，还要5夜4天的工夫（暗含下文因为挖冰太慢，而遭遇更多的困难）。

夜间，又有一片一米厚的冰从这巨大的圆圈中被挖去。但是，到了早晨，我看到旁边的冰墙渐渐地连接起来，出现要冻结的情势。我要尼摩船长注意这种严重的复杂情形。

"我知道这事，"船长对我说，他总是这样，最可怕的意外也不能更改他的镇定，"只是多加了一个危险，不过也是我们得救的唯一机会，就是我们的工作比冻结作用进行得要更快。"

到了晚上，坑又挖去了一米。我回到船上，吸了空气中饱和的碳酸气，差不多要窒息了。

8月26日，我又做矿工的工作，要把5米的冰挖出来。冰山的两侧和底层显然加厚了。这些冰块在"鹦鹉螺号"可能脱身之前，都要凝结起来。我一时感到绝望。既然我要被窒息死，被这变为石头的水所压扁，就是野蛮人再残酷也没有发明出这样的一种酷刑（把变成石头的水比喻成冰山，用酷刑来形容"我们"的处境很危险）。好像我被夹在一个怪物的牙床里面，无法抵抗，逐渐收紧在利齿中了。

"阿龙纳斯先生，"船长对我说，"我们要用些特殊奇妙的方法，您不明白这水的冻结作用可以帮助我们！您没有看见因为水的凝固，它可以炸开那困住我们的冰场，就像它在冰冻的时候，它可以炸开最坚硬的石头那样。您有没有觉得它并不是毁灭人的力量，而是拯救人的力量？"

"对，船长。但是，'鹦鹉螺号'不可能支持那种大得怕人的压力。"

尼摩船长在思考，一言不发，站着不动（对遇到危难时的船长进行细节描写，更突出了他沉着、爱思考的性格）。显然他有了一个主意，但他好像又不接受，给了否定的答复。后来，他低声说："开水！开水不断从'鹦鹉螺号'的抽水机放出来，不是可以提高空间的温度，延缓水的冻结吗？"

"这要试一试。"我坚定地说。

外面的温度是零下7摄氏度。尼摩船长领我到厨房中，蒸馏器装满了水，电池所有的电热都投到浸在水中的螺旋管中去。几分钟后，水就达到沸点。把开水送入抽气机中，同时就有冷水进来补充流出去的开水。电池发出的热力达到很高的程度，从海中吸进的凉水，单单经过机器，一到抽气机中就滚开了。

开水放射开始，3小时后，外面的温度是零下6摄氏度；两小时后，温度是零下4摄氏度。

船长说："我们不会被压扁了，所怕的只有被窒息了。"

3月27日，6米厚的冰挖去了，还剩下4米厚的冰，还要48小时的工作。

一种不可忍受的重浊空气使我难受（引出下文中缺氧情况的发生）。下午3点，这种痛苦感觉到了猛烈的程度，打哈欠、喘气把我的上下颌都弄歪了。我的肺叶迫切寻求有活力的氧，现在，空气越来越稀薄了。

我的精神昏沉沉的，我无力地躺下来，差不多失去了知觉。康塞尔有同样的病症，受着同样的苦（氧气的缺乏已经给大家带来了痛苦，后面的情况会不会更糟），他拉着我的手鼓励我，低声说："啊！如果我可以不呼吸，让先生可以多吸些空气！"

听到他这话，我眼中满是泪水。

这一天工作完成了，只剩下 2 米的冰要挖去。可是储藏库差不多空了，剩下的一些空气只能保留给工作人员使用。当我回到船上时，我是半窒息了。多么难过的夜！我简直不能描写。

第二天，我的呼吸阻塞不通，头脑疼痛又加上昏沉发晕，使我成为一个醉人。我的同伴们也感到同样的难受。有些船员已经呼吸急促，正在发喘了。

> 当大家都十分痛苦的时候，尼摩船长依然在思考、计划、执行。

我们的监牢剩下第六层的最后 1 米冰，尼摩船长决定用高压力来冲开冰层。这个人仍然保持着他原有的冷静和精力。他拿他的精神力量抑制他的肉体痛苦。他思考，他计划，他执行。

我们等着、听着，忘记了痛苦，抱着希望。我们好像赌博，得救与否完全看这最后一招了。尽管我脑子中嗡嗡作响，昏乱不清，但不久我听到"鹦鹉螺号"船身下颤抖了。冰层破裂，发出新奇的像撕纸的声音。

"我们穿过去了！"康塞尔在我耳边低声说。我不能回答，我的手不由自主地抽搐，紧紧握住他的手。

突然，"鹦鹉螺号"被它的过分重量所带走，像一颗炮弹沉入水中。于是把所有的电力都送到抽水机上，抽水机立即把储水池中的水排出。几分钟后，我们的下降停止。不久，船只上升，推进器全速开行，它带我们向北方驶去。现在从冰山下到自由海的航行，要延长多少时间呢？

我半躺在图书室的长沙发椅上，不能出气了。我的脸孔发紫，双唇变蓝，身体器官失灵。我看不见、听不到，时间的概念在我心中消减了。

我的肌肉不能伸缩了。我明白我是快要死了（细节描写"我"的不良反应，反映快要窒息而亡的状况）……忽然我苏醒过来，几口空气吹入我的肺中。那是尼德·兰和康塞尔，他们牺牲自己来救我。还有些空气留在一个气箱里面，他们给我保存起来，他们把一点一滴的生命送给我！

尼摩船长在哪里？他丧失了生命吗？他的同伴们跟他同时牺牲了吗？这时，嵌板打开了，纯洁空气像潮水一般涌入"鹦鹉螺号"。

阅读鉴赏

周围的出口都被堵住了，"鹦鹉螺号"彻底陷入了困境。连一向自信的船长也下达了死亡通告，最后船长决定挖开周围的冰墙，潜水艇上的人都加入了挖冰的行动，连对尼摩船长有所不满的尼德·兰也加入了。但是挖的速度太慢，挖开的冰居然在不断地结冻，船长想了一个办法，放出热水来减慢冰的结冻速度。挖冰行动在进行着，但是"我们"又面临了新的问题，潜水艇储藏室的氧气要用完了，缺氧窒息让大家都很痛苦，"我"昏昏沉沉的时候，尼摩船长用精神力量支撑着身体在想办法并付诸行动，让"鹦鹉螺号"脱离危险。在"我"感觉快要死去的时候，"鹦鹉螺号"的嵌板打开了，空气进来了。

作者通过对每个人的描写，写出大家在面临灾难时的团结和努力抗争。还运用了各种叙述手法，非常生动地显现了当时的危急情况，尤其是由于缺氧窒息，差点死去的"我"的感受。

拓展阅读

缺氧症状

缺氧症状一般表现为：头晕、头痛、耳鸣、眼花、四肢软弱无力，或者恶心、呕吐、心慌、气短、呼吸急促、心跳加速，而随着缺氧的加重，就容易产生意识模糊，全身皮肤、嘴唇、指甲青紫，血压下降，瞳孔放大，昏迷等症状，严重的甚至导致呼吸困难、心跳停止、缺氧窒息而死亡。

第四十一章

从合恩角到亚马孙河口

导　读

"鹦鹉螺号"浮上来了，"我们"贪婪地呼吸着新鲜空气，活过来的"我"向尼德·兰和康塞尔道谢，三个人的友谊更进一步。"鹦鹉螺号"穿过了南极圈，从合恩角驶到亚马孙河口，这期间，"我们"又会有哪些发现？

我不知道我是怎么到平台上来的。可能是尼德·兰把我背上来的。我呼吸着，呼吸着海上的新鲜空气。

尼德·兰呢，他没有说话，但他的嘴张得很大，鲨鱼看了都会害怕。他那是多么充分的呼吸啊！他就像一座熊熊燃烧的火炉（夸张手法，表现尼德·兰对空气的渴望），消耗着氧气。

此时我一开口便向我的两个同伴表达我的谢意和感激。尼德·兰和康塞尔曾在我弥留之际延长了我的生命，现在即使我说出所有感激的话语，也报答不了如此的一种奉献。

"好啦！教授先生，"尼德·兰回答，"这不值一提，对此我们有什么值得称道的地方呢？没有。这只是一个算术的问题。您的生命比我们的生命更有价值。那么就应该把空气留给您。"

"不，尼德，"我回答，"我的生命并非那么有价值。没有什么比一个

192

慷慨善良的人更有价值，您就是这类人。"

"好啦！好啦！"加拿大人局促不安地重复着。

"而你，我忠实的康塞尔，你也受了不少苦。"

"我没受多少苦。我只是少呼吸了几口空气，但我相信我能顶过去。再说，我一看到先生晕过去，就一点儿想呼吸的欲望也没了。"

"我的朋友们，"我激动地说，"我们永远心连心，而且你们有权发落我。"

尼德·兰说："当我要离开这地狱般的'鹦鹉螺号'时，我有权拉着您跟我一起走。"

"鹦鹉螺号"正快速前进。它穿过南极圈，朝合恩角开去。3月31日晚上7点，我们到了那个美洲的岬角。

4月1日，"鹦鹉螺号"在正午前浮出水面。我们在西面看到了火地岛，早期的航海家看到岛上土著的茅屋上飘起无数的浓烟，便给它起了这名字。火地岛是一个30法里长、80法里宽的大岛群，处在南纬53度到56度、西经67度50分至77度15分之间。尼德·兰跟我说，人们根据萨尔眠图山上是云雾缭绕还是没有云雾，就能预报出是坏天气还是好天气。

4月2日，我在"鹦鹉螺号"上观察马鲁因群岛。马鲁因群岛可能是约翰·大卫发现的，他把这个群岛命名为大卫南群岛，之后，又有梅当岛、马鲁因岛、福克兰群岛等称谓。

4月3日之前，我们的船一直没有离开过巴塔哥尼海域。

4月4日，它来到乌拉圭附近，距离海岸有50海里。它沿着南美洲曲折漫长的海岸线向北行驶。这样，我们从日本海出发至今，已经走了16 000法里路了。

早上约11点，我们沿西经37度穿过了南回归线，走过了佛里奥岬的海面。

"鹦鹉螺号"飞速行驶，持续了好几天。4月9日晚上，我们已经望到了南美洲最东点的圣罗克角海岬。这时"鹦鹉螺号"又潜入更深的海底，去寻找位于圣罗克角和非洲海岸边塞拉利昂之间的一座海底山谷。

两天内，我们潜入这片荒芜、深邃的海区里参观。4月11日，"鹦鹉螺号"浮出水面，我们发觉陆地在亚马孙河口——河水输出量非常大，把海洋好几法里内的咸水都冲淡的大河口——重现了。

我们穿过了赤道。在西面20海里处是法属圭亚那群岛。

4月11日和12日，"鹦鹉螺号"一直浮在水面，船上的渔网战果赫赫地拖上了大量的植虫动物、鱼类和爬行类动物。有须形海藻、被带须形藻、锥螺、岩蛤、蜘蛛螺、石英螺、船蛸、墨鱼、枪乌贼等。

我现在要用我观察到的一组多骨鱼来结束这些有些枯燥的、但十分准确的分类：属无翼鳍属的巴桑鱼、长刺的齿状鱼、卵形鲭鱼、黑牙刺鱼、隆头鱼、茧鱼、金尾鲷鱼、波普鲷鱼、石龙鱼、硬鳍鱼、突眼鱼，等等。

"等等"这个词并不能拦阻我还想举出一种让康塞尔记忆犹新的鱼。

当时，我们的渔网拖上来一种很扁平的鳐鱼。这种鱼如果割掉尾巴，就是一只完美的圆碟（比喻手法，形容鳐鱼扁平的体形）。它重达20多千克，

下部白色，上部浅红色，有深蓝色的大圆点，圆点外圈着黑色的圆圈，皮很光滑，尾部是一支分成两叉的鳍。它被摊在平台上，不断地挣扎，抽搐着想翻过身来，它费了很大的劲，最后一跃，差点蹦到海里去。但看管着鱼的康塞尔扑了上去，我还没来得及拦住他，他就两手把鱼捉住了。

一下子，他就被打翻在地，四脚朝天，半个身子都麻痹了，嘴里叫道："啊！我的主人啊，快来救我。"

这是这个可怜的小伙子第一次不用"第二人称"来和我讲话。

当他缓过神来，这位永远的'分类人'便结结巴巴地低声说道："软骨纲，软鳍目，固定鳃，横口次目，鳐鱼科，电鳐属。"

"是的，"我回答，"这是一条把你电成如此地步的电鳐。"

当天晚上，康塞尔把电鳐吃掉了，但这是出于纯粹的报复心，因为那肉简直是啃不动。

4月12日，"鹦鹉螺号"向荷兰海岸靠近，接近马罗尼河口。那里生活着好几群以家庭为小组的海牛，这些海牛属于人鱼目。长6至7米，体重至少有4 000千克。它们以海草为食，把阻塞热带河流出海口的大面积海草消灭掉了。

我补充说："当人类差不多将这些有用的动物种类通通消灭光时，会有什么后果呢？那就是，腐烂了的海草就会毒化空气，会导致黄热病，使这个富饶的地区变得一片荒凉。而有害的植物就会蔓延滋长在这片酷热的海里，疾病就会不可抵制地从普拉塔的里约河口一直蔓延到佛罗里达。"

尽管明了这些道理，"鹦鹉螺号"还是捕捉了6只海牛，以充实船上的食品储备。

另一次大规模的捕鱼又使"鹦鹉螺号"的食品储备大增。那是属于亚鳃软骨目第三科的鱼，我在地中海观察过的印头鱼就属于这一类。

捕鱼结束了，"鹦鹉螺号"向海岸靠近，那里，有不少海龟睡在水波上。船上的人在鱼的尾巴上结了一个足够大、能保证鱼自如活动的环，环上系上长绳，绳的一端系在船上。

然后，这些鱼被投进海里。它们游过去吸在海龟的胸甲上，船上的人就把它们连同被它们粘住的海龟一块拖回船上。

我们就这样抓到了好几只宽 1 米、重 200 千克的卡古安海龟。

阅读鉴赏

"鹦鹉螺号"浮上来了，"我"重获新生，与尼德·兰和康塞尔之间的情谊也更深了。潜水艇从合恩角到亚马孙河口，途中见到了很多海藻还有各种鱼类。康塞尔还被鳐鱼电翻在地。

本章通过语言对话描写，表达了三个人的感情，也突出了各自的性格特点。还采用插叙的叙述手法，叙述了人类对环境的破坏将会受到大自然的惩罚。尽管这样，"鹦鹉螺号"为了获得食物，一路上还是杀死了不少的稀有动物。

拓展阅读

鳐　鱼

鳐鱼，属于软骨鱼纲，鲼形鱼目，是多种扁体软骨鱼的统称。分布于全世界大部分水域，从热带到近北极水域，从浅海到 2 700 米以下的深水处。共 9 属，分 3 科。鳐鱼身体呈圆或菱形，胸鳍宽大，由吻端扩伸到细长的尾根部。有些种类具有尖吻，由颅部突出的喙软骨形成。体单色或具有花纹，多数种类脊部有硬刺或棘状结构，有些尾部内有发电能力不强的发电器官。鳐鱼体形大小各异：小鳐体长仅 50 厘米；大鳐可长达 2.5 米。鳐鱼以软体动物、甲壳类和鱼类为食。

第四十二章

章鱼

导　读

"鹦鹉螺号"路过墨西哥湾的时候，尼德·兰的逃跑计划又一次没能实施。但是他们碰到了一群不速之客——巨型章鱼，章鱼妨碍了潜艇的行驶，全体船员不得不与章鱼展开了肉搏，结果如何呢？

在这几天内，"鹦鹉螺号"经常躲开美洲海岸。4月16日，我们看见了马丁尼克岛和加德路披岛。

尼德·兰打算在墨西哥湾实行他的计划，他看见船躲开这海湾，很失望。我们落到"鹦鹉螺号"上做俘虏已经有6个月了，我们走了17 000法里，尼德·兰提议我向尼摩船长明白提问：船长打算把我们无限期留在船上吗？

照我来看，这种会谈不会有结果。最近，尼摩船长变得更沉郁、更不爱交往，好像有意躲开我。

对尼摩船长来说，他是在自己家里，他想到哪里就到哪里，但是，我们并没有跟人类绝交。我不想把我的奇异和新鲜的研究跟我一齐埋葬，这本关于海洋的真正的书，总有一天可以公诸于世。

4月20日，我们航行在平均1 500米深的水层。跟船最接近的陆地是留加夷群岛，群岛散开，像铺在海面上的一堆石板。岩石上铺着层层的阔大海产草叶，宽大的海带类，巨大的黑角菜，简直就是海产植物形成的墙壁，正好与地唐巨人的世界相配。

11点左右，尼德·兰让我注意那巨大海带间发生的厉害吓人的骚动。

我说："这里正是章鱼的窟洞，那里有身躯巨大的章鱼。"

"谁都不能让我相信，"尼德·兰说，"世界上有这么一种动物存在。"

康塞尔严肃地说："我曾看过一只大船被一条头足类动物的胳膊拉到海底下去。在圣马罗港一所教堂里，那是一幅绘着这条章鱼的图画！"

我说："我听说过这幅画。不过画的主题是根据一个传说，有一个叫奥拉又斯·麦纽斯的，说有一条头足类动物，长一海里，与其说像一个动物，不如说是像一个岛屿。古时代的生物学者引举过一些怪物，嘴好像一个海湾，身躯十分巨大，连直布罗陀海峡都走不过去。"

"在这些故事里，有真东西吗？"康塞尔问。

"一点没有，至少从超出似真性的界限而走入寓言或传说的范围一点上看，一点没有。不过，讲故事人的想象，虽不一定要有一个真实的原因，但至少总要有一个假借的理由。亚里士多德曾说过有一条长3.1米的枪乌贼。杜利斯提和蒙伯利野的博物馆收藏有一些章鱼的骨骼，长达2米。根据生物学家的计算，一条这种动物，长仅6英尺，但它的触须长达27英尺，足以使它们成为可怕的怪东西。"

"现在有人捕到过吗？"加拿大人问。

"就是没有人捕到，但水手们至少是见过的。

"那么，"康塞尔安静地回答，"如果这边的不是布格的枪乌贼，至少也是它的兄弟了。"

在玻璃窗边，我们看见了那使人害怕的怪物。这是一条身躯巨大的章鱼，长8米。

我克服自己对它的外形所有的厌恶心情，拿了一支铅笔，给它写生。

"或者这跟亚列敦号看见的是同一条东西吧。"康塞尔说道。

"不是，"加拿大人回答，"因为这一条是完整的，而那一条是丢了尾巴的。"

"这不成理由，"我回答，"因为这类动物的胳膊和尾巴是可以由逐渐的累积重新生出来的，7年以来，布格的枪乌贼是可能有时间又长出尾巴来的。"

尼德立即回答："如果这条不是它，那许多条中间或者有一条是它！"

果然，好些其他的章鱼又在船右舷的玻璃边出现了，共有7条。我听到它们的嘴在钢板上摩擦的"咯咯"声，我们是它们希望中的食物。

忽然"鹦鹉螺号"停住了，一次冲击使它全身都发生震动。它浮起来了，但停着不走。一分钟过后，尼摩船长走进客厅来，后面跟着他的副手。

船长告诉我，有一条章鱼的下颌骨撞进轮叶中去了，推进器停了，电气弹对于这团软肉没办法，我们要用斧子来消灭它。

"也可以用叉，先生，"尼德·兰说，"如果您不拒绝我加入，我一定来帮忙。"

"我接受您的帮助，兰师傅。"

楼梯边有十来个人，拿着冲锋用的斧子，准备出击。康塞尔和我拿了两把斧子，尼德·兰手执一杆渔叉。

"鹦鹉螺号"已经浮上水面。一个水手把嵌板上的螺钉松下来，可是母螺旋刚放开，嵌板就猛烈地掀起，显然是被章鱼一只胳膊的吸盘拉住了。立即有一只长胳膊，像一条蛇，从开口溜进来，其他20只在上面摇来摇去。只一斧子，尼摩船长就把这根巨大的触须截断，它绞卷着从楼梯上溜下去了。

我们彼此拥挤着走到平台，另外两只胳膊，像双鞭一样在空中挥动，落在尼摩船长面前的水手身上，把他卷走了。尼摩船长大喊一声，跳到外面去。我们也跟着一齐跳出来。

多么惊心动魄的场面！这个不幸的人，被触须缠住，黏在吸盘上，让这条庞大卷筒随意在空中摇来摆去。他气喘、他窒息、他叫喊："来，救我！来，救我！"

这个不幸的人眼看要完了。尼摩船长跳在章鱼身上，又一斧子，把另一只胳膊砍了下来。他的副手奋勇狂怒地跟那些爬在潜艇两边的其他章鱼战斗，船员们挥动斧头，乱砍乱杀，我们也把武器穿进这大团肉块中。8只胳膊有7只都被砍下了，剩下的一只把那个人像一支笔般挥动，在空中转来转去。当尼摩船长和他的副手扑到它身上去时，这个东西喷出一道黑色的液体，我们的眼睛被弄得昏花看不见了。当浓黑雾气消散时，章鱼不见了，不幸的同胞也不见了。

那时我们是何等愤怒地在跟这些章鱼拼命呀！战斗持续了一刻钟之久。怪物被打败了，受伤了，死了，溜入水中不见了。

尼摩船长全身血红，站在探照灯附近，一动也不动，盯着吞噬了他的一个同伴的大海，大滴的泪珠从他的眼里淌了出来。

阅读鉴赏

尼德·兰的逃跑计划再一次流产，其实"我"迟早也是要离开"鹦鹉螺号"的。

该章作者用了很多的修辞手法，尤其是好几处比喻修辞的运用，把章鱼的恐怖、丑陋描写得很生动形象。另外，语言对话描写，依然与人物形象和个性很相符。

拓展阅读

枪 乌 贼

枪乌贼就是通常人们所说的鱿鱼，又称句公、柔鱼，是软体动物门头足纲管鱿目开眼亚目的动物。身体细长，呈长锥形，有十只触腕，其中两只较长。触腕前端有吸盘，吸盘内有角质齿环，捕食食物时用触腕缠住将其吞食。喜群聚，尤其是在春夏季交配产卵期。

第四十三章

海湾暖流

导　读

　　尼摩船长很痛苦，"鹦鹉螺号"随同船长的心情在海上随波漂流了一阵子。"我"应尼德·兰的要求来找船长，询问"我们"被囚禁的期限。结果会如何？尼摩船长将如何回答？

　　这天是 4 月 20 日。那可怕的一幕，我们任何人永远都忘不了。我心潮澎湃地把它记录下来。

　　我说过，尼摩船长对着水波流泪。他的痛苦是巨大的。自我们到船上以来，这是他失去的第二个同伴。这位朋友，被章鱼巨大的触须勒住、窒息、揉碎、碾碎在它钢铁般的牙齿下，他不能和他的同伴一起安息在珊瑚墓地平静的水中。

　　对于我，在这次战斗中，不幸者发出的绝望的求救声撕裂了我的心。他忘记了船上约定的交谈语言，又用他的母语发出了最后一声呼唤。在"鹦鹉螺号"上，竟然有我的一个同胞！

　　尼摩船长走进了房间，后来一段时间，我再也没见到他。但我能从这艘代表他的灵魂、接受他所有的感受的船判断出，他应该很伤心、失望、徘徊。"鹦鹉螺号"不再保持明确的方向，它来回徘徊，就像一具尸体随波漂流。它似乎不能从这最后一场战斗的场所中自拔出来。

这样过去了10天。到了5月1日，在巴哈马运河出海口望到了留卡斯群岛后，"鹦鹉螺号"才果断取道向北。我们顺着海洋中最大的暖水流向前行驶，我把它称为海湾暖流。

那实际上是一条在大西洋中自由奔流、不跟海水掺混的大河。海湾暖流是一条咸水河，它的河水比四周的海水咸，它的平均深度是3 000英尺，平均宽度是60海里。它的水流量比世界上任何一条河流都稳定。

海湾暖流的真正源头，是莫里船长发现的，就在加斯哥尼湾。

现在，"鹦鹉螺号"正沿着这条海洋河流行驶。从巴哈马运河出来时，海湾暖流在14海里宽、350米深的范围内以8千米的时速流动。随着它向北推进，这个速度就有规律地减慢。

中午，我和康塞尔在平台上。我向他讲述了一些有关海湾暖流的特征，然后，请他把双手放进水流中。

康塞尔照我的话做了，但他很奇怪感觉不到任何冷热的差别。

"这是因为海湾暖流刚从墨西哥湾出来，现在的水温和人的体温没什么差别。"我对他说，"这股海湾暖流是一个保证欧洲海岸四季常绿的大暖炉。"

5月8日，我们还处在北部卡洛林岛的同一纬度上，与哈特拉斯角相望。海湾暖流在那里的宽度是75海里，深度是210米。"鹦鹉螺号"继续冒险前进，逃跑是有可能成功的，但天气非常糟糕，这一带海域经常有暴风雨。

尼德·兰显然忍耐到了最大的限度。他刚烈的天性是不能适应这种遥遥无期的囚禁生活的。他一天天消瘦下去，性格越来越忧郁。我也一样，饱受着思乡病的折磨。差不多过去了7个月，我们却得不到一点陆地上的消息。此外，尼摩船长的孤僻，特别自从与章鱼搏斗以来，他的情绪变了，沉默寡言。我再也感觉不到最初的那种热衷。只有像康塞尔这样的佛兰芒人才会接受这种专为鲸类动物和其他海中动物保留的环境。

这个人如果没有肺，而是长着鳃，我想他会是一条了不起的鱼！

于是，我答应尼德·兰今天问问尼摩船长对我们有什么打算。

我去敲船长的房门，没人应答，我开门进去。尼摩船长在里面，他突然抬起头，双眉紧蹙，口气粗鲁地对我说：

"是您在这里！找我干什么？"

"想跟您谈谈，船长。"

"什么事，先生？"他嘲弄地回答，"您难道有了某个我还没察觉到的发现？大海向您展示了它的新秘密吗？"

我们的想法牛头不对马嘴。他指了指桌上的手稿，严肃地说：

"这是一部用好几国语言书写的手稿。它包含了我对海洋的研究，署上了我的名字，加上了我一生的经历，它将被装在一个不透水的小盒子里。'鹦鹉螺号'上的最后一个生存者将把这盒子投入海中，让它随波逐流。"

"船长，"我回答，"我只能赞成你的想法，但您使用的方法原始了些。难道您不能找出一个更好的办法吗？您，或者你们中的一位不死……"

"绝对不行，先生。"船长急切地打断我的话。

"但我，我的同伴，我们准备着保护这本手稿，如果您让我们自由……"

"自由？"船长说着，站起来。

"是的。我们在您的船上已经待了7个月，您是否想永远把我们留在这里？"

"阿龙纳斯先生，"尼摩船长说，"我今天的回答和我7个月前的话一样：进了'鹦鹉螺号'，就再也不能出去。让尼德·兰做他想做的事情，至于您，我再也没什么可回答您了。但愿这是您第一次谈这个问题，也是最后一次！"

5月18日，当"鹦鹉螺号"浮在与长岛同一纬度上，距纽约水道几海里时，暴风雨发作了。我之所以能描绘下这场暴风雨，是因为尼摩船长不让船潜入海底避雨，而是正面与暴风雨对抗。

当时，风从西南面刮来，先是阵阵每秒 15 米风速的凉爽大风，到下午 3 点，刮到了每秒 25 米，这是台风的速度。

尼摩船长站在平台上，迎风傲然不动，腰间系着一根缆绳。我也登上平台，系上绳子。

5 点左右，一场暴雨降临了，但海浪和狂风并没有因此平息。暴风以每秒 45 米的速度脱缰而来。海涛蹿至 5 米高，宽幅是 150 至 175 米，推进的速度是每秒 15 米。它们的水量和强度随着海水深度的增加而增加。

夜幕降临，暴风雨强度增大。晴雨表降到了 710 毫米。日落时，我看到天边走过一艘在苦苦挣扎的船。

晚上 10 点，天空中电闪雷鸣，大气被猛烈的闪电划出道道条纹。我再也忍受不了，而尼摩船长却正视着它，好像要把暴风雨的灵魂吸进他的体内似的。一声由压碎的海浪吼声、风啸声和炸雷声组成的响声充斥空中。风从各个方向吹来。

啊！海湾暖流，它完全称得上暴风雨之王！

一阵闪电跟在大雨后面，雨滴变成了带电的羽饰。尼摩船长站在那里，好像期望让雷劈死。一阵吓人的摇晃后，"鹦鹉螺号"的冲角冲向天空，像一支避雷针，上面溅出长长的火花。

我筋疲力尽，瘫倒在地。我向嵌板爬去，打开嵌板下到客厅。

而尼摩船长等到午夜才回到船里。

"鹦鹉螺号"一直往下沉到 50 米的深海，才找到宁静。

阅读鉴赏

失去同伴的尼摩船长情绪很不好，"鹦鹉螺号"也在海上漫无目的地漂流了 10 天。当潜水艇向北航行的时候，顺着暖水流向前行驶，这海湾暖流从墨西哥湾而来。"我们"离内陆不远，尼德·兰又一次想到了逃走的计划，"我"去找尼摩船长询问"我们"的囚禁何时结束，结果船长很坚决地拒绝了"我"。

本章有较多叙述描写，描写了暖水流的自然作用和流向。还有语言对话，体现人物性格和心情的同时，也推动着故事情节的进一步发展。

拓展阅读

避 雷 针

避雷针，又名防雷针，是用来保护建筑物等避免雷击的装置。在高大建筑物顶端安装一个金属棒，用金属线与埋在地下的一块金属板连接起来，利用金属棒的尖端放电，使云层所带的电和地上的电逐渐中和，从而避免引发事故。

导　读

　　"鹦鹉螺号"来到纽芬兰岛附近海域，"鹦鹉螺号"在海上来回找，最后找到了沉睡海底很久的船只遗骸，尼摩船长为什么要找这个？它有何特殊？

　　这次大风暴之后，我们的船被抛到东方去了。在纽约或圣劳伦斯河（北美洲的东部大河，五大湖的出水道）河口附近，从陆地逃走的一切希望都消失了。可怜的尼德十分失望，他像尼摩船长一样孤独，不理人。康塞尔和我，时常在一起。

　　几天来，"鹦鹉螺号"在航海家十分惧怕的浓雾中沉浮不定。

　　这些浓雾的发生主要由于冰雪融解，使大气极端潮湿。有多少船只在这一带海中找寻岸上模糊不清的灯火时就沉没了。在船只之间，尽管它们有表示方位的灯光，尽管它们鸣笛相告，敲钟报警，仍然发生了多少次相撞。

　　所以，这一带海底的情形真像是一个战场，战败者静默地躺在那里。一些已经朽烂，另一些还崭新，它们的铁制部分和铜质船底反映出我们探照灯的光辉。这些船只中有多少在统计表中特别指出的危险地点——

种族角、圣保罗岛、美岛峡、圣劳伦斯河河口，沉没了！

5月15日，我们在纽芬兰岛暗礁脉的极南端。暗礁脉是海水冲积的结果，是一大堆有机体的渣滓残骸，它们被大西洋暖流从赤道一路输送过来；或被寒流夹带，从北极沿美洲海岸流下来。这里还累积起由那冰雪的崩裂冲刷下来的漂流石岩，形成了成亿成万死亡的鱼类，软体类或植虫类的骸骨堆积场。

被"鹦鹉螺号"驶过所惊吓的鱼类中，我举出硬鳍海兔，它对于夫妻感情很忠实——它虽然给自己的同类做了榜样，但并不为同类所模仿。有身材长大的油尼纳克鱼，有眼睛圆大的卡拉克鱼，有奇形鲫鱼，有弹形虾虎鱼，或河沙鱼，有长尾鱼。船上渔网也打到一条大胆、勇敢、强悍、多肉的海中蝎子，它是奇形鲫鱼、鳕鱼和鲑鱼的死敌，它是北方海中的刺鳍鱼。打鱼人费了些功夫才把这鱼捉到手。

我现在举出一些丛鱼，这是在北极海中长久陪伴着船只的小鱼。银白尖嘴鱼，"拉斯维加斯"笠子鱼，鳕鱼类。

人们可以说，这些鳌鱼是山中的鱼，因为纽芬兰岛不过是一座海底大山。当"鹦鹉螺号"从它们拥挤的队伍中间打开一条道路时，康塞尔说："呀！我以为鳌鱼是跟鲽鱼和靴底鱼一般板平的呢？"

我喊道："鳌鱼只在杂货铺中是板平的，那是人家把它们割开了摆出来的。但在水里，它们是纺锤形的。"

"我相信是这样，"康塞尔回答，"这么多！乌云一般，蚂蚁窝一般。"

"如果没有它们的敌人笠子鱼和人类，它们可能会更多呢！单单一条母鳌鱼身上有1 100万颗卵。本来，法国人、英国人、美国人、丹麦人、挪威人，打鳌鱼都是上千上万打的。单单在英国和美国，有5 000只船由75 000名水手驾驶，专供打鳌鱼之用。平均每只船可以打到4万条，一共就是20万条。在挪威沿海的情形也一样。如果所有的卵都能成长，那么4条母鳌鱼即可以供应英国、美国和挪威了。"当我们掠过纽芬兰岛暗礁脉时，我看得很清楚每只船放下来的10来根长钓丝，上面装有200个钩饵，每根钓丝的一端用小锚钩住，由固定在浮标上的线把它拉在水面上。"鹦鹉螺号"在这水底线网中间很巧妙地驶过去。

它在许多船只往来的这一带海中停得不久，直往北纬 42 度上行驶。然后，它向东驶去。

5 月 17 日，距内心港约 500 海里，2 800 米深处，我看见海底下的电缆，并给康塞尔谈了这条海底电缆装设的过程。

第一条海底电缆是在 1857 年和 1858 年间装设的，传达了 400 次左右的电报后就不能用了。1863 年，工程师们制造了一条新线，长 3 400 千米，重 4 500 吨，由大东方号装运。但这次的装设又失败了。

5 月 25 日，"鹦鹉螺号"下降到 3 832 米深处，装设失败、电缆中断的地点。

并且，在这十分合适的暗礁高地上，海底电缆并没有沉到它能被冲断的深水层中去。"鹦鹉螺号"走近 1863 年意外事件发生的地点。

这里的海底形成一个阔 120 千米的广大山谷，在山谷上面，就是把勃朗峰放下去，山峰也露不出水面来。山谷在东边有一道高 2 000 米的峭壁把它挡住。我们于 26 日到达了这山谷，"鹦鹉螺号"距爱尔兰只有 150 千米了。尼摩船长要上溯到不列颠群岛靠陆吗？不是。出我意料，他又向南下驶，回到欧洲海中来。

5 月 31 日，"鹦鹉螺号"在海上转来转去，绕成一系列的圈环，好像要寻找一个不易找到的地点。

6 月 1 日，"鹦鹉螺号"保持相同的行驶姿态。尼摩船长在太阳经过子午线的几分钟前，拿着六分仪，精确地观察。当他测量完了，说："就是这里！"

"鹦鹉螺号"开始下沉，几分钟后，它停在 833 米深处，躺在海底。通过客厅的嵌板，从右舷看，海底有一堆隆起的东西，我认出那是一只船的厚重外壳，樯桅折断了，船的残骸胶糊在海水的石灰质中，一定已经在海底过了不少年月。

　　这是什么船呢？"鹦鹉螺号"为什么来看这只在坟墓中的船呢？我心中正在思索，听到尼摩船长缓慢的声音在那里说："从前这只船叫作'马赛人号'，它装有 74 门大炮，于 1762 年下水。1778 年 8 月 13 日，由拉·波亚披·威土利欧指挥，对'普列斯敦号'勇敢作战。1779 年 7 月 4 日，它跟德斯丹海军大将的舰队一齐攻下格连那德。1781 年 9 月 5 日，它参加格拉斯伯爵在捷萨别克湾的海战。1794 年，法国更换了它的名称。同年 4 月 16 日，它加入威拉列·若亚尤斯指挥的舰队，护送美国派出的山万·斯他比尔海军大将率领的一队小麦输送船。次年 1 月 11 日和 12 日两日，这舰队跟英国舰队在海上遭遇。先生，今天是 1 月 13 日，1868 年 6 月 1 日。一天一天算，现在是整整 74 年，在相同的这个地点，北纬 47 度 2 分，西经 17 度 28 分，这艘战舰，经过英勇的战斗后，3 支桅杆被打断，船舱中涌进海水，它的 1/3 船员失去战斗力，情愿带它的 356 名水手沉到海底，不愿投降敌人，把旗帜钉在船尾，在'法兰西共和国万岁！'的欢呼声中沉没海中。"

"'复仇号'！"我喊道。

"是的！先生。'复仇号'，多美的名号！"尼摩船长交叉着两手，低声说。

阅读鉴赏

"鹦鹉螺号"航行到纽芬兰岛附近的海域，这一带不光雾气浓重，海底也暗礁丛生。潜水艇在海底行驶，看到了很多的船只遗骸。尼德·兰心情不好，而"我"与康塞尔仍然在观察和研究海底生物，有鳖鱼，还有海底电缆。尼摩船长指挥"鹦鹉螺号"在海面上转来转去，找到一个地点，然后潜下去，停在了一艘沉船旁，尼摩船长讲了沉船的来历，"我"想到了这是"复仇号"。

本章作者多处运用到了插叙的叙述方式，讲述了鳖鱼的抓捕，海底电线的铺设，还有"复仇号"的相关内容。尼摩船长为什么找"复仇号"？这为下面的内容埋下了伏笔。

拓展阅读

海底电缆

海底电缆是用绝缘材料包裹的导线，铺设在海底及河流水下，用于电信传输。现代的海底电缆都使用光纤作为材料，传输电话和互联网信号。全世界第一条海底电缆是 1850 年在英国和法国之间铺设的。中国最早的海底电缆在 1888 年完成，共有两条：一条是在福州川石岛与台湾沪尾（淡水）之间，长 177 海里；另一条由台南安平通往澎湖，长 53 海里。

导　读

　　"鹦鹉螺号"与一艘战舰遭遇，战舰向"鹦鹉螺号"开炮，战斗结果如何？尼德·兰希望利用这次机会逃走，能否成功？

　　尼摩船长在这个意外的场合，首先平淡叙述了这艘爱国船只的历史。然后充满激情地说出最后几句话。"复仇号"，这个名字的意思不言自明，所有这一切，深深打动了我，我的眼睛一直凝视着船长。或许我不知道他是谁，从哪里来，要到哪里去，但我越来越清楚地看出，这个人不是一位学者，更不是怀有一种普通的愤世嫉俗的情绪的人，而是一种时间无法磨灭的深仇大恨，把他和他的同伴关在"鹦鹉螺号"里（对尼摩船长的态度描写，为后面的故事发展做了铺垫）。

　　这种仇恨还在寻求报复吗？

　　"鹦鹉螺号"慢慢浮出水面，"复仇号"模糊的身影慢慢消失了。

　　这时，我听到一声沉闷的爆炸声。那是一艘战舰的炮声，它正向"鹦鹉螺号"靠近，国籍不明。

　　如果尼摩船长让它靠近的话，我们就可能获得一次获救的机会。

"先生，"尼德·兰对我说，"那船离我们一海里时，我就跳进海里，我建议您也像我一样做。"

我刚想回答，那战舰的前部就射出一道白烟。几分钟后，海水被一块沉重的物体激起阵阵水花，溅到"鹦鹉螺号"后部。紧接着，一声爆炸声在我耳边响起。

"怎么？他们朝我们开炮！"我喊道。

"勇敢①的人们！"加拿大人小声说，"他们以为这是一头独角鲸。"

"但他们得看清楚，"我喊道，"他们是在和人打交道。"

"或许正因为是这样呢。"尼德·兰盯着我说。

我茅塞顿开。毫无疑问，人们现在知道怎样对付这只所谓的怪物，人们正在所有的海域追寻这只可怕的破坏性潜艇。

如果正如我们能想象到的一样，尼摩船长把"鹦鹉螺号"用于报复的话，那太可怕了！尼摩船长神秘存在的一部分被揭示了。

我们周围的炮弹越来越密集，但没有一颗击中"鹦鹉螺号"。

尼德·兰掏出一块手帕想在空中挥动，给战舰发信号，但被一只铁一般的手打翻在地，摔倒在平台上。

"混账！"船长骂道，"你是不是想在'鹦鹉螺号'冲向这艘船之前，被钉在它的冲角上。"

尼摩船长的声音很可怕，脸色更可怕。他的脸色由于心脏的抽搐②而苍白，瞳孔吓人地收缩着，他的心跳大概停了一下。他不是在说话，而是在吼叫。他的身体向前倾，双手攫住加拿大人的肩膀。

---

① 勇敢：做了一些非常不容易的事情，要有勇气才能办到，即常人不太能忍受或者成功概率比较低的事情。

② 抽搐：不随意运动的表现，是神经—肌肉疾病的病理现、强直性痉挛、强直性痉挛象，表现为肌肉的不自觉的收缩性症状。

接着，船长松开加拿大人，朝战舰转过身去，吼道：

"你知道我是谁，你这该死的国家的船！我让你看看我的旗帜！"

在平台前，尼摩船长展开了一面跟他先前插在南极点的那一面相像的黑旗。他请我和我的同伴们下到舱里去，我们只好服从。这时，"鹦鹉螺号"上的15位水手围在船长身边，用一种不共戴天的仇恨目光看着这艘向他们逼近的船。我们感觉到一种同仇敌忾的复仇情绪煽动着所有这些灵魂。

"鹦鹉螺号"全速开到了战舰炮弹的射程之外，但追击还在继续，两船一直保持着一定距离。

下午4点左右，我再也抑制不住内心的焦急和不安，我斗胆走上平台，想做最后一次调解。但我刚一喊尼摩船长，他就让我住嘴。

"我就是公理！我就是正义！"他对我说，"我是被压迫者，那就是压迫者！全是因为它，我曾钟爱过、珍爱过、尊敬过的一切，祖国、妻子、儿女、父母，我眼睁睁地看着他们死去（尼摩船长的话为读者设置了悬念，激发读者的阅读兴趣）！我憎恨的一切，就在那里！您住嘴！"

我向喷着蒸汽的战船投去最后一眼，然后，我找到尼德、康塞尔，商量逃跑的事。我们已经决定，当战舰靠近得差不多，它或是能听到我们的喊声，或是能看到我们时，我们就逃走。

凌晨3点，我忧心忡忡地登上平台。尼摩船长还在那里，站在他的旗帜旁。他的眼睛一直没离开那艘战舰，他的目光特别闪亮，仿佛在吸引它、诱惑它，尽可能更稳当地拖住它。

在这片宁静的自然界里，天空和海洋比赛宁静（如此宁静的环境正孕育着更大的战争）。

当我想着这海天交融的深沉的宁静，把它与微不足道的"鹦鹉螺号"内的所有怒火相比时，我感到全身都在颤抖。

那战舰始终与我们保持两海里的距离。我看到了它绿色和红色的方位灯，白色的信号灯悬挂在前桅帆的大支索上。一道模糊的反射光照在它的帆缆索具上，只见一串串燃烧着的煤渣火花，从烟囱里星星点点地喷到空气中，暴露出它已经火力过猛了。

早上6点，战舰离我们1.5海里时，它的炮轰又开始了。测速器指示"鹦鹉螺号"正在减速，我明白它在故意让敌手靠近。

"我的朋友们，"我说，"时候到了。让我们握握手，愿上帝保佑我们！"

这时，尼德·兰神情坚决，康塞尔很平静，而我很紧张，勉强地控制住自己（对三个人的神态描写，用了三个形容词，准确生动）。

"鹦鹉螺号"潜入水中，它想攻打那战舰浮标线下那金属装甲层保护不到的部位。

我们被重新囚禁了，我们躲进我的房间，大家面面相觑，说不出一句话来。我等待着、倾听着，我只能靠听觉来生活。

"鹦鹉螺号"冲过去，整个船壳都在颤动。突然，我大叫一声。撞击发生了，我感觉到钢铁冲角穿透的力量，我听到划破声和刮扯声。"鹦鹉螺号"像帆船的尖杆穿过帆布一样，横穿过这艘大战舰（用尖杆穿过帆布比喻"鹦鹉螺号"横穿战舰，形容战斗场面的惨烈）！我再也控制不住自己。我发疯了，神经失常了，我跑出房间，冲进客厅。尼摩船长在那里。他神情阴沉，默不作声，冷酷无情地透过左舷嵌板看着外面。

一个巨大的物体正在下沉，为了看到它垂死的样子，"鹦鹉螺号"跟着它一起沉入深渊。在距我10米处，我看到了被撞开的船壳，海水正雷鸣般地涌进去，很快淹没了两排加农炮和船舷。甲板上满是惊慌失措的黑影。

海水淹了上去。那些不幸的人们扑向船侧桅索，攀上樯桅，在水中挣扎。这简直是一个受海水入侵惊吓的人类蚂蚁窝！

我恐慌得瘫痪、僵硬，头发竖起来，两眼圆瞪，呼吸急促，屏着气，说不出话来，我在看着这一切哪！一种不可抗拒的引力把我紧紧地吸在玻璃上！

突然，爆炸发生了。被压缩的空气把船只的甲板掀掉，船舱里好像起火了。海水涌得如此凶猛，使"鹦鹉螺号"也发生了偏向。

那艘不幸的船下沉得更快了。它那挤满受害者的桅楼出现了，接着是被一群群人压弯了的横木架，最后是大桅杆顶。然后，这团灰黑的东西消失了，船员们的尸体随着船体被大旋涡拖进水中……

我转向尼摩船长。这个可怕的判官，真正的仇恨天使。当一切结束时，尼摩船长走向他的房门，打开门走进去。

在房间尽头的嵌板上，在他那些英雄肖像下，我看到一位年纪还轻的妇人和两个小孩的肖像。尼摩船长注视了他们几分钟，向他们伸出手臂，然后，跪下哽咽起来。

阅读鉴赏

海面上有一只船向"鹦鹉螺号"放炮，看到了陆地上的船只，尼德·兰和"我"看到了逃走的机会。但是"鹦鹉螺号"与船只总是保持一定的距离，尼德·兰晃动手帕的时候，被尼摩船长很粗鲁地制止了。

尼摩船长在平台上插上了代表他们的旗帜，船员们都同仇敌忾。"我"企图调解，结果尼摩船长吼着说出了他心中的仇恨。"我们"的再次逃跑计划依然失败了。

"鹦鹉螺号"直接冲向那只战舰，将其撕裂，战舰被击沉了，"我"透过潜水艇的玻璃，看着战舰爆炸，看着船员的尸体和船一起被拖进水里。

本章多处对尼摩船长进行了刻画，描写他强烈的复仇愿望。另外，场面和环境的描写也很到位。

拓展阅读

海 里

航海上度量距离的单位。没有统一符号。它等于地球椭圆子午线上纬度1分（1度等于60分，一圆周为360度）所对应的弧长。由于地球子午圈是一个椭圆，它在不同纬度的曲率是不同的，因此，纬度1分所对应的弧长也是不相等的。

导 读

目睹了"鹦鹉螺号"疯狂的报复行动后，"我"坚定了要逃离的决心，而尼德·兰更是忍耐到了极限，于是"我"带着对尼摩船长的厌恶，与尼德·兰策划了逃跑计划。

嵌板就在这可怕的景象下关闭起来了，"鹦鹉螺号"在几百英尺下的水底，迅速地离开了这个凄惨场所。

我回到我的房中，尼德·兰和康塞尔默不作声地在舱室里。我对尼摩船长产生一种极端厌恶的心情（神态描写表现面对这件事，"我们"三个人都做出不同的反应）。虽然他从别人那里可能受过很大的痛苦，但他没有权利做这样残酷的报复。

"鹦鹉螺号"以25海里的时速快速向北极驶去。晚上，我们已经走过大西洋海面200法里。

我回到房中，我睡不着，受噩梦的侵扰。残酷毁灭的可怕场面在我脑子里持续重演。

我估量——但我或者搞错了——"鹦鹉螺号"这次冒险的奔跑延长到15天或20天之久，如果没有结束这次海底旅行的大灾祸发生，我不知道要拉长到什么时候。

尼摩船长、他的副手、船员一个也看不见。"鹦鹉螺号"不停地在水底行驶。当它浮上水面来调换空气的时候，嵌板总是机械地动作着：打开了又关闭。在地图上也不再记方位了。我根本不知道我们在什么地方。

加拿大人忍无可忍，忍到最后关头了（"忍"字把尼德·兰已达忍耐极限的状态描写得十分准确）。康塞尔想使他说句话也不可能，同时害怕他神经忽然错乱，要寻短见。因此，康塞尔时刻忠实小心地看守住他。在这种情况下，我们的处境不可能再维持下去。一天早上我醒来，尼德·兰俯身向着我，低声对我说："我们逃！就在夜间。'鹦鹉螺号'像是任何管理和监督也没有了。先生，您能准备好吗？"

"能，我们现在在什么地方？"

"在可以望见陆地的地方。今天早上在浓雾中，东方20海里，我看见过那些陆地。"

"对！尼德。我们今晚逃，就是大海吞没了我们也不管！"

"海很汹涌，风很猛烈，但那只小艇只要划20海里，那不能使我害怕。我暗中又弄到一些粮食和饮水。"

我不顾一切，决心逃走。天空阴暗，很快将有风暴，但是，既然有陆地在浓雾中，那就得逃走。现在我们一天、一时、一刻都不能浪费（照应前面"我"与尼德·兰想逃走的急切心情，引起下文）。

我回到客厅中，既怕碰见又想碰见尼摩船长。

我在"鹦鹉螺号"上度过的最后一天是多么长！6点，进晚餐，我虽不想吃，但我勉强吃了些。6点半，尼德·兰走进我房中，对我说："我们只到出发的时候才能再见了。10点，月亮还没上来，我们乘黑暗逃走。您到小艇那边去，康塞尔和我在那边等候您。"

我最后看一下堆在这陈列室中的奇珍异宝，艺术的宝库，最后看一下有一天要跟亲手收集它们的人一齐消灭在海底的那无比珍贵的收藏。然后我回到房中，穿了海中穿的结实衣服，我弄齐了笔记，把笔记紧密珍重地带在身上。我的心跳得很厉害，我不能抑制我的脉搏。

我到尼摩船长的房门口细听，我听到有脚步声，尼摩船长并没有睡下。我觉得他就要走出来，质问我为什么要逃走。我感到有连续不断的警报声。我的想象又把这些警报声扩大起来。这种感觉十分难受（心理描写表现"我"对尼摩船长又怕又舍不得的复杂感情）。

9点半。我用双手紧紧按住我的脑袋，防止它炸裂。我闭起眼睛，不愿思想。还要等半个小时，半个小时的噩梦可能使我变成疯子！这时，我听到大风琴的忧愁乐声，是一个要斩断自己对人世关系的人的真正哀歌。

离开我的房间，跟我的同伴们相会的时候到了。没有丝毫可以犹豫的了，就是尼摩船长站在我面前也不能倒退了。我小心把房门打开，门发出怕人的声音（用开门的声音来烘托"我"的紧张心情）。我沿着"鹦鹉螺号"的黑暗过道，一步一步摸索着前进，抑制住心脏的跳动。

我走到客厅屋角处的门，我轻轻打开它。厅里面完全黑暗，大风琴的声音微弱响着，尼摩船长在那里，他没有看见我。我费了5分钟才走到客厅那边通到图书室的门。

我正要开门的时候，尼摩船长的一声叹息把我钉在那里不能动。他站起来，向我这边走来，说是走过来，不如说是溜过来，像幽灵那样。他的被压住的胸部由于他抽咽的哭泣而鼓胀起来。我听到他声音很低地说出下面这几句话："全能的上帝！够了！够了！"

这就是从这个人良心里发出的悔恨的自白吗？……我简直心神慌乱了，跑出图书室，上了中央楼梯，到了小艇边。我从开着的孔走入艇中，我的两个同伴已经在里边了。

"我们走！我们走！"我喊道。

"马上走！"尼德·兰回答。

在船身钢板上开的孔本来是关闭的，尼德·兰有一把钳子，把螺钉紧紧地上好。小艇上的孔也是关起来的，加拿大人开始弄松那把我们扣在这只潜水艇上的螺钉。突然船内发出声响，好些人声急急地互相答应。发生了什么事？是人们发觉我们逃走了吗？尼德·兰拿一把短刀放在我手中。

"对！"我低声说，"我们并不怕死！"

我们听到一句话，<u>重复说了许多次，"北冰洋大风暴！北冰洋大风暴！"他们大声喊</u>（"北冰洋大风暴"引起下文对它的解释，还有遭遇）。

北冰洋大风暴！可能有一个更可怕的名字在更可怕的情形中传到我们耳朵中来吗？那么我们是走在挪威沿岸一带的危险海中了。"鹦鹉螺号"在我们的小艇要离开它的时候，就要被卷入这深渊中吗？

当潮涨时，<u>夹在费罗哀群岛和罗夫丹群岛中间的海水，汹涌无比。它们形成翻滚沸腾的旋涡，从没有船只驶进去能够脱险出来。滔天大浪从四面八方冲到那里，形成了被称为"海洋肚脐眼"的无底深渊，它的吸引力一直伸张到海下15千米远</u>（插入对风暴的描写，让读者了解到情况的紧急和危险）。"鹦鹉螺号"迅速地被卷入，路线做螺旋形，越前进，螺旋形的半径就越缩小。小艇还附在它身上，也跟它一样，被无比惊人的速度带走。我这时体会到的，是接着过于延长的涡卷动作带来的那种颠簸的盘旋回绕。我们是在极端的害怕中，是在最高度的恐怖中，血液循环停止了，神经作用停顿了，全身流满像临死时候所出的冷汗！在我们的脆弱小艇周围的是多么可怕的声音！几海里内回响不绝的是多么厉害的吼叫！那些海水溅在海底下面的尖利岩石上所发出的是多么怕人的喧闹！在这些岩石上，就是最坚固的物体也粉碎了，照挪威成语说的，就是大树干也毁损为"茸茸毛皮"了！

多么危险吓人的处境！我们极端惊骇地任海波摆动。"鹦鹉螺号"像一个人一样自卫，它的钢铁肌肉嘎嘎作响。

尼德说把螺丝钉再上紧起来，这时，螺丝钉落下，小艇脱离它的巢窝，像投石机发出的一块石头，掷入大旋涡中。

我的脑袋碰在一根铁条上，受了猛烈的冲撞，立即失去了知觉。

阅读鉴赏

目睹了尼摩船长指挥"鹦鹉螺号"大开杀戒的场面后，"我"对尼摩船长极度厌恶，所以更加坚定了逃走的决心。尼德·兰已经忍耐到了极限，"我们"三人计划马上逃走。

在决定逃走后，"我"的心情陷入了极度的恐惧和不安中，在"鹦鹉螺号"上度过了最后一天。晚上，"我们"三个人按约定时间在小艇上集合，正当要离开的时候，"鹦鹉螺号"遇上了几乎没有船只可逃过的北冰洋大风暴，"我们"的小艇也随着"鹦鹉螺号"被卷进了旋涡。

本章对人物心理、情绪描写得非常到位，把"我们"要逃走时，既害怕被尼摩船长抓住，又担心离开"鹦鹉螺号"后的前途未卜，还有对尼摩船长的惺惺相惜的矛盾和纠结的心情都反映了出来。

拓展阅读

海洋旋涡

海洋中的旋涡是由很多种原因造成的，比如海水密度，风带的分布，海底地势的变化起伏。但是有一点是可信的，那就是海水是不会少掉的，就算海水蒸发了照样会下雨补偿回来，只是一种能量的传递和转化。就像某地发生地震后它的能量就会在别的地方以海啸等形式出现。

第四十七章

结尾

导 读

"鹦鹉螺号"和小艇被卷入旋涡中,有没有脱险?"我"失去知觉后的命运如何?"我"的伙伴们是否安然无恙?尼摩船长和他的"鹦鹉螺号"哪里去了?

以下是这次海底旅行的结尾。当我恢复知觉时,我躺在罗佛丹岛一个渔民的小木屋里。我的两个同伴也安然无恙地站在我身边,握着我的手。我们激动得抱在一起。那天晚上发生的一切,我都说不上来。

我们不能马上回到法国,因为挪威北部和南部之间的交通工具很少,从诺尔角出发经过这里到法国的汽轮半月只有一班,我们只好等待。

于是,我又翻阅了一遍那些历险的记录,它是准确无误的。这是一次对人类无法达到的海底探险的忠实叙述,它看似不真实,但随着科学的进步,总有一天,海底会变得可以自由通行。

现在我能肯定的是,我有资格谈论那在不到 10 个月的时间里,我走了 20 000 法里的海洋;我有资格谈论这次海底旅行,在穿越太平洋、印度洋、红海、地中海、大西洋、南极和北极时,它们向我显示了那么多的奇观!

但"鹦鹉螺号"现在怎么样？它能挣脱大旋涡吗？尼摩船长还活着吗？他还会在海底继续他那可怕的复仇行动吗？还是在那最后一次大屠杀后，他就洗手不干了呢？水波会不会有一天把那本记载着他全部生活经历的手稿带到人间呢？我最终会知道这个人的名字吗？那艘沉没的战舰，能否通过说明它的国籍，告诉我们尼摩船长的国籍呢？

我希望能。我也同样希望，在那可怕的旋涡里，尼摩船长那强有力的船能战胜大海，"鹦鹉螺号"能在那众多船只葬身的地方幸存下来。如果事实真是如此，如果尼摩船长永远生活在他寄居的祖国的海洋里，但愿仇恨在他那颗愤世嫉俗的心中平息；但愿静观那么多的奇观能熄灭他心中的复仇之火；但愿判官逝去，而学者继续在平静的海底勘探！

如果说尼摩船长的命运是离奇古怪的，那他也是崇高的，难道我不了解他吗？难道我不是亲身经历了10个月那种超自然的生活吗？因此，对于6 000年前，《圣经·传道书》中提出的那个问题："谁能探测深渊的深处呢？"现在，我相信人类中有两个人有资格来回答这个问题，那就是我和尼摩船长。

阅读鉴赏

"我"得救了，"我"的同伴们都安然无恙地站在"我"身旁，尼摩船长和"鹦鹉螺号"生死未卜，关于尼摩船长，仍是一个谜。而"我"确实跟着尼摩船长到过那深渊的深处，见过那美妙奇幻的景色。

拓展阅读

挪 威

北欧国家，位于斯堪的纳维亚半岛西部，东与瑞典接壤，西邻大西洋。海岸线极其蜿蜒曲折，构成了挪威特有的峡湾景色。此外，挪威还与芬兰、俄罗斯接壤。挪威的领土还包括斯瓦尔巴群岛和扬马延岛，首都为奥斯陆。自2001年起挪威已连续6年被联合国评为最适宜居住的国家。

读 后 感

海底遨游

陈玉平

这个暑假，原本计划去海边旅游的，在旅游之前，我先读了法国作家凡尔纳的小说《海底两万里》。

凡尔纳是19世纪法国著名的科幻小说作家，他的这部小说在全世界风靡至今，也是他的代表作。我读了之后，它给了我巨大的震撼。

这部小说是一个探险故事。1866年，人们在海上发现了一个来历不明的怪物，这怪物形似独角鲸，但比一般的独角鲸要凶猛，也更神出鬼没，一时间引起巨大的恐慌。法国生物学家阿龙纳斯应邀参与追捕这一怪物的行动。他带着仆人，登上了一艘驱逐舰。历经千辛万苦，不但"怪物"未被清除，驱逐舰反被"怪物"重创。生物学家和他的仆人，以及一名渔叉手，都成了"怪物"的俘虏！原来这个"怪物"是一艘尚不为世人所知的潜水艇，名为"鹦鹉螺号"。这艘叫"鹦鹉螺号"的潜水艇，不仅异常坚固，并且结构很巧妙。博物学家和他的仆人以及渔叉手虽然成了俘虏，但却受到了潜水艇主人热情的款待。

接下来，三位不速之客和潜水艇一道，在海底穿行。他们从太平洋出发，途经珊瑚岛、印度洋、红海、地中海，然后进入大西洋。一路上遇到了数不尽的险阻，见到了无数的千奇百怪的海底生物和奇异的海底景观。最后，潜水艇到达挪威海域。生物学家等三人借此成功逃离了"鹦鹉螺号"。

考点精选

一、选择题

1. (广西自治区南宁市) 下列关于名著的表述有误的一项是（   ）

   A. 格列佛在"风暴中偏航"又于"麦田里获救"，"孤身救舰队"后又"奇招灭火灾"。他是一个喜欢冒险、渴望自由、刚毅勇敢的航海家。

   B. "守株待兔""龟兔赛跑""吃不到葡萄就说葡萄酸"都出自《伊索寓言》。这些寓言既散发着浓郁的生活气息，又闪烁着智慧的光芒。

   C. 《海底两万里》中"遭冰山封路""陷缺氧危机""海底观美景""洋面见海难"等情节惊险离奇，极富幻想，读起来引人入胜，如临其境。

   D. 鲁智深三拳就打死了恶霸郑屠，为了避免官司，他一边骂郑屠诈死，一边拔腿就走。这些情节表现了鲁智深疾恶如仇、粗中有细的性格。

2. (山东省烟台市) 下列表述有误的一项是（   ）

   A. 在笛福的笔下，鲁滨孙勇敢、乐观、不惧困难。在孤岛上，他积极地与大自然做不屈的斗争，用火枪和《圣经》征服了"星期五"，使其心甘情愿做了他的忠实奴仆。

   B. 《童年》中的阿廖沙是个善于观察、非常敏感的孩子。在外祖父家里，他饱受欺凌；但在外祖母的细心呵护和许多善良正直的人的影响下，他成长为一个坚强、勇敢、正直和充满爱心的人。

   C. 《格列佛游记》通过格列佛在小人国、大人国、飞岛国、慧骃国的奇遇，反映了18世纪英国社会的矛盾，批判了统治阶级的腐朽和罪恶。

D.《海底两万里》构思巧妙，情节惊险。它主要讲述尼摩船长为了实现自己的发财梦想，乘坐"诺第留斯号"潜艇在海底探险、寻找沉船宝藏的故事。

3. (广西自治区百色市) 下面是有关名著的表述，有误的一项是（　　）

A.《朝花夕拾》是鲁迅先生回忆童年、少年和青年时期不同生活经历与体验的散文集，我们所学习的《从百草园到三味书屋》《阿长与〈山海经〉》是其中的两篇。

B.《格列佛游记》的作者是斯威夫特，主人公是格列佛。该作品讲述了格列佛流落到小人国、大人国等地的经历。

C. 罗曼·罗兰的《名人传》，叙述了音乐家贝多芬、雕塑大师米开朗琪罗和著名作家托尔斯泰三位伟人苦难坎坷的一生，赞美了他们的高尚品格和顽强奋斗精神。

D.《海底两万里》是一部科幻小说，它塑造的凡尔纳是一个具有反抗压迫精神的战士形象。

4. (四川省眉山市) 名著是人类文化的精华，阅读名著可增长见识，启迪智慧，提高语文能力和人文素养。据此，请从下面列出的名著中选出能反映这一道理的写在其后的括号内（　　）

A.《海底两万里》　　　B.《名人传》

C.《朝花夕拾》　　　　D.《水浒传》

E.《童年》

5. (四川省中考模拟试题) 下列句子书写完全正确的是（　　）

A. 鲁滨孙不甘于像父辈那样平庸地过一辈子，向往着充满冒险与挑战的海外生活。

B. 祥子来自农村，他老实、健壮、坚忍，如同骆驼一般。

C.《海底两万里》描绘的是人们在大海里的种种奇遇。

D.《傅雷家书》是苦心孤诣的教子篇。

二、填空题

1. （**山东省潍坊市**）请你按作家的国籍对下列内容整理归类，制作三张读书卡片。（只填序号）

①母爱，童真，自然，人生 ②《海底两万里》③凡尔纳 ④夏洛蒂·勃朗特 ⑤《繁星》《春水》 ⑥因正义离开村庄，为爱情返回废墟 ⑦墙角的花 / 你孤芳自赏时 / 天地便小了 ⑧《简·爱》⑨现代科学幻想小说之父

（1）中国：＿＿＿＿＿＿＿＿＿＿＿＿＿＿＿＿＿

（2）英国：＿＿＿＿＿＿＿＿＿＿＿＿＿＿＿＿＿

（3）法国：＿＿＿＿＿＿＿＿＿＿＿＿＿＿＿＿＿

2. （**浙江省台州市**）这一夜我的睡眠很不好，希望和恐惧轮流地在我心中转来转去。我起来好几次……最后可纪念的 8 月 19 日那天，早晨 6 点，客厅门打开，尼摩船长进来，他对我说："到自由通行的海了！"

上面文字出自名著《＿＿＿＿＿＿＿》，尼摩船长的话表明此时他们已经摆脱困境，他们遇到的这个困境是：＿＿＿＿＿＿。

三、阅读题

（**浙江省湖州市**）阅读名著选段，完成下面题目。

【甲】当那个可怜的蝗虫移动到螳螂刚好可以碰到它的地方时，螳螂就毫不客气，一点儿也不留情地立刻动用它的武器，用它那么有力的"掌"重重地打击那个可怜虫，再用那两条锯子用力地把它压紧。于是，那个小俘虏无论怎样顽强抵抗，也无济于事了。

【乙】对着这灿烂的美景，康塞尔跟我一样惊奇地欣赏着。显然，这个守本分的人，要把眼前这些形形色色的植虫动物和软体动物分类，不停地分类……我们继续前进，在我们头上是成群结队的管状水母，它们伸出它们的天蓝色触须，一连串地飘在水中。

【丙】香菱听了，默默的回来，越性连房也不入，只在池边树下，或坐在山石上出神，或蹲在地下抠土，来往的人都诧异。

甲段选自名著《_____》，它为我们展现大自然的小生灵们鲜为人知的生活和习性；乙段中的"我"是_____（写出人名），跟随他，我们得以领略美妙壮观的海底世界；丙段的作者是_____（写出人名），他引我们结识大观园中一位位至情至性的女子。

参考答案

一、选择题

1. B   2. D   3. D   4. B E   5. C

二、填空题

1.（1）中国：①⑤⑦   （2）英国：④⑥⑧   （3）法国：②③⑨

2. 海底两万里   冰山封路（意对即可）

三、阅读题

《昆虫记》（《昆虫物语》《昆虫学札记》）

阿龙纳斯   曹雪芹（曹梦阮、曹霑）

编者声明

　　本书由全国资深教育专家和百位优秀一线教师为广大学子精心制作，在编辑的过程中，我们参阅了一些报刊和著作。但由于联系上的困难，加之部分作者的通信地址不详，一时未能与某些作者取得联系。在此谨致歉意，并敬请作者见到本书后，及时与我们联系，我们将按国家相关规定支付稿酬。

"超级阅读"编辑部

联系电话：010-51650888

邮箱：supersiwei@126.com